KB180411

2023년 제24회
젊은평론가상 수상작품집

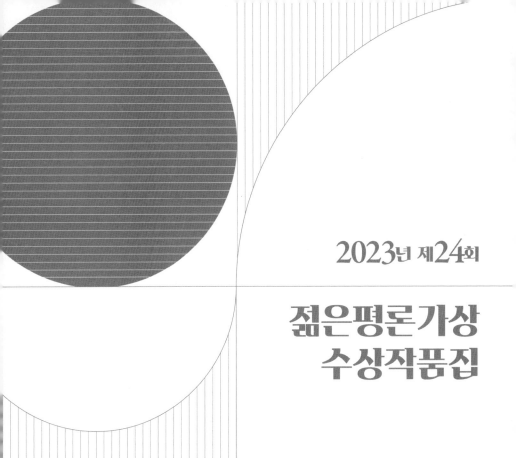

2023년 제24회

젊은평론가상
수상작품집

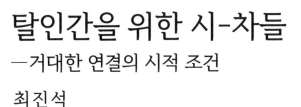

수
상
작

탈인간을 위한 시-차들
—거대한 연결의 시적 조건

최진석

최진석
김정현
김준현
김지윤
선우은실
안지영
인아영
임지훈
장은영
전승민

역락

2023년 제24회 젊은평론가상 취지서

한국문학평론가협회는 2000년에 '젊은평론가상'을 제정한 이후 우리 비평의 현장성을 보여주는 동시에 개성적인 목소리를 유지하고 있는 평론들에 주목해 왔습니다. 더불어 2011년부터는 기왕에 출판된 평론집을 대상으로 선정하던 방식을 직전 년도 동안 문예지에 발표된 평론들을 선정하는 방식으로 변경하여 젊은평론가상 자체의 현장성과 동시대성을 높이고자 노력했습니다. 올해로 24회를 맞은 이 상은 그간 우리 문단의 대표적인 젊은 평론가들의 활동에 작지만 강렬한 응원을 보냄으로써 문단에 새로운 활력을 불어넣은 중요한 통로입니다.

2022년 한 해 동안 각 문예지에 발표된 평론들 중에서 젊음의 열정과 새로운 시선으로 우리 평단에 새로운 목소리를 전하고 있는 우수한 작품들을 선정해 이렇게 〈2023년 제24회 젊은평론가상 수상작품집〉을 내놓게 되었습니다. 이 책에 수록된 평론들에는 동시대 우리 문학의 다양한 모습들과, 그에 반응하면서 우리 문학을 조명해가는 평론가들의 치열한 고민과 문제의식이 뚜렷이 담겨 있습니다. 2022년도 한국문학의 새롭고 다기한 특성들을 음미해보고 역동적인 현장성을 느껴볼 수 있는 좋은 기회가 되리라고 생각합니다. 여기에 실린 평론들은 섬세한 시선과 다양한 목소리로 우리 문학이 발표되고 소통되는 현장을 점검해 보고 있기 때문입니다.

이번 작품집을 발간하는 일은 그동안 한국문학평론가협회와 손을 잡고 문예지 〈현대비평〉을 출간해온 역락 출판사의 전폭적인 후원이 있었기에 가능했습니다. 점점 어려워지고 있는 출판 환경에도 불구하고 한국문학평론가협회와 역락 출판사는 우리 문학의 근간을 튼튼히 만들 수 있는 여러 가지 생산적인 활동을 펼쳐나가고 있습니다.

한국문학평론가협회는 1971년도에 창립된 이후 지금까지 한국문학의 현장에서 문학의 활력을 높이기 위해 노력해 왔습니다. 본 협회는 앞으로도 깊이 있고 활달한 논의를 통해 한국문학비평과 문학 전반의 생산력을 높이는 데 기여하도록 노력하겠습니다. 많은 관심과 격려를 부탁드립니다.

차례

탈인간을 위한 시-차들

—거대한 연결의 시적 조건

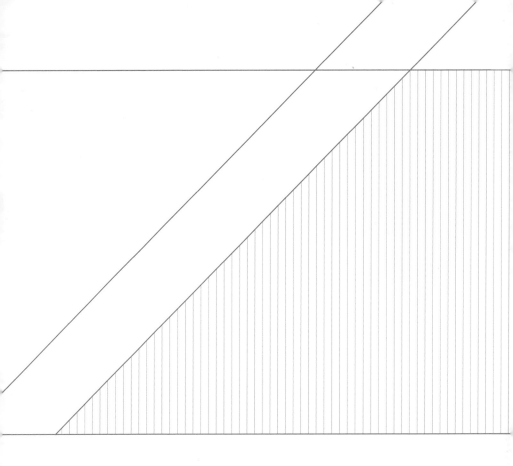

최진석

러시아인문학대학교 예술사 대학원 졸업. (문화학 박사)
『문학동네』 신인상 평론으로 등단
현재 서울과학기술대학교 문예창작학과 교수
대표 저서로는 『사건의 시학』, 『사건과 형식』, 『불가능성의 인문학』 등
이 있고, 역서로는 『다시, 마르크스를 읽는다』, 『누가 들뢰즈와 가타리
를 두려워하는가?』, 『해체와 파괴』 등이 있다.
주요 관심사는 문학과 문화의 정치적 무의식이다.
vizario@gmail.com

탈인간을 위한 시-차들*
—거대한 연결의 시적 조건

1. 대연결의 시대

심신이원론은 정신과 신체를 상호 교통할 수 없는 두 실체로 보았던 데카르트 철학에 붙은 명칭이다. 사유와 연장은 이 두 실체의 상이한 속성들로서 양자를 구별해주며, 따라서 그 둘이 만나거나 뒤섞인다면 논리적으로 상치되는 결과가 빚어진다. 가령 하늘로 높이 던져올린 돌멩이는 포물선 운동을 하며 중력의 영향을 받아 지상에 낙하한다. 정교한 장치를 이용한다면, 우리는 과학적 법칙에 따라 그 운동의 속도와 변곡점, 낙하의 시간 및 위치마저 예측할 수 있을 것이다. 반면, 도스토옙스키의 지하생활자가 절규처럼 내뱉었듯 인간은 2×2=4라는 수학적 법칙을 벗어나는 존재이다. 2×2=5가 아무리 비합리적 오류라 해도, 그것을 믿고 행하고 싶다면 기어이 따르고 마는 존재가 인간이란 것이다. 만일 돌멩이와 인간이 그토록 건널 수

* 이 원고는 계간 『문학동네』 2022년 봄호에 실린 글입니다.

없는 차이를 갖는다는 점에 수긍한다면 당신은 여지없이 데카르트의 후예, 즉 근대인이라 할 수 있다. 영혼이 없는 순수한 물질로서의 자연은 기계론적 법칙에 종속되기에 예측 가능한 객체에 해당된다. 반면, 물질과는 달리 영혼을 지닌 인간은 예측 불가능한 주체이다. 이 도저한 '상식'을 어떻게 거절할 수 있을까?

정신과 신체를 분리하려던 데카르트의 구상은 양자가 동일한 속성을 공유한다고 믿던 중세적 세계관을 탈피하려던 기획이었다. 다시 말해, 모든 존재에게는 영혼이 있다는 중세적 믿음에서 빠져나와, 데카르트는 인간만이 영혼을 소유한다고 주장했다.[1] 이에 따라 죽은 것이든 산 것이든 자연계의 사물은 일종의 기계로 간주되어 객관적 법칙에 따라 운동하는 물체로 규정되었다. 산과 바다, 암석과 초목, 심지어 동물에 이르기까지 비인간적인 것 일체는 법칙에 예속되는 대상이다. 물질적 연장의 신체적 존재자인 인간 또한 법칙의 영향을 받으나, 영혼의 담지자이기에 단지 법칙만으로는 설명할 수 없는 예외적 존재라 선포되었다. 휴머니즘, 곧 인간중심주의가 표방하는 인간의 우월성은 이로부터 성립한다. 이 논리를 역순으로 좇으면 근대적 세계관이 갖는 분절성 혹은 불연속성을 쉽게 발견할 수 있다. 인간은 사물과 다르고, 동물과도 다르다는 것. 인간과 비인간은 절대적인 차이를 내포할 뿐만 아니라 넘을 수 없는 위계에 의해 나뉘어져 있다는 것. 요컨대 근대는 인간과 비인간의 이분법적 배치, 불연속적 분리가 낳은 세계에 다름 아니다.

어느 지성사가의 말을 빌린다면, 근대적 이분법은 크게 네 번의 불연속

---

1   르네 데카르트, 『방법서설. 정신지도를 위한 규칙들』, 이현복 옮김, 문예출판사, 1997, 216쪽.

을 전제하며, 이를 넘어서는 네 가지 혁명을 통해 해체되었다. 첫째, 우주에 있어서의 지구 중심성을 해체한 코페르니쿠스 혁명. 고대와 중세의 형이상학적 우주가 근대의 물리학적 우주로 변경되면서 지구는 수많은 행성들 중 하나가 되었다. 둘째, 인간과 동물을 절대적으로 나누던 위계를 해소시킨 다윈의 진화론 혁명. 지성과 이성으로 무장한 인간이 '영혼 없는' 존재인 동물을 지배하는 시대는, 인간이 동물로부터 유래했다는 폭탄 같은 발견에 의해 무너져 내렸다. 셋째, 무의식이야말로 의식적 삶을 압도하는 힘이라는 프로이트의 정신분석 혁명. 광기와 꿈, 오류를 추방하려던 데카르트의 코기토는 저 지하로부터 솟아오르는 이드에 의해 조종되는 객체임이 드러났다. 넷째, '사유하는 기계', 즉 컴퓨터와 인공지능의 발명이 일깨운 인간-기계의 공진화 혁명. 인간에 의해 제작되는 기계는, 이제 인간과 동류적으로 연결될 뿐만 아니라 인간과 구별 불가능한 대상으로 진화해 가는 중이다.[2] 인간과 비인간의 불연속은 근대 내부에서부터 깨져나가기 시작해 지금 그 종점에 도달한 듯싶다.

네 가지 불연속이 타파된 세계, 그것이 우리가 처한 시대상황이다. 아이러니컬하게도, 지금 우리는 차이와 위계, 불연속과 분리가 지워지며 모든 것이 다시 이어 붙여지는 대연결의 시대를 살고 있다. 지구는 태양계를 넘어서는 우주론적 평등성의 원리에 따라 운동하며, 동물은 인간 못지않게 감각하고 의사소통하는 존재임이 밝혀졌다. 무의식적 욕망은 이제 인간의 불가결한 존재조건으로 부각되었고, 인공지능의 발전은 '마음'이 인간의 고유한 소유물이 아님을 반증한다.[3] 꼭 과학적 이론에 입각하지 않더라

2   브루스 매즐리시, 『네 번째 불연속』, 사이언스북스, 2001, 13~14쪽.
3   이에 관한 논저는 대략 다음과 같다. 칼 세이건, 『코스모스』, 홍승수 옮김, 사이언스북스,

최진석 | 탈인간을 위한 시-차들   13

도, 인간이 지구계 전체의 순환에서 중심이 아니라 부분이란 점은 잘 알려진 사실이다. 인류세를 필두로 한 최근의 인문학 담론은 생명과 사물의 연속적 궤적 속에 인간을 삽입하는 것 혹은 지구사적 문맥에서 인간의 부정성 내지 최소성을 기입하는 것이 당연하고도 긴급한 사안임을 천명한다.[4] 거대한 연속, 대연결의 서사가 우리 시대를 압도하는 담론으로 자리잡은 것이다.

지구 전체로 확장된 존재자들의 민주주의, 인류세와 그 너머를 바라보는 고양된 세계상의 탈근대적 분위기는 분명 긍정적이다. 모든 것이 생성·관류하는 이 세계는 존재론적 위계나 가치론적 차별의 구획들로 가득 찼던 지난 세기보다 생명과 사물에 우호적이며, 새로운 가능성과 전망의 지평을 열어준다. 하지만 동시에 이 모든 현상이 그리 낯설지만은 않다는 것도 문제적이다. 존재와 생성이라는 두 축이 지성사를 관통하는 담론적 주제임을 기억한다면,[5] 현재의 비인간주의 역시 이전의 담론적 풍조와 교묘하게 엇갈리며 궤를 같이하고 있다는 인상을 지울 수 없다. 물론 우리 시대의 비인간주의, 곧 세계와 인간, 사물의 존재론적 평등성에 대한 전환적 인식이 낡은 것의 반복일 뿐이라 폄하할 수는 없다. 그럼에도 이 현상이 정말 인간주의의 잔영을 벗어나는 전환을 가리키려면, 단지 담론적 유행을 넘어서는

<hr />

2004; 프란스 드 발, 『동물의 생각에 대한 생각』, 세종서적, 2017; 장-미셸 우구를리앙, 『욕망의 탄생』, 김진식 옮김, 문학과지성사, 2018; 스튜어트 러셀, 『어떻게 인간과 공존하는 AI를 만들 것인가』, 이한음 옮김, 김영사, 2021.

4   얼 엘리스, 『인류세』, 김용진 외 옮김, 교유서가, 2021, 33쪽.

5   프랭클린 보머, 『유럽 근현대 지성사』, 조호연 옮김, 현대지성사, 1999, 제1장. 변하는 것 (생성)과 변하지 않는 것(존재)의 사상사적 진폭은 인간학의 시차에 따른 담론적 투쟁과 관련된다. 어느 쪽이든 인간에 대한 정의가 변천함에 따라 사상사의 시계추도 극단을 오갔고, 인간과 비인간의 무게중심도 요동쳐왔다.

무엇인가가 더 필요할 듯싶다. 근대 인간학을 덜어내기 위한, 동시에 끝내 덜어낼 수 없기에 감수해야 하는 그 조건은 무엇일까? 인간과 비인간에 관한 이 주제를 최근의 시적 사유를 통해 재고해 보려 한다.[6]

2. 탈인간의 조건들

근대의 인간학, 휴머니즘에 의한 불연속과 분리, 위계화의 세목들에 대해서는 무수히 많은 분석과 비판이 쏟아졌기에, 여기서 또 자세히 살펴볼 필요는 없다. 그보다는 대연결이란 무엇인지, 그 구체적인 양상에 관해 선행적으로 짚어보는 게 낫겠다. 세 가지를 열거할 수 있는데, 우선 지구사적 문맥, 다음으로 사회문화적 논제, 마지막으로 사상사적 논점이 그것들이다.

2020년 초부터 흡사 '도둑처럼' 들이닥친 코로나19의 전 세계적 유행은 지구사적 맥락에서 대연결을 실감하게 만든 사건이다. 중국 우한에서 처음으로 보고된 코로나19 병원체는, 그 발생원인은 여전히 불명확하지만 단시일에 세계 전역으로 확산되었으며, 2년차에 접어든 2022년 2월 현재 전 세계에서 4억 2천만 명의 감염자를 낳았고, 6백만 명에 이르는 사망자를 발생시켰다. 14세기부터 19세기까지 유럽과 아시아에서 간헐적으로 유행한 흑사병, 즉 페스트가 누계 2억 명 정도의 사상자를 일으켰으니 비교할 수 없을 정도의 단기간 동안 그 두 배의 사상자를 낸 셈이다.

팬데믹의 충격은 21세기에 접어들며 세계 지성사를 자극하던 전지구화

6   이 글은 다음 두 글의 연장선에서 쓰였다. 최진석, 「팬데믹 이후, 세계의 저편─인류세와 지구생태적 위기의 시적 감응들」, 『현대비평』 8, 2021 가을호; 「인간 이후의 인간─포스트휴먼의 시학은 언제 시작되는가?」, 『작가들』 78, 2021 가을호.

(Globalization)의 개념을 체감의 현실로 이루어냈다는 데 있다. 1980년대 이래 정보기술혁명은 인터넷의 탄생과 함께 지구 전체의 동시적 연결망을 구축했지만, 이는 전자적 네트워크에 의한 비물질적 연결성의 구현에 한정된 것이었다.[7] 이후 '제국'이라는 문제틀을 통해 그 감도가 더욱 강화되긴 했지만,[8] 고도화된 통신네트워크와 SNS라는 사회적 소통매체의 발달은 어디까지나 가상현실에 기반을 둔 간접적 지구화의 증표로 제출될 뿐이었다. 코로나19는 이 같은 비물질적이고 간접화된 연결의 거대한 그물을 개인의 신체적 차원에서 지각하게 만든 사건이다. 더욱이 코로나19가 동물로부터 인간에게 옮겨진 인수공통감염병이라는 사실은 인간과 비인간 사이의 불연속 또는 연속에 대한 사상사적 논쟁을 과학적 증거에 입각해 종식시켰다. 동물로부터 최초로 전염되었다고 알려진 병원체는 자연적 경계에 대한 인간의 무분별한 침범과 훼손으로 말미암은 것임이 밝혀짐으로써, 인간과 동물, 자연과 사회 사이의 전통적 경계를 깨뜨리고 종간 연결의 보편적 가능성을 열어놓은 것이다.[9] 이 연결은 지구적 차원의 생태계적 일원성, 그 광범위한 보편적 연결고리를 상상하게 만듦으로써 더 이상 인간 대 동물, 자연 대 사회의 이분법이 유지될 수 없는 상황을 인식하게끔 강제했다.

코로나19의 대유행이 낳은 또 다른 효과는 공동체의 연결성에 대한 확

7 　마누엘 카스텔, 『네트워크 사회의 도래』, 김묵한 외 옮김, 한울아카데미, 2003, 36쪽 이하.

8 　Michael Hardt & Antonio Negri, *Empire*, Harvard University Press, 2000, pp.19~21.

9 　이로써 인간과 비인간 사이의 피해와 가해의 이분법 또한 무의미해졌다. 인간이 곧 가해자이자 피해자로 증명되었기 때문이다. 물론 비인간 존재자에게 더 큰 피해를 주면서. 이항, 「팬데믹의 시작: 인간, 가축, 야생동물의 접점」, 인간-동물 연구 네트워크 엮음, 『관계와 경계』, 포도밭, 2021, 127~142쪽. 인수공통감염병 원인의 하나로 기후위기가 지적되곤 한다. 정석찬, 「하나의 건강, 하나의 세계: 기후변화와 인수공통감염병」, 김수련 외, 『포스트 코로나 사회』, 글항아리, 2020, 214~216쪽.

인과 긍정이다. 대기중 비말산포를 통해 무차별적으로 확산되는 코로나19 바이러스는 마스크로 상징되는 사회적 분리와 차단을 초래했다. 초기 방역 단계에서 마스크 공급 부족과 사재기 등으로 인해 대중의 불만이 차오르고, 자신의 생존을 위해 서로를 배척하고 의심하던 상황을 잘 기억할 것이다. 근대 사회는 공동체 바깥의 위험에 대한 방비책으로 자신의 권리를 일정 정도 반납하는 대신 보호와 안전을 구하는 체계로 성립했다. 하지만 코로나19는 바로 그 사회, 즉 동질적 시민들이 다수로 거주하는 공동체야말로 '밀접 접촉'을 통한 감염과 죽음의 위기를 맞이할 수 있는 장소임을 인식하게 만들었다. 그뿐만 아니라 사회적 계층에 따라 질병에 노출될 위험성과 치료 및 생존의 가능성에 편차가 빚어짐이 밝혀졌을 때,[10] 이 사회는 곧장 파경의 순간으로 돌입할 수 있는 것이었다.

이러한 긴급성과 위급성은 제도정치의 차원에서도 반복되었다. 방역 지침 등에 관해 정치권은 일관된 합의를 이루어내지 못했으며, 전문가들의 '과학적' 진단이나 연구에는 크게 귀기울이지 않는 모양새였다. 확진자의 동선이나 접촉여부 등을 공개하는 것이 사생활에 대한 간섭이나 침해로 간주되고 전체주의적 통제로 의심받았던 사례가 대표적이다. 사정이 이러하니 팬데믹이 2년차에 접어드는 현재, 감염자나 사상자 수 억제에서 한국 사회가 상당한 성과를 거두었다는 점은 이례적일 수밖에 없다. 국가의 공공관리 능력에 잠시 괄호를 쳐둔다면, 많은 연구자들은 그 공로를 시민들의 자발적 자기통제, 곧 인민주권의 행사에서 찾고 있다. 이웃의 위기가 곧 자신의 위기와 연결되어 있음을 깨닫고, 그에 대해 공동으로 대처함으로써

◇◇◇◇◇◇◇◇◇◇◇◇◇

10　우석균, 「불평등한 세계에서 팬데믹을 응시하다」, 『포스트 코로나 사회』, 128~148쪽; 존 머터, 『재난 불평등』, 장상미 옮김, 동녘, 2020, 13쪽; 폴 파머, 『감염과 불평등』, 정연호 외 옮김, 신아출판사, 2010, 397쪽 이하.

더 나은 삶을 공동체에 선사하고자 하는 정치·윤리적 결집의 효과라는 것이다.[11] 이는 코로나19가 초래한 수동적 결과가 아니다. 역으로 코로나19가 드러낸 능동적 시민성의 표현이 'K-방역'이라는 뜻이다. 지금 여기서 방역의 실효성에 대한 논의를 벌이지는 않겠다. 다만, 코로나19가 공동체 구성원 상호간의 본래적 연결성을 회복하고 증진시키는 계기임을 지적하도록 하자. "우리는 서로에게 민폐가 될 수 있습니다." 폐끼침조차 용인될 만한 공동체는 '커먼즈로서의 우애'를 성찰적으로 깊이 받아들인 사회이다.[12]

마지막으로 담론적 차원에서 대연결의 증표를 확인해 보자. 근대의 종언이나 포스트모던의 문화적 유행을 구가하던 지난 세기의 말엽과는 대조적으로, 21세기는 유물론의 혁신, 즉 신유물론과 함께 시작되었다. 알다시피 유물론은 근대 사회사상사를 견인한 정치이념이자 이데올로기적 축이었다. 그것은 관념보다 물질을 우선하며, 추상적 가치나 의미보다 실질적인 사물 자체를 더욱 진실되고 실재적인 것으로 여기는 태도이자 신념에 해당된다. '이데올로기의 시대'라 불리던 20세기가 동·서 양진영으로 분할되고 각자의 제도와 법규, 체제, 생산양식 등을 구축했던 것은 물질과 사물 자체의 진리성보다는 그에 관한 입장이 달랐음을 반증한다. 그러나 1991년 소비에트 연방의 해체로 미국식 자본주의의 단극체제가 오래 지속되면서 물질적 부, 곧 자본만이 모든 것이라는 인식을 깨운 것은 근대 유물론의 한계이자 역설인지도 모른다.

사회에 대한 관점이나 정치적 관심사가 아니라 물질 자체에 대한 인식

---

11   황정아, 「팬데믹 시대의 민주주의와 '한국모델'」, 황정아 외, 『코로나 팬데믹과 한국의 길』, 창비, 2021, 32~33쪽.

12   변진경 외, 『가늘게 길게 애틋하게─감염병 시대를 살아내는 법』, 2020, 시사IN북, 208쪽; 황정아, 「팬데믹 시대의 민주주의와 '한국모델'」, 35~39쪽.

으로부터 배태된 신유물론은 종래의 사상적 틀을 벗어나 물질에 대한 새로운 이해에 입각하기를 권유한다. 과거의 유물론이 물질을 공간적 입자로 정의하고 불변하는 실체로 받아들인다면, 신유물론은 물질이 시간적 흐름에 따라 변화하고 생성하는 유동성을 갖는다고 주장한다. 사물은 눈앞에 던져진[ob-ject] 수동적 물체가 아니다. 오히려 사물은 이 세계에 변화를 일으키고 사건의 양태를 변형시키는 능동적 참여자이다. 인간은 사물과 동등한 세계-내-사건의 관여자에 머물며, 그런 의미에서 사물과 동등한 존재론적 가치를 지닌다.[13] 과학기술학(STS)에 근거를 둔 신유물론은 사물들의 연결망에 관심을 갖기에 비인간과 인간의 종차적 구분을 내려놓고, 네트워크의 종류 자체에만 초점을 맞춘다. 인간의 고유성과 영향력을 무시하지는 않지만,[14] 인간만의 결정적 주도권은 인정하지 않는다. 객체지향적 존재론이라 불리는 이런 경향은 신유물론에 '비유물론' 혹은 '반유물론'이라는 명칭까지 붙게 만드는 형편이다.[15] 관건은 이 사조가 유물론인지 아닌지에 있지 않다. 요점은 근대적 시간 바깥의 새로운 시간 개념, 즉 비근대적이고 탈근대적인 시간 개념이 신유물론을 낳았고, 그것이 인간과 비인간, 물질과 비물질, 자연과 사회, 거시세계와 미시세계 등으로 구별되던 근대적 불연속을 (다시) 연결시키는 매개가 되었다는 데 있다.

13   레비 브라이언트, 『객체들의 민주주의』, 김효진 옮김, 갈무리, 2021. 이 책의 제목이 시사하는 것은 객체들이 서로 민주적 관계를 맺는다는 것이 아니라 상호 무관계함으로써 각자의 존재론적 지위를 누린다는 사실이다. 여기서 민주주의란 특정한 관계로부터의 벗어남인 바, 어떤 관계든 그것을 구축하는 (지배적) 주체를 노정하기 때문이다.

14   브루노 라투르 외, 홍성욱 엮음, 『인간·사물·동맹』, 이음, 2010, 30쪽.

15   그레이엄 하먼, 『비유물론』, 김효진 옮김, 갈무리, 2020, 156쪽.

3. 세 가지 시-차를 경유하여

근대 이후의, 근대 너머의 지금-여기라는 상황에서 '거대한 연결'은 상당히 추상적인 이념처럼 들린다. '추상적'이라 말하는 이유는 그 연결의 근거를 우리가 아직 기대고 있는 근대적 과학과 인식의 방법으로 완전히 풀어낼 수 없기 때문이다. 사물과 사물, 인간과 비인간 사이의 생성과 변형, 지속의 과정은 동시대적 관찰로는 입증에 한계가 있다. 마치 수백 수천만 년을 요구하는 지질학적 연대기처럼 오랜 시간적 누적과 변전을 통과해야만 지구사와 우주사를 관류하는 대연결의 실상이 드러날 것이다. 또한 '이념'이라 부르는 까닭은 연결이 불러내는 인식과 태도가 진리에 대한 지향과 흡사한 탓이다. 시간을 공간화시켜 이해함으로써 분석적 인식은 증대되었으되 사건을 보는 능력은 감퇴했다는 통찰에 기댄다면,[16] 인간과 비인간의 공진화는 근대의 인간주의로부터 해방된 또 다른 진리의 차원을 열어 보일 것이다.

관건은 이 거대한 연결이 어떤 관점에서, 그리고 어떠한 지평을 거쳐 펼쳐지느냐에 있을 듯하다. 앞서 존재와 생성이라는 두 대립되는 주제가 지성사를 관통해 왔다고 지적했거니와, 불연속과 연속, 단속과 연결 모두 동일한 맥락에서 수렴되는 개념들로 볼 수 있다. 예컨대 서구 사상사 전반을 투과하는 '존재의 대연쇄'는 대연결과 마찬가지로 모든 것이 상호 연쇄적으로 이어져 있음을 설파했으나, 신학적이거나 철학적이고 정치적인 입장 차에 따라 서로 다른 해석들이 난무하는 담론의 각축장을 벌였다.[17] 달리 말

---

16   앙리 베르그손, 『물질과 기억』, 박종원 옮김, 아카넷, 2006, 344~347쪽.
17   아서 러브조이, 『존재의 대연쇄』, 차하순 옮김, 탐구당, 1991, 제1장.

해, 어떤 지반 위에 놓여 있느냐에 따라 존재(불변하는 것)와 생성(변화하는 것)의 상이한 배치를 낳는 개념이었던 것이다. 하지만 어느 쪽이든 물질과 사물, 세계를 인간학적 입장에서 관조한다는 것은 동일했기에 근대성의 토대를 벗어났는지는 의문스럽다. '대연결'에 대해서도 사정은 다르지 않은데, 바이러스든 커먼즈든 물질이든 비인간적인 것에 대한 주목이 어떤 기반을 은밀히 전제하느냐에 따라 다시 '인간의 눈'이 개재할 가능성을 의심해 볼 수 있기 때문이다.[18]

'사물들의 우주'라 명명된 비인간주의의 급진화 자체가 문제일 리는 없다. 인간학 자체가 근대의 산물인 만큼, 인간이라는 근대의 에피스테메를 넘어서기 위해서는 분명 비인간을 문제화할 필요가 있다. 그럼에도 인간 자체가 아니라 인간이 비워진 곳, 그 자리 자체가 이미 인간의 산물임을 염두에 두어야 한다. 인간 없는 자리에 기입된 인간적인 것을 문제화하는 것만이 진정 비인간을 맞이하기 위한, 대연결의 장을 여는 첫 걸음이 될 것이다. 징후적 독해가 그렇듯, 실체가 아니라 흔적으로 비인간을 읽어낼 수 있을 때 우리는 진정 인간과 비인간을 포괄하는 '사물들의 우주'를 상상할 수 있을 것이다. 그렇기에, 아이러니컬하게도 이 작업은 가장 인간적인 장르인 문학에 근접해 있다.[19] 하지만 그것은 소설적이기보다는 차라리 시적이라 할 만하다. 불연속과 이질감, '어긋난 이음매'를 통해 드러나는 대연결의 사건은 완결성을 추구하는 소설보다 인식과 감각의 단층선 및 파열점에 더 주의를 기울이는 시에 적합하기 때문이다. 시선과 시간, 시(詩)에 새겨진 단

---

18 슬라보예 지젝 외, 『다시, 마르크스를 읽는다』, 최진석 옮김, 문학세계사, 2019, 105~106쪽.

19 스티븐 샤비로, 『사물들의 우주』, 안호성 옮김, 갈무리, 2021, 32쪽. 저자는 이 시도를 '사변소설'이라 부른다. 유사한 맥락에서 연결성에 대한 사유는 문학들 간의 차이에 주목하는 비교문학에 가깝다. 러브조이, 『존재의 대연쇄』, 28쪽.

층과 파열의 지점들을 최근의 시편들 속에서 읽어보자.

3-1. 인간과 비인간의 시-차(視-差)

데카르트가 인간의 정신, 즉 이성적 영혼을 육체 없이도 존재하는 실체라 선언했을 때, 그가 염두에 둔 것은 거울이었다. 사물을 있는 그대로 비추는 사물로서 거울의 위상은, 그것이 발명되었을 무렵부터 특별한 것이었다. 자신이 아닌 다른 것의 이미지를 담아내고, 그 '다른 것'의 자기 이미지를 투영하는 거울은 정녕 정신의 표상이자 근대 인간의 자기의식을 드러내는 상관물이 아닐 수 없다. 모든 조건이 동일해도 정신을 인정하지 않는 존재가 있다면 그는 우리 지구인과는 전혀 다른 실존일 것이라는 사고실험을 참조하지 않더라도,[20] 인간은 분명 정신을 통해 외부세계와 자기자신을 표상하는 존재이다. 그런데 만약 거울이 없다면, 달리 말해 외적·내적 현실에 대한 반영적 지각이 없다면 그는 어떻게 될 것인가?

> 거울이 사라졌다고 한다.
> 물에 아무것도 비치지 않는다고 한다.
> 쇼윈도에도
> 사진에도
> 그녀의 눈에도
> 내가 없다고 한다.

◇◇◇◇◇◇◇◇◇◇◇◇◇

20 리처드 로티, 『철학 그리고 자연의 거울』, 박지수 옮김, 까치, 1998, 제2장. 로티는 그들을 대척행성인(對蹠行星人, Antipodea)이라 부른다.

나는 생후 한 번도 내 얼굴을 본 적이 없어서
꿈 없는 잠을 잤다.
잘 잤다.
그림자라는 게 뭔지 몰라서
백미러가 없는 자동차를 몰고 질주를.
차 안에서 목청껏 노래를 부르고
치명적인 충돌까지.

죄책감이 필요하지 않았다.
위층은 일 년 내내 비어 있었다.
누군가를 비난한 뒤에
사랑해! 사랑해!
아무리 소리를 질러도 누가
대답을

— 이장욱 「비반영」 부분[21]

　　거울의 부재는 인간이 자신을 비추어볼 그 어떤 매개물도 갖지 않게 되었다는 뜻일 수도, 또는 자기의식을 가질 인간적 존재가 더 이상 실존하지 않는다는 뜻일 수도 있다. 데카르트적 자아가 최초로 성립했을 때처럼, 그러나 자신을 보증할 신도 없고 투영할 세계도 없는 것처럼 자기를 확인할 아무런 대상도 "없다"면 무슨 일이 벌어질 것인가? 이 없음은 무를 표시하는 최소한의 문자적 기호("비반영")에 해당되며, 그것이 무엇인지는 두 번째

21　　이장욱, 『동물입니다 무엇일까요』, 현대문학, 2018, 16~18쪽.

연의 내용적 진술로써 섬뜩하게 묘사된다. '우리' 인간에게는 아이러니하지만, 자아가 없는 인간-존재는 불안에 떨거나 두려움에 사로잡히기는커녕 "꿈없는 잠"을 잘 수도 있고, 자기 반영적 투영으로서 "그림자"도 갖지 않기에 "자동차를 몰고 질주"하거나 "목청껏 노래" 부를 수 있는 쾌활한 존재가 된다는 것. 심지어 "치명적인 충돌"을 일으켜도 문제될 게 없다. 왜냐면, 죄악에 대한 책임을 물을 신("위층")이 없으므로 "죄책감"도 느낄 필요가 없는 탓이다.

정신을 인정하지 않는 대척행성인은 심신이원론 같은 문제에 시달리지 않는다. 자기 및 타자의 반영이라는 개념 자체가 인간의 고유한 특징이기에 결코 지구 밖의 존재자에 대해서 보편적으로 적용될 수 없다. 그 같은 존재는 홀로 있어도 "외롭지도 않"을 뿐더러, 누구를 만나든 기꺼이 "처음 뵙겠습니다"라고 인사하며 당장 헤어질 수도 있다. 타자는 타자일 뿐 자기 안에 있거나 밖에 있는 어떤 투영적 대상이 아니기 때문이다. 그는 어쩌면 니체적 초인(Übermensch)이거나 베르그손의 초인(sur-homme)에 가까울지 모른다.[22] 또 다른 인류, 혹은 인류의 타자로서 비인간이 그럴 것이다.[23] 하지만 아무것도 되비추는 게 없는 그 세계의 존재는 차마 존재자라고 부를 수도 없는데, 비반영의 세계, 곧 쌍을 만들지 못하는 세계의 복수성이란 각각의 각자성만 있을 뿐, 그들을 묶어줄 틀을 갖지 않는 까닭이다. 지구-인간에게

∞∞∞∞∞∞∞∞∞∞

22　프리드리히 니체, 『차라투스트라는 이렇게 말했다』, 정동호 옮김, 책세상, 2002, 29쪽; 앙리 베르그손, 『창조적 진화』, 황수영 옮김, 아카넷, 2005, 396쪽.

23　이장욱의 작품은 시집 제목이 시사하듯 동물, 혹은 동물과 인간의 관계나 경계에 대한 것이기에 우리의 논제보다 더욱 한정적인 범위에서 음미해볼 수도 있다. 그러나 그때도 동물은 비인간, 즉 인간 밖의 존재자에 대한 표상이자 인간을 되비추는 표상으로 진술되고 있으며, 결국 현재 인간과 그의 타자로서 비인간 사이의 거리를 인간에게 드러내는 존재자(거울)에 가깝다. 이장욱, 「동물원의 시」, 『동물입니다 무엇일까요』, 87쪽.

이 대척행성인들의 시선이 "미친 듯" 보이는 것도 그런 이유에서다.[24]

> 사람들은 비추어지지 않는 거리를 걸어갔다.
> 나는 거리에 서서 사람들을 바라보았다.
> 한 사람 한 사람을
> 미친 듯이 바라보았다.
>
> ― 이장욱 「비반영」 부분

3-2. 포에지와 포이에시스의 시-차(詩-差)

타자 또는 외부에 대한 의식(거울)이 없다면, 모든 각각의 대상들은 그 자체로 존립하는 '무엇들'이다. 인간이든 비인간이든, 그들을 포괄하는 우주에 현존하는 사물들은 그저 적나라한 사물성들 자체일 뿐, 여기에 어떤 의미도 있을 수 없다.

> 흰색 위에 흰색을 덧칠하는 것은
> 농담이라고 배웠어
> 상대방이 웃을 때 따라 웃어주라고 배웠어
> 눈물은 채도가 낮은 하얀 색일 것 같았지

---

24 푸네스는 한번 접한 모든 것을 잊지 않는다. 하지만 그 모든 것들은 각각의 개별자로 기억 속에 남기에 일반적 기준을 세워 분류할 수 없다. 각각의 존재자를 그 자체로 실존하는 것으로 받아들이는 것은 위대한 능력이다. 신유물론이 내세우는 '사물들의 우주'도 그와 같을 법하다. 하지만 모든 것이 일반성 없는 각자일 때, 인간적 사유, 곧 추상화는 불가능해진다. 호르헤 루이스 보르헤스, 「기억의 천재 푸네스」, 『픽션들』, 황병하 옮김, 민음사, 1994, 188쪽. 그것은 데카르트가 몰아내고자 했던 광기의 일부일지 모른다.

장미는 빨개 빨간 것은 사과 사과는 심장 심장은 시계 위에
서 째깍째깍 뛰고 뛰는 사람은 아직 두 볼이 붉은 어린아이
　　빨강의 순환
　　아주 어린 그 아이는

　　피아노를 쳤어 흰 건반 위에 덧칠한 것이
　　검은색이라서 다행이야
　　우리의 음악은 농담이 아니라서
　　네가 웃어넘길 때 내가 울어도 되겠지

　　그것이 사랑이어도 좋겠지
　　장미가 이름을 잃고 계절이 수상하게 끝나고
　　사나운 발톱이 미끄러운 담벼락을 놓치고 다시 고아가 되어
새빨갛게 울어도

　　심장은 시계 위에서 정직하게 뛰고 있으니까 괜찮아
　　아이는 메트로놈을 원점으로 고정시킨다

　　그것을 변주해도 좋겠지

　　다시, 장미 시계 피아노
　　　　　　　　　　　── 원성은, 「장미, 시계, 피아노」 전문[25]

25　　원성은, 『새의 이름은 영원히 모른 채』, 아침달, 2021, 18~19쪽.

실용적 측면에서 볼 때, 같은 색을 덧칠하는 것은 무의미하다. "흰색"에 "흰색"을 다시 칠하는 것은 다만 두 번의 흰 칠에 다르지 않을 터. 따라서 그 효과는 내용 없는 형식의 반복이 야기하는 "농담"과 같다. 웃음에 웃음으로 응대하는 것 역시 마찬가지다. 감정의 전이나 감염, 또는 '사회적 의례'라고 부르는 에티켓이 아니라면 거기에는 아무런 의미도 없다. "눈물"과 "채도가 낮은 하얀색"을 등치시키는 것은 그 무의미의 극단에 있는 바, 상이한 두 사건의 의미 차이를 전혀 식별하지 않고 또 인정하지 않기 때문이다. 이 모두는 각각의 사물, 그것들의 차이를 제거하고 동등화할 때 발생하는 필연적 결과이다. 끝말잇기가 잘 보여주듯, 사물들은 가족유사성에 따라 이리저리 이어지거나 "순환"하고, 희로애락의 인간적 감정은 그 부대물인 양 버려질 뿐이다.

사물("장미")이 "이름을 잃"거나 변화("계절")가 "수상하게 끝나고", 마찰력의 물리법칙이 작용하지 않거나("사나운 발톱이 미끄러운 담벼락을 놓치고") 각자("고아")로 남겨지는 것은, 그럼에도 정지나 무가 아니다. 우주의 수많은 행성이 서로를 모르는 채 존립하고, 인간과 비인간이 상호 무관계하게 실존해도 아무 상관없는 것처럼. 그러나 여기에 분명 시간은 흐르고 운동은 지속된다. "원점"에 놓인 "메트로놈"은 이 무관성의 우주를 "고정"된 것처럼 바라보는 인간학적 시선일 따름이다. "변주"를 동일한 것의 반복으로 보는 것과, 계속적인 차이의 생성으로 보는 것은 정말 '한 끗 차이'인 것이다.

"장미"와 "시계", "피아노"는 제각기 자연/생명과 기계/법칙, 그리고 인간/문화를 상징한다. 사물들의 우주에서 이 모든 존재자들은 오직 무관성을 통해서만 연결 가능한 역설의 연관성 속에 있다. 마지막 연이 무척 흥미롭다. 눈치빠른 독자라면 여기에서 로트레아몽의 저 유명한 "해부대 위에서의 재봉틀과 우산의 우연한 만남처럼 아름답다"라는 구절을 떠올릴 것이다.[26] 이미지들을 뒤섞고 파열시키는 데서 오는 감각의 폭발, 그것을 추구하던 시인이 '아름답다'는 해석적 언명에 도달했음을 유의하자. 그와 달리 "장미"와 "시계", "피아노"의 병렬은 그 어떤 미학적 판단에도 도달하지 않는다. 이 시에서는 "다시"라는 부사가 서둘러 앞을 가로막음으로써 명사(사물)들을 상호 무관히 나열하고 있다. 만일 여기서 모종의 감각적 흥취나 미적 쾌감을 느낀다면, 그것은 인간-독자인 당신에게 벌어진 지극히 인간적인 현상일 뿐이다. 문학이라는 문화적 제도, 그 장르적 무대를 충분히 인지하고 지각하는 우리-인간의 사태인 것이다.

사물은, 그것이 인간적 명명을 통과하는 한 결코 사물 그 자체일 수 없다. 이 지극히 미묘한 사건의 편차, 그것을 드러내는 게 예술이며 시학이다. 전통 시학이 사물이라는 대상의 재현에 의식적으로 기대는 예술[poésie]이라면, 비인간을 문제삼는 우리에게 사물은 결코 그것이 사물 자체일 수 없음을 역설적으로 드러내는 사건의 생산[poiesis]에 가까워 보인다.

3-3. 미래와 미-래의 시-차(時-差)

그렇다면 사건의 생산은 예술인가 아닌가? 예술이 아니라면 무엇이라 말해야 할까? 지금-여기로 표명되는 현재성과는 단절된, 하지만 또한 이어져 있는 낯선 시간성으로서 그것은 우리-지구-인간이 경험하는 현재와 판연히 다른 시간의 감각이 아닐까? 일상적 경험 이상의 체감으로서 어제와 오늘, 내일을 비껴나가는 감각이 있다.

---

26 로트레아몽, 『말도로르의 노래』, 황현산 옮김, 문학동네, 2018, 248쪽.

밤은 명사일 리 없어
우리는 보다, 의 반대편에 있다

[…]
눈을 감긴다 어제에겐 색채가 없고
내일에겐 질감이 없는데
볼 수 없어서 우리는
물컹한 유리가 되어 가지
액상(液狀)으로만 만나자, 눈을 뜨면
쓸데없는 밤이, 시력이 없는 눈이
사물의 무늬가 되어 간다

— 류성훈, 「유리체」 부분[27]

　　"밤"은 "명사"지만 고정된 사물이나 상태가 아니다. 밤의 본래면목은
시간의 흐름, 반복되며 늘 다르게 현상하는 시간과 시간 사이의 간격, 곧
시-간(時-間)에 있다. 그러므로 양안의 동시성 속에서 포착되는 "밤"이란 공
간화된 시간, 정지되고 고형화되어 지성에 의해 포획된 시간성의 자취를
뜻한다. 우리는 어제에서 오늘로, 오늘에서 내일로의 연속적 표상을 통해
시간의 이행을 구성하지만, 그것은 실상 낮과 밤의 분절된 관념들을 붙여
놓은 불연속적 이미지들의 열거에 불과하다. 낮과 밤, 그리고 어제-오늘-내
일은 결코 상호 환원되지 않는 불가분의 연속체로서 실재한다. 때문에 "어
제에겐 [내일과 비교할] 색채가 없고/내일에겐 [어제와 대조할] 질감이 없"

27　　류성훈, 『보이저 1호에게』, 파란, 2020, 28-29쪽.

는 것이다. 지금-여기는 지금-여기 그 자체이기에 "오늘"로 소환될 수 없는 흐름의 한 가운데이자, "어제"나 "내일"과 구별되지 않는 흐름의 흐름을 지시할 따름이다.

이렇게 연속이자 불연속이고 이어짐이자 끊어짐인 이접적 종합(synthèse disjonctive)으로서의 시간성은 사물을 반영하거나 투영하지 않고, 재현하거나 제시하지 않으면서 형상 그대로 찍어낸다.[28] 바꿔 말해, 인간적 "시력이 없는 눈"은 대상을 특정한 관점에서 이미지화하는 게 아니라 "사물의 무늬"로 "[생성]되어" 감으로써 사물성을 띠게 된다는 말이다. 부딪고 부딪치는 두 사물 사이의 충격이 양쪽 모두에게 흔적을 남기듯, 시간은 사물에 흔적을 남기고 사물도 시간에 흔적을 남긴다. 영향을 주고 영향을 받는 이 관계는 그 어떤 인간학적 해석도 요청하지 않는 비인간적 사물성의 시간이 실재함을 반증한다. 우리-인간에게는 모호하고 불연속적으로 보이지만 인간 바깥의 시점(時點)에서는 순수한 지속(durée) 이외에 다른 것이 아닌 사건이 바로 그것이다.[29] 보이지 않는 밤을 보고자 "눈을 감긴" 시인에게 닥친 몰아(沒我)의 실재는 물-아(物-我)의 밤이다.

흐린 겨울 저녁인데 죽은 자의 글을 따라가는 앳된 소녀가 롤러스케이트 같은 기계를 타고 공중으로 솟구쳤다 거기에 나는 없었다 땅은 좁아졌고 사람들도 줄었다 거기에 나는 없었다 문장도 하늘로 떠올랐다 All's Well That Ends Well 결과가 좋으면 다 좋아요 공중에서 눈이 내렸

〰〰〰〰〰〰

28   이접적 종합은 상이한 사태들 사이의 거리와 차이를 긍정함으로써 연결시키는 역설적 종합을 말한다. Gilles Deleuze, *Logique du sens*, Minuit, 1969, p.202.

29   베르그손, 『창조적 진화』, 397쪽.

다 검은 구름에서 흰 눈은 여전했다 거기에 나는 없었다 구름 위를 한 사내가 바바리코트를 입은 채 걷고 있었다 검은 마스크를 쓰고 있었다 신인류였다 속도 중력 감정 들이 비틀어졌다 우리가 본 것이 아니었다 거기에 나는 없었다 여성과 사내 들은 주로 공중에 떠 있거나 지하로 내려갔다 지상은 오염되었고 신인류는 이제 불행을 매수하지 않았고 내버려둔 채 세상 최후의 고독을 살았다 거기에 나는 없었지만 이에 대한 어떤 증거도 거기엔 없었다 고스란히 새와 식물 들은 보였지만 불법이긴 했지만 수명 단축 기계가 여기저기 도시의 쓰레기통에 버려져 있었다 '결과가 좋으면 다 좋아요' 그 도시의 재해대책본부에서 쏘아올린 저녁의 문장이 다시 공중으로 솟구쳤다

신이 아니라, 내가 보기에 그것은 마치 돛대 같았다

— 성윤석, 「2170년 12월 23일」 전문[30]

음울한 분위기를 물씬 풍기는 이 시편의 배경은 흡사 코로나19가 횡행하는 현재를 방불케 한다. "흐린 저녁"이나 "죽은 자의 글", "앳된 소녀"와 "롤러스케이트", "땅은 좁아졌고 사람들도 줄었다"와 같은 시구들은 팬데믹의 대환란을 시사하는 듯하다. 그러나 먼 미래를 향한 제목과 역설을 이루듯, 실제 이 시편은 코로나19 이전에 집필되었다. 오히려 이 시적 시공간에서 지배적인 것은 비인간적인 것의 출현에 대한 섬뜩한 감수성의 표현이다. "검은 마스크"와 "신인류", 비틀린 "속도 중력 감정", "공중"으로 부유하거나 "지하"로 침강하는 온갖 것들, "불행"과 "세상 최후의 고독" 등 여하한의 인간학적 사실들의 역사가 나열되어도 그 모든 계기들을 절단시키

30   성윤석, 『2170년 12월 23일』, 문학과지성사, 2019, 12-13쪽.

는 문장 "거기에 나는 없었다"를 되풀이해 읽어보라. 이 부재의 기호는 실존하는 특정한 '이 나'의 역사적 실존을 가리키는 게 아니라, 사태를 바라보는 인간적 시점(視點)과 지각의 시점(時點), 그리고 이를 언어로 기술할 시점(詩點)의 완전한 부재 가능성을 문자적 현전으로 대신한 것이다.

당연하게도, 우리-인간은 그것-비인간의 시점에 온전히 설 수 없다. 문학과 영화, 철학적 성찰 등의 모든 매체적 기술들은 (우리-)비인간이 거울적 반영을 통해 대리보충하여 나타난 효과라 할 만하다. 어딘지 핵심을 꼬집으면서도 비껴나가는 듯한 "결과가 좋으면 다 좋아요"라는 상투적 표명은 일체의 비인간적인 것과 무관하게, 오직 인간에게만 적용되기에 의미를 갖는 낡은 인간학적 사실을 전시할 따름이다. 자, 이 시편에는 분명 비인간적인 무엇인가가 있다. 하지만 그것은, 마치 자연사가 그러하듯, 인간학적 서술의 '사이'에, 표현되지도 표명되지도 않은 시공간의 '바깥'에 간신히 모습을 드러낸다.[31] 미래는 "2170년 12월 23일" 같이 표지할 수 있는 미래의 어떤 시간이 아니다. 그것은 비인간과 마찬가지로 인간의 세 시점을 미끄러지게 만드는 시-차들 사이에서 흐릿하게 감지되는 (불)투명한 시간성에 가깝다.

---

31 동물성에 관한 오랜 철학적·문학적 표지들, 곧 어리석음이든 잔인함이든 결국 '인간의 고유함'에 대한 물음과 답변에 속한다는 데리다의 말을 되새겨보자. 제아무리 다름과 차이를 역설해도, 인간의 (거울적) 인식을 통과하고 언어적 기호체계를 통해 표명되었다면, 그것은 인간 자신에 대한 이야기일 뿐이다. Jacques Derrida, *The Beast & the Sovereign*, vol. 1, The University of Chicago Press, 2009, p.69.

4. 사물들의 우주, 또는 시-차의 역설

그 일 말고는 아무 일도 일어나지 않았다
죽어 해안에 추락한 새 한 마리, 해골조각을 마른 목으로 삼켜 울음
같은 긴 트림을 내뱉고 다시 죽어갔다

제 안에서 피 쏟고 새가 죽으면
부르지 못했던 새의 이름이 뼈에 새겨진다고도 들었다

나는 아주 오래전에
내가 잊은 나의 이름 하나를 찾으러
새가 죽었거나 죽어가던 종말의 바다에 서 있었다

죽은 새의 배를 갈라
덜 부패한 이름의 왕국을 밟으면서

내가 기억하는 나의 이름들이 새겨진 뼈는 아무래도 부러뜨리고
잃은 이름 하나를 찾아 죽은 새를 헤맸다
                                  — 김유태, 「죽지 않는 마을」 부분[32]

자연사는 인간의 세계나 역사와 무관하게 진행되는 비인간의 세계와
그 역사(Histoire)이다. 하지만 자연이 인간학의 시점들을 벗어나지 못하는

---

32   김유태, 『그 일 말고는 아무 일도 일어나지 않았다』, 문학동네, 2021, 14-17쪽.

한, 자연사 또한 자연에 관한 인간 자신의 이야기들(histoires)임을 면하기 어렵다. 자연사가 그 자체로 성립하기 위해서는 역사철학으로부터 탈정향되어야 한다는 아도르노의 금언을 되새겨볼 필요가 있다.[33]

지금 여기에 "죽어 해안에 추락한 새 한 마리"가 있다. "해골조각을" "삼켜" "다시 죽어갔다." 이 진술 자체는 별로 이채로울 게 없다. 어쩌면 죽은 새가 다시 죽었다는 문장에서 논리적 모순이나 시간의 퇴행을 짐작해볼 만은 하다. 하지만 일반적으로 새가 먹지 않는 "해골조각"을 삼킴으로써 "다시 죽"었다는 언명, 그 이중의 죽음은 문제적으로 읽힌다. 왜 "다시"인가? 첫 번째 죽음은 자연사적 사실이다. 해안가에 죽은 새가 있다는 실제 자체. 두 번째 죽음은 해석이다. 무엇인지 먹어서는 안 될, 문화적 원인으로 인해 새가 죽었다는 의미론적 실제가 여기 있다. 자연과 문화를 나누는 통념에 비춘다면, 후자가 전자를 매개함으로써 사실을 예술로 승화시켰다고 말해도 무방할 듯하다. 그런데 넷째 연에서 새는 "죽었거나 죽어가던" 시간의 교착선에 놓이게 된다. 과거인가 현재인가? 혹은 동시인가 동시가 아닌가? 이 불투명한 착란은 합리적이지 않다. 더구나 "새가 먹어치울 내생(來生)의 예고된 뼈 몇 조각이/실은 지금의 나임을 알아버렸다"라는 시구에 이르러서는, 죽은 새와 지금의 나, 그리고 해골조각/뼈 사이의 논리적 구분이 망실되고 만다. 이 시편이 일관성과 통일성을 갖춘 이야기로 구조화되는 것을 저지하는 요소는, "그 일 말고는 아무 일도 일어나지 않았다"와 "그런 일 말고는 아무 일도 일어나지 않았다"라는 첫 연과 마지막 연의 대구적 구절들이다. 수미상관의 시적 기교에 따라 시 한 편을 종결시켜주는 장치일

---

33   Theodor Adorno, "Die Idee der Naturgeschichte," *Philosophische Frühschriften(GS1)*, Suhrkamp, 1997, p.355.

지 모르나, 또한 서로가 서로의 꼬리를 무는 우로보로스적 순환을 가동시 킴으로써 시의 논리적 완성을 끝내 가로막는 장치일 수도 있다. 이 교란과 방해의 효과는 금세 짐작된다. 투명한 의미론적 해석, 즉 인간적 시점의 목 적론을 허물어뜨리는 것. 그럼 이 시편은 우리가 아는 시로서 성립하지 않 는 걸까?

연결은 일종의 은유이자 의인화이고, 그런 만큼 인지적이며 인공적인 인간화의 기술이다. 해부대 위에 놓인 재봉틀과 우산은 각자 별개의 사물 들이지만, 이들의 회집을 '우연'하다고 명명하고 '아름답다'고 탄식하는 것 은 비인간적인 것에 얽혀있는 어쩔 수 없는 인간화의 흔적이다. 은유가 갖 는 억지스러운 통합력과 의인화가 내포하는 탐욕스러운 인간주의에 대한 지적이 무수히 쏟아졌음에도, 이 수사학적 장치들이 "다양하게 구성되어 연합을 형성하는 물질성의 세계"에 대한 감수성을 일으키는 필수적인 요소 임을 인정해야 한다.[34] 관건은 이 '거대한 연결' 속에 비인간적 결절을 어떻 게 감추면서도 드러낼 수 있는가에 달려있다.

> 사방이 막힌 방 안에 홀로 앉은
> 두 귀가 없는 소녀가 더듬더듬 오보에를 꺼낸다
> 소녀는 익숙하게 A 음을 길게 뿜어낸다
>
> 오보에 소리가 새어 나가지 못하고 방 안을 가득 맴돌 때
> 소녀가 앉아 있는 왼편 벽면에 격자무늬 창 하나가 만들어지고

34   제인 베넷, 『생동하는 물질』, 문성재 옮김, 현실문화, 2020, 246쪽.

소녀가 앉아 있는 맞은편 벽면에 소녀의 키만 한 문이 만들어지고

소녀가 앉아 있는 오른편 벽면에서 그랜드피아노 한 대가 튀어나와
뚜껑이 열리고

소녀가 앉아 있는 뒤편에서는 주인 잃은 각각 다른 크기의 그림자들
이 일제히 일어섰다 앉기를 반복하고 있다

소녀가 뿜어내는 A 음의 오보에 소리가 소녀의 가슴에도 창을 달아
주고

문을 달아 주고, 두 귀를 달아 준다

그곳으로 들락거리는 각각 다른 크기의 그림자들에게 꽃을 달아 준다

방의 천장이 열리면 우주 공간의 떠돌이별들도 제자리를 찾을 것이다
— 이원복, 「리에종—불어 연습」 전문[35]

"리에종", 즉 '연결'이라는 뜻의 프랑스어 제목은 의미가 우리에게 어
떻게 현상하는지를 정확히 보여준다. "두 귀가 없는 소녀"는 "사방이 막힌
방"에서 "오보에"를 "익숙하게" 연주하고, 이는 그녀가 문화적 관습에 길
들여져 있음을 암시한다. 방 안을 가득 채우는 연주음은 이내 "창"과 "문",

---

35   이원복, 『리에종』, 파란, 2021, 29~30쪽.

"그랜드피아노"를 형상화해 협주의 시공간을 연출할 정도다. 이 장면에서 우리는 소녀가 음악을 통해 문화적인 것을 불러내고 인간화된 세계를 구성했노라 상찬할 수도 있으리라. 재미있는 점은 그녀의 연주가 "각각 다른 크기의 그림자들"마저 일으켜 세운다는 사실이다. 물론, "그림자" 역시 인간 세계의 음화로서 의인화된 인간 표상이라 단언할 법하다. 하지만 이 "그림자들"은 "주인 잃은" 사물이라 불리고, 소녀의 "오보에 소리"가 "꽃을 달아" 줌으로써만 시 속에 자리를 잡기에 그런 해석은 온당하지 않다. 방의 "천장"을 열기 위한 인간의 마지막 시도가 "각각 다른 크기의 그림자들에게 꽃을 달아 준다"는 시구는 인간화의 범주가 비인간적인 것의 포함을 통해서만 완료된다는 역설을 드러내는 것이다.

　"우주 공간의 떠돌이별도 제자리를 찾을 것"이라는 이 시의 대단원은, 그렇게 인간적인 것과 비인간적인 것이 '리에종'되어 하나의 성좌(Konstellation)을 구축하는 지점에서 완성된다. 성좌, 곧 별자리는 그 자체로 인간 아닌 행성들의 집합이자 비인간적이고 비인격적인 사건의 우연한 순간에 지나지 않는다. 당연히, 인간적 지향 없이도 그것은 존립하며, 어제-오늘-내일의 구분 없는 억겁의 시간을 통해서도 지속될 것이다. '사물들의 우주'는 바로 이 사건 아닌 사건, 순수한 사건 자체를 가리키는 이름이자 이념이다. 분명한 점은 '사물들의 우주'라고 거창하게 부르든 부르지 않든, 별은 별이라는 완전히 실재적인 비인간적 사물이라는 것이다.[36] 대연결의 이념도 그와 다르지 않다. 명명되고 의미화되는 한 그것은 실제한다. 하지만 명명과 의미화의 궤적 바깥에서 그것은 더욱 확실히 실재하는 것이다. 양자택일도 양자부정도 아닌, 양자의 동시적 긍정이라는 시-차의 역설을 어떻

◇◇◇◇◇◇◇◇◇◇◇◇◇◇
36　　샤비로, 『사물들의 우주』, 258쪽.

게 불러들일 수 있을까?

*　　　　　*　　　　　*

　　동물과 사물, 일체의 비인간적인 것에 대한 우리 시대의 성찰을 마냥 오래된 사변의 반복이라 부를 수는 없다. 시간의 본성이 사건적 지속에 있음을 염두에 둘 때, 그 어떤 것도 동일하게 되풀이되지는 않는다. 오직 차이나는 것만이 돌아올 뿐이며, 생성으로서 그것은 매번 다르게 현상할 것이다. 그럼에도 언어라는 불완전한 도구, 지극히 한정된 매체를 지닌 우리는 이를 다르게 표현하지 못한다. 문자와 문자 사이의 공란, 무는 아닌 그 공백에서 새어나오는 비인간적 소음과 움직임에 민감하게 감각을 열어 놓을 따름이다.

　　팬데믹이 펼쳐놓은 대연결의 시대적 분위기와 포스트휴먼에 관한 시적 언사들은 비인간을 노래하면서도 예전의 인간학적 그늘에 그대로 머물곤 한다. 언어적 존재자이자 지구적 생명체이고, 근대인의 굴레를 탈피하지 못한 우리는 영영 비인간의 미-래에 가닿지 못할 성싶다. 인간 '바깥'을 보고자 하면서도 인간적인 것 '안'에 갇혀 있을 수밖에 없는 우리에게 필요한 것은 비인간적인 것에 대한 발견일까, 혹은 그것을 촉지(觸知)하게 해주는 발명일까? 비인간에 대한 시적 탐문은, 그것이 지구생태에 대한 것이든 정치적 공동체에 대한 것이든, 또는 사물 세계의 사변적인 것이든 인간과 비인간의 시-차들, 그 역설을 어떻게 담아낼 수 있느냐에 달려 있을 듯하다.

미래의 입장에서 지금의 '지성'을 기억하기

— 성다영, 『스킨스카이』에 대하여

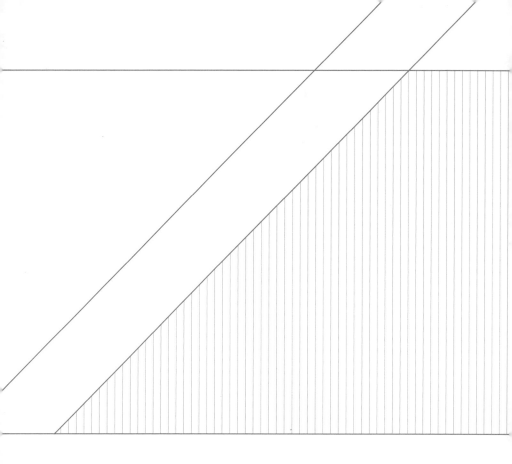

김정현

광운대학교 국문과 및 서울대학교 국문과 대학원 졸업.
(구인회모더니즘 연구로 박사 학위를 받음.)
2018 『동아일보』 신춘문예로 등단.
현재 부산가톨릭대 인성교양학부 조교수.
공저로 『한국근대시의 사상』이 있다.
주요 관심사는 알레고리적 언어 미학과 예술가의 개별적 실존성에 있
으며, 그에 관한 연구와 비평을 병행하고 있다.
bluesbass@hanmail.net

미래의 입장에서 지금의 '지성'을 기억하기
—성다영, 『스킨스카이』에 대하여

1. 우리가 당연히 기억될지는 잘 모르겠지만

> 오늘은 무엇을 할까
> 아무것도 정하지 말자
> 그러면 실망할 일도 없을 거야
>
> —「여행지」 중에서

그 언제일지 알 수 없긴 하지만, '미래에 지금 시대의 시를 기억한다고 가정하면 그것은 어떠한 모습일까'란 질문 앞에 다소 막연한 여러 가지 생각들이 떠오르게 된다. 물론 지금의 시대가 그리 멀지 않은 시기에 한국 문학사의 연구 범주에 속하게 될 것이니 그러한 때가 온다는 것은 당연한 말일 뿐이다. 예컨대 최근 90년대 문학과 담론에 관한 연구들이 새롭게 산출되는 것 역시 문학사 연구가 당면하게 된 흐름이기도 하다. 이 당연하다면 당연한 상황 앞에서 주어진 질문을 좀 바꿔봐야 할 것 같다. 과연 미래의 관점에서 지금의 시는 기억될 만한 가치가 있는 것인가라고 말이다.

미래의 입장에서 지금의 시가 어떻게 '시차적 관점'(슬라보에 지젝)으로 읽히게 될 것인가를 묻기 전에 우선 검토해봐야 하는 것은 한국어 혹은 한국어 문학이 살아남을 가능성일지도 모른다. 일단 가능한 상황은 예컨대 지금 우리가 식민지 시기인 1930년대 문학인들의 텍스트를 연구하는 것처럼, 100년쯤이 지나 현재의 시기가 연구대상이 된다는 가정이다. 즉 이글을 지금 보게 될 이들이 모두 사라진 후 100년이 지난 2122년 즈음에도, 여전히 한국어 문학을 읽거나 연구하는 누군가들이 있을 것이란 상황을 가정적으로 당연하게 설정할 수 있을 것이다.

그러나 과연 이 '헬조선'과 '저출산'의 시대에 100년쯤 뒤에도 한국어 문학을 향유하거나 한국어로 쓰여진 시를 탐구하는 사람들이 여전히 존재할까. 통계에 따르면 100여년 뒤 한국의 인구는 가장 낮은 전망치의 경우 천만 명대에 그치며, 지금에도 취직이 되지 않는 대학의 인문학 계열 학과들은 경제논리에 의해 점차 사라져가고 있다. 혹은 그 뒤에 300년이나 500년 또는 그보다 더욱 먼 미래의 시기에 여전히 한국어와 한국어 문학을 향유하는 층이 과연 남아있기는 할까. 그에 손쉽게 그렇다고 말하기 어렵다는 점을 실감하게 된다. 통계가 알려주는 것은 대한민국이란 국가가 소멸한다는 냉정한 진실이다. (별로 아쉽지는 않다.) 아주 먼 미래가 보게 될 지금의 시란 한국어를 모국어로 사용하지 않는 집단에 속한 극소수 학자들만의 연구대상이 될지도 모르겠다.

지금이 아닌 머나먼 미래의 입장에서 본다면 한국어 문학이란 결국 사라질 것이다. 아니 사실 이미 거의 사라졌다고 해도 과언은 아니다. 80년대처럼 문학이 '불꽃'으로 시대를 증언하던 시기는 아니더라도 점점 시와 문학을 읽는 이들은 줄어간다. 당연하다면 당연하다. 문자보다는 영상매체가 더 직접적이니까. 영화와 드라마 그리고 최근의 유튜브나 넷플릭스란 시각 매체가 훨씬 재미있으니까. 이와 동시에 늘 항상 들려왔던 (인)문학의 위기란 말도 있다. (너무 많이 들었던 것 같다.) 그리고 얼마전 뉴스에서 언급된 바처럼 교육부의 지상목표이자 존재이유가 산업발전을 위한 인재공급에 있다는 단정적 선언 앞에서, 문학은 어떤 의미를 지닐 수 있을까를 자문해보게 된다. 문학이 밥보다 중요하다고 말하는 것은 우스운 일이겠지만 모든 것이 밥의 논리로 환원되는 세계 역시도 우스꽝스러울 수밖에. 문학이 살아남기 이전에 인간으로 어떻게 살아남을 수 있는 사회인지를 되묻는 것 역시 필요할 것 같다.

우리들의 시이자 지금 현재가 미래의 시점에서 어떻게 읽힐 수 있을 것인가에 대한 물음에 쉽게 대답하긴 어려운 것이지만 한 가지 확실한 점은 앞서 말했듯 우리들은 그리고 우리들의 문학은 천천히 소멸해간다는 것이다. 그렇다면 우리가 우리의 시와 문학을 굳이 신성시하며 대단한 무엇으로 여겨야할 필요가 있을까. 다르게 말해보자면 어차피 망할 테니까 그저 소멸해가는 것과 다르게 망해보는 것 역시 어쩌면 가능하지 않을까. 요컨대 우리 모두가 망해가고 있다는 것. 그렇다면 우리는 굳이 비평과 담론을 그리고 연구와 문학사를 고정되고 절대적인 무엇으로 인식하고 그에 얽매일 필요는 없겠다. 요컨대 하고 싶지 않은 일들은 하지 않아도 되는 것이 아닐까란 질문을 던져보아야 한다. 언젠가 아주 먼 미래가 지금의 우리를 바라본다면, 적어도 하나 확실한 것은 이 극소수의 '또라이'들은 하고 싶은 대로 여전히 쓰고 또 쓰고 있다는 점일 테다. 지금 이곳이 망해가고 있던 말던 간에 말이다.

요는 이것이다. 현재 우리에게 지금의 문학이 과연 즐거운 것인가. 지금에 있어서 우리의 시는 어떤 가치와 의미가 있다고 말할 수 있는가. 그에 대답할 수 없다면 미래의 시선 역시 존재할 필요는 없어 보인다.

> 동물화된 인간
> 이것은 린네가 상상하는 가장 나쁜 인간의 모습
> 좀처럼 화면이 움직이지 않는다
>
> 이것을 읽는 동안 어떤 생이 닫힌다
>
> ―「가상들판」 중에서

2. 그래서 지금의 시를 어떻게 이해해볼 수 있을까

> 태초에 은유가 있었다
> 평소에 나는 개연성이 없다
> 내 생각은 개연성이 있다
> 새롭게 떠오르는 생각이 없다
> 불현듯 떠오르는 생각은…
> 무언가를 말하려고 할 때…
> 여기, 이곳을 벗어날 방법이 없다
> 바깥을 상상하지 않는 태도는 성실하다
> 감정은 단순하다
> 나는 다른 사람이 되고 싶어
> 동물이 고기로 태어나지 않듯이
> 나는 누구로 태어나지 않았다

나는 거의 틀리다

이전으로 돌아갈 수 없다

—「두 번째 피부」 중에서

　필자의 다른 글에서도 꽤 여러 번 이야기해왔던 것이지만, 2000년대 미래파의 등장 이후 한국문학장에 있어서 시에 대한 개념 자체가 바뀌었다는 점은 이 글의 맥락상 유의미하다. 물론 한국 문학사의 흐름에 있어서 모더니즘과 아방가르드적 경향이 두드러지던 시기 역시 없지 않았지만 (이 말은 전위적이기에 무조건 가치 있다는 말은 당연히 아닐 것이다.) 대체적으로 시는 서정적인 것이란 개념이 통용되어 왔다. 지금도 종종 눈에 보이는 지하철 스크린도어의 시들처럼 말이다.

　그러나 이 당연한 통념은 시단의 범주 안에서 확실히 사라졌다. 2000년대 미래파의 등장 이후 서정시의 시대는 종말을 맞이했다고 해도 과언은 아닐 것이기에. (물론 이는 서정시를 쓰거나 향유하는 사람들이 아예 사라졌다는 것을 뜻하지 않는다.) 즉 2010년과 2020년을 거쳐 등장한 젊은 시인들은 서정적 시를 잘 쓰지 않는다. 소위 황인찬을 위시한 포스트-미래파란 논의범주에 포함되는 시인들은 '은유를 쓰지 않음으로서 시인이 된다'(「너는 이제 시인처럼 보인다」). 예컨대 "새가 시라는 은유"와 "새가 개라는 은유"를 모르며, "누군가 시를 쓴다면 그건 그냥 시에요"(「멍하면 멍」)라고 말해진 지점에 지금의 시가 위치해 있는 것이다.[1]

　요컨대 더 이상 서정시란 개념 자체가 새로운 세대들에게 통용되기 힘

1　황인찬, 『희지의 세계』, 민음사, 2015, 14쪽, 53쪽. 이와 관련된 황인찬에 대한 논의는 졸고, 「너는 이제 '미지'의 즐거움일 것이다(황인찬론)」, 『동아일보』 2018 신춘문예 당선작 참조.

들다는 것에 직면해있다는 사실. 그렇다면 핵심은 이들의 맥락 없어 보이는 시를 이해하기 힘들다가 아니라 역으로 지금의 다른 시란 과연 무엇인가란 질문에 있을 것이다. 이해되기 힘들다고 해서 존재하지 않는 것은 아니기에. 필자는 이를 언어에 '의해서'가 아닌 언어를 '통해서' 그들만의 세계가 구축되고 있다고 판단해왔다. 심혈을 기울여 언어를 조탁하지 않으며 시라고 통상적으로 생각되던 언어들에 의존하지 않기. 언어에 의한 은유를 믿지 않기. 그리하여 언어를 통해 그저 자신의 사유대로 놀이하며 그것을 증명하기. 결과적으로 보았을 때 진정으로 말하지 않으면서 진정으로 말하기. 지극히 개인적인 판단이겠지만 90년대 장정일과 기형도로부터 출발한 지금 우리들의 새로운 시는 미래파를 거쳐 포스트-미래파에 이르기까지, 이러한 알레고리적 언어의 사용방식을 통해 점차 확산되는 과정에 있다고 해야 할 것 같다. 그렇기에 최근 시인들의 '난해성' 혹은 비(非)대중적 경향이란 것은 어쩌면 당연한 현상이기도 하다.

이 알레고리적 언어들이란 말하자면 시가 어떠한 내용을 말하고 있는가란 표면적 측면에서 이해되기 불가능하다. 동시에 알레고리적 이미지들의 사용은 지금 시의 언어가 성립될 수 있는 근본적 원리이자 방법이기도 하다. 해당 측면에서 본다면 시에서 말해지는 것들이란 표면은 시의 언어적 양상에 비해 부차적일 수 있다. 그리고 이는 확실히 근래의 소설 영역과 상당히 다른 형태의 방향성이기도 하다. 소설의 영역에서 2010년대 중후반 미투운동과 페미니즘 그리고 퀴어문학의 여파가 매우 강력한 자장을 발휘했다는 사실을 염두에 두고, 그에 관하여 조남주 소설가의 『82년생 김지영』(민음사, 2016)에 대한 '현실'의 문제와 미학적 가치의 충돌이 논의되었던 점

을 고려해 보자.[2]

　해당 상황을 통해 본다면 사실상 지금 문단의 가장 큰 이슈는 정치적 올바름이라 할 것이다. 당연하겠지만 이 문제들은 깊게 숙고되어야 하며 문단 내부의 비합리적이고 비인간적인 상황을 타파하는데 분명히 필요하고 긴급하게 인식되어야 한다. (이는 분명 사라지지 않았다.) 그러나 또 한 가지 유의해야 하는 지점은 올바른 내용을 주장한다고 해서 그것이 곧바로 가치 있는 지금의 시가 된다고 말하기 어렵다는 것이다. 경우는 많이 다르지만 약 백년 전쯤 벌어진 카프의 내용-형식 논쟁을 떠올려보자. 당시 논쟁의 승리자는 박영희였지만 오늘날 미래의 관점에서 보았을 때 보다 합리적인 주장은 오히려 김기진이었다고 보인다. 현실 사회와 보다 밀접하게 관계 맺을 수밖에 없는 소설의 영역과 다르게 시의 근본적 조건은 결국 언어 그 이상도 그리고 그 이하도 아닐 것이다.

　시에 대해 그리고 언어를 통해 우리가 쉽게 인식하지 못하는 타자에 대

◇◇◇◇◇◇◇◇◇◇◇◇

2　이에 관해서는 조강석, 「메세지의 전경화와 소설의 '실효성'」, 『사이버문학광장 문장웹진』 2017년 4월호; 조연정, 「문학의 미래보다 현실의 우리를」, 『사이버문학광장 문장웹진』, 2017년 8월호 참조. 위 두 평론가들 사이의 논쟁에는 각기 의미가 있으며 어느 한쪽이 일방적으로 타당하다고 말하기는 어렵다. 지극히 개인적인 생각에 의거한 불필요한 사족을 굳이 달아본다면, 『82년생 김지영』을 둘러싼 논의들에서 페미니즘 계열의 논자들이 주목했던 것은 이 소설에 대한 대중들의 '공감'과 폭발적 파급력의 층위였다. 물론 『82년생 김지영』의 문장들이 다큐멘타리나 혹은 사회학적 보고서에 가까운 형태였으며, 따라서 구성적 스타일상 한계가 분명하다는 평가 역시 충분히 가능하다. 그러나 해당 논쟁에 대해 한 마디를 덧붙여 보자면 이 소설의 '파급력'을 인간에 대한 다층적 이해라는 소설적(혹은 미학적) 성취의 관점에서 논의되지 않아도 된다는 것이다. 즉 『82년생 김지영』의 목표는 결국 인간에 대한 다층적 이해라는 성취가 아닌, '파토스'를 통한 감정적 동화 및 현실에 대한 인식적 재정립에 있다. (물론 이는 우리 사회가 구축해온 여성들의 부당한 현실에 대한 프로파간다와는 다른 측면이 있어야 한다.) 그렇게 본다면 정치적 미학성의 다층적 형태들을 굳이 하나의 단일한 영역으로만 파악하지 않아도 되지 않을까. 이를 어떤 우열의 층위로 굳이 구분할 필요는 없을 것 같다.

한 신중하고도 엄밀한 접근이 언제나 필요하다. 이 측면에서 소설에 비해 시 쪽은 시대적 담론과 보다 덜 밀착해 있는 것처럼 보일 수 있다. (이는 서사와 이미지란 방법론적 차이와 무관하진 않겠다.) 개인적 판단이겠지만 최근 몇 년간 소설 쪽에서 적극적인 퀴어와 페미니즘 담론들이 언급되는 것에 비해, 시에 있어서는 그러한 흐름만이 주류적인 것으로만 비춰진다고 말하기는 어려울 것 같다. 물론 이소호 시인처럼 여성의 경험과 체험에 토대한 시들 역시 주목을 받았지만 그닥 언급되지 못한 사실 중 하나는 이소호의 시의 증상과 징후 이면에 존재하는 시인의 지성적 태도에 있다. 즉 '사과하지 않는 자'(「사과문」)로서 지금의 시인들은 "시라는 틀 안에서 어떤 문장이던 용인될 것"[3]이라고 문자 그대로 믿어 의심치 않는 '역설적'인 자들로서 존재하고 있는 것이다.

이제 정리해보자. 지금의 우리들의 시란 어떻게 진정으로 읽힐 수 있는 것일까. 2000년대 이후 우리들의 언어는 어떻게 이해되고 있는 것일까. 물론 당연하겠지만 이 경향들을 어떤 하나의 흐름으로 호명하는 것은 불가능하며 명명이란 행위가 때로 권위적 폭력으로 기능하게 된다는 점은 자명하다. 문학사적 관점에서 보더라도 90년대 이후 하나의 집단적 방향성이란 이미 사라졌으며 더 이상 가능하지도 않고 필요도 없다. 그러나 시의 언어란 근본적 조건, 예컨대 '은유를 쓰지 않는' 자이자 '어떤 문장이던 용인될 것'란 지금 시인들의 언어에 대한 믿음을 우리는 어떻게 해석해야 하는 것일까. 즉 이들의 이 지성적인 언어의 사용이란 것은 무엇이며 서정과 얼마만큼의 거리를 지니고 있는지, 왜 이들은 은유를 믿지 않으며 반대로 '모든

---

3   이소호, 『캣콜링』, 민음사, 2018, 53쪽. 이소호 시인에 대한 논의로는 졸고, 『폭력의 실체와 실재계의 윤리-이소호 『캣콜링』론』, 학산문학 2020년 봄호 참조.

언어는 허용된다'라고 자신할 수 있는지를 물어야 한다. "이런 건 나도 쓰겠다"란 말들 앞에 놓여진 '무한한 실패와 없어질 수 없는 얼룩'은 미래의 시점에서 주목되어야 할 지금 현재의 시가 지닌 가치이자 변화지점이기 때문이다.

존재하는 동시에 없어졌음
흔들렸음
길을 걷다 멈췄음
길을 잃었음
망했음
불편했음
(…)
죽었음
다시 살았음
귀신이 찾아왔음
아무것도 찾지 못했음
이것을 읽고 이렇게 말했으면
이런 건 나도 쓰겠다

무한히 무한히 실패하고 싶다

얼룩이 닦이지 않는다

　　　　　　　　　　　　　　—「세 번째 플레이」중에서

3. 불신하며 확정하지 않는 지성적 알레고리들의 세계란

> 8. 이름은 완벽한 것처럼 보일 것이나 너는 깨닫지 못할
> 것이다
> 9. 평화로운 세계
> 아무 일도 일어나지 않네
>
> —「신명기(新命記)」중에서

말하자면 우리의 시인들은 언어에 의하지 않고 언어를 통해서 그것을 사용하고 지적으로 놀이한다. 지금의 시를 읽어내는 방법론이 지닌 근본적 조건은 이러한 언어적 양상에 기반해 있다. 언어의 의미에 의존하지 않고 언어를 통해 사유하기. 언젠가 미래의 누군가들이 지금의 시를 진정으로 들여다보게 된다면, (그 때가 언제일지 알 수 없고 오지 않을 수도 있겠지만,) 지금의 언어들이 지닌 지성적 언어와 그 알레고리적 현상을 이해하게 될 것이다. (그러나 그렇게 되지 않는다 한들 생각해보면 현실에서 크나큰 문제가 발생하지는 않는다.)

언어의 의미에 의존하지 않고 언어를 통해 사유하는 지금 시인들의 목적지점은 그렇다면 무엇일까. 지금 시인들의 현재적 언어의 양상과 관련하여 주목할 만한 가장 최근 시집은 성다영 시인의 『스킨스카이』(봄날의 책, 2022)일 것이다.[4] 본격적 논의에 앞서 시인의 말을 잠깐 빌려서 들어보자. '완벽한 이름 하에서 아무 일도 일어나지 않는 평화로운 세계'와 이들은 왜

---

4   별도 표기가 된 작품들을 제외하고, 본고에서 인용하는 『스킨스카이』의 시들은 인용표기를 생략한다.

다른가. 즉 "우리는 사랑과 정의를 부정"하며, "우리는 우리를 이용"하고, "우리는 아름다움을 부정"하면서 결과적으로 "나는 은유를 해체한다"(「투명한 얼굴」)는 것. 이러한 시인의 태도는 모든 주어진 것을 불신하며 확정하지 않기를 통해 열려질 무수한 가능성의 언어들을 향해 있다. 예컨대 시집의 맨 뒤에 실린 다음의 문장들에서도 그러하다.

이것은 물의 비유가 아니다

사람들이 진짜를 말할 때 나는 가짜가 떠오른다 가짜를 말할 땐? 잠깐 눈물 좀 닦을게 물? 너는 당황한다 아니야
이것은 물의 비유가 아니야
너는 마스크를 쓰고 말하지 신은 사람은 아주 작은 먼지로 만들었대 처음엔 바다밖에 없었고 바다? 아니야 이건 물의 비유가 아니야
기억하는 것보다 잊는 것이 더 어렵네
습기로 가득한 여름
도시는 온통 늘어지는 초록으로 가득해
나를-잡지-마-나를-잡지-마
이-세계의-폭력-속으로-뛰어들-거야

사랑은 나를 움직이지 못하게 하네
나는 사랑으로부터 멀어지네
사랑은 낮에 이어지네
사람들이-상상하는-사랑-사랑을-사랑으로-만드는-슬픈-결

말-반대-엇갈림-불치-나에게는-환상없음

이 순간이 지나가는 것이 아쉬워요

그러니 즐기세요

연주자가 마지막으로 인사하면서 말한다

그러나 시간이 지나가기를 바라는 사람이 있다

나는 잠깐 사라질께

아름다운 순간

영혼의 반댓말은 시체다*

헤어지기 아쉬운 사람들

어쩔 수 없는 거야?

길에서 서로의 손을 만진다

태어남

이 이미지에는 환상이 없다

사람들은 나를 모른다

한 번도 보여준 적 없으니까

그래도 이렇게 말하지

사랑해

* 장-피에르 보

—「사랑의 에피파니」, 전문

　어쩌면 이것이 시인가란 생각이 들 수 있을 만큼 건조하고도 냉철한 문장들. 더 이상 서정성이란 일반적 장르적 관습들이 통용되지 않고 자신만의 사유를 통해 지적으로 놀이하기. 성다영 시인의 언어들은 그 자체뿐만이 아니라 지금 우리의 시적 언어가 보여주고 있는 독특성과 독자성과 연관되어 이해될 필요가 있다. 성다영 시인의 언어에서 눈에 띄는 지점은 바로 명확하게 말하지 않으며 은유를 쓰지 않는다는 것이다. 이 언어들은 말그대로 "비유가 아니다."

그렇다면 반대로 한번 물어보자. 시의 언어는 은유가 아니었던가. 우리에게 사랑의 포근함과 따뜻함이란 어떤 환상을 제공하는 것이 아니었던가. 시인은 그러한 개념들을 부정하며 자신의 시에 대해서 다음처럼 말한다. "이것은 물의 비유가 아니다."라고. 자신의 시에는 "사람들이-상상하는-사랑-사랑을-사랑으로-만드는-슬픈-결말"은 없다고. '낮'이 아닌 밤과 어둠의 불확실성처럼 자신의 언어는 그저 "반대-엇갈림-불치-나에게는-환상없음"만을 향해 있다고. 시인은 왜 이러한 언어적 전략을 구사하는 것일까. 요컨대 시인은 왜 '환상'을 믿지 않는 것일까.

"사람들이 진짜를 말할 때 나는 가짜가 떠오르"며, "기억하는 것보다 잊는 것이 더 어렵"다는 시인의 말을 이 측면에서 주의 깊게 들어야 한다. 모두가 자신들의 언어를 진짜라고 말할 때 자신의 시는 '가짜'를 말해야 한다는 것. 우리에게 당연히 주어져 있는 법칙들을 '기억'하지 않고 마치 카프카의 '조수들'처럼 망각해야만 한다는 것.[5] '나를 움직이지 못하게 하는 사랑'처럼 "도시는 온통 늘어지는 초록으로 가득"하도록 이 변화가 없는 뻔한 법칙들의 세계란 지루할 뿐이라는 것. 하여 시인은 '잠깐의 사라짐'을 통해 의도된 도망을 지속한다. 끊임없이 나를 잡아채려는 이 세계의 '아름다

---

5   이에 관한 자세한 논의는 조르조 아감벤, 「조수들」, 『세속화 예찬–정치미학을 위한 10개의 노트』, 김상운 옮김, 난장, 2010. 참조.

움'으로부터. '은유'라는 고정된 언어와 세계의 폭력적 법칙으로부터 벗어나 반대로 시인은 "이-세계의-폭력-속으로-뛰어들-거야"라고 말한다. 그렇다면 물어보자. '이 세계의 폭력 속으로 뛰어든다는 것'은 이 고정된 세계와 법칙과 피튀기게 싸워 이기고 승리하겠다는 것일까.

그렇지는 않을 것 같다. 여기에는 "시간이 지나가기를 바라는 사람이 있다/ 나는 잠깐 사라질께"라고 웅얼거리는 시인의 목소리가 있을 뿐이니. 우리는 '아름다움'으로부터 달아나려는 이 목소리를 어떤 패배나 단념으로 읽을 필요가 없다. 그렇게 읽어내는 것은 지나치게 단순할 뿐. 우리는 그 뒤에 놓여진 시인의 지성적 사유를 읽어야 한다. 동시에 그것이 명료하게 언표화될 수는 없다는 것에 주목해 보자. 시인은 이를 다음처럼 말한다. '영혼이 아닌 시체'들이 가득한 이 세계에서 '환상없는 이미지'를 그저 지속적으로 생산한다고 말이다. '길에서 서로의 손을 만지며' 낯선 우연들 속에서 무언가가 "태어남"에 시선을 놓지 않겠다는 다짐. 이렇게 본다면 이 '환상없는 이미지'는 '아름다움'이란 세계의 폭력에 맞설 수 있는 유일한 방법인 것이 아닐까. 싸우지 않으며 싸우고 말하지 않으면서 말하기 위한 지성적인 사유로서.

그러니 "사람들은 나를 모"를 것이다. 왜냐하면 "한 번도 보여준 적 없"고 직접적으로 말해 준 적 없으니까. 그럼에도 불구하고 그들이 말하는 사랑의 세계란 무가치한 법칙들에 맞서 시인은 (이중적 발화의 양상으로써) "그래도 이렇게 말하지/ 사랑해"라며 자신의 언어를 존속시키고 그것으로 싸워나간다. 그 지성적 태도는 우리의 굳어진 사랑을 해체시키고 뒤집으며 오히려 전혀 다른 무언가로 변화시키는 방법을 향해 있다. 이 점을 염두에 둔다면 시의 제목이 은근히 암시하는 것처럼 '낯선 신적이거나 초자연적인 것의 출현과 현시'란 에피파니란 단어의 뜻이 무엇을 알레고리화하는지

보다 명확해진다. 그것은 결과적으로 무의미한 세계와 법칙과 무관한 시인 자신의 고유한 언어에 대한 '신적'이고도 유일한 믿음을 말하는 것이 될 따름이다.

이러한 시인의 태도를 보다 정확하게 말한다면 그것은 '이 세계의 폭력'과 싸우지 않고 싸워나가는 것에 가깝다. 벤야민의 개념을 빌려 말해보자. '죽여야 합니까'란 질문에 '죽인다 혹은 죽이지 않는다'가 아닌 '살인해서는 안된다'는 전혀 다른 계명을 제시하는 것. 즉 '신화적 폭력에 맞서는 신적 폭력의 출현'(「폭력비판을 위하여」)을 위한 가능성. 언어들의 표면이 아닌 이면 속에 숨겨진 가능성들을 지성적으로 구축해 낼 때 비로소 보이게 될 무엇들. 이 '환상없음'을 통해 세계의 폭력 속으로 뛰어들 때에만이 비로소 그리고 우연히 출현할 어떤 가능성을 시인은 진정한 (그리고 우리들이 사실상 이해하지 못했던) '사랑'이라고 말하고 있는 것이다.

지성적으로 그리고 언어의 의미에 기대지 않고 언어를 사용하기. 그러니 '진짜'만을 믿는 우리들에게 지금 시인들의 언어가 이해되기 어려운 것은 당연하다면 당연하다. 우리는 그저 보지 않고 알려지 않으려 하니까. 이 '가짜'처럼 보이는 알레고리적이자 지성적인 이들의 언어는 너무나도 이상하고 이해할 수 없는 불가해한 파편들처럼 비춰질 테니까. 그러나 여전히 핵심은 "바깥을 상상하지 않는 태도는 성실"(「두 번째 피부」)한 시인의 진정한 시적 언어에 대한 믿음일 뿐이다.

　　　시선은 내부로부터 온다

　　　세계는 아무것도 감추지 않는다
　　　어둠 속에서는 어둠이 있을 뿐

남자들이 주위를 맴돈다 맴돌면서 죽인다 세상에는 두 종류
의 사람이 있을 뿐이야 죽임 당하는 사람과 죽이는 사람 세계는
대립으로 유지된다 남자와 남자는 짝을 이룬다 남자들이 그것을
지킨다

뭐가 보여?

세상에서 가장 바보 같은 질문이군

몸을 자르거나 붙여도 나는 줄어들거나 없어지지 않는다

그러나 누군가의 몸은 줄어든다

겨울에 잎이 떨어진다

열매를 잃어도 나무는 두렵지 않다

주전자 위로 세계가 액체처럼 출렁인다

—「불행한 은유」, 부분

'불행한 은유'라는 시의 제목을 염두에 두게 된다면, 이 시는 지금과 세
계에 대한 시인의 조감도로 파악될 수 있을 것 같다. 서정시의 장르적 특성
에 따른다면 세계 혹은 자연이란 어떤 비의를 감추며 인간에게 끊임없는
가르침을 내려주는 장소이기도 하다. 시인은 분명히 그것을 의식하고 있
다. 하여 다음처럼 말한다. "세계는 아무것도 감추지 않는다/ 어둠 속에는
어둠이 있을 뿐"이라고. 그렇다면 시의 언어는 어떻게 존재하게 될 수 있는
것일까. 그에 대한 시인의 답은 "시선은 내부로부터 온다"이다.

우리들에게 이해받을 수 없는 타자인 나의 시선이자 언어에 의해서만

자신의 세계가 성립 가능해진다는 것은 유의미하다. 이는 시의 제목처럼 더 이상 '불행한 은유'로 시를 쓸 필요가 없다는 것이며 동시에 그러한 시들은 "안 써도 된다"(「시원한 까페」)고 생각하는 시인의 태도로부터 가능한 발언이기에. 즉 '남자와 남자가 짝을 이룬 대립으로서만 유지되는 세계'란 것은 "세상에서 가장 바보같은 질문"에 불과하다. '남자들이 지키는' 세계의 전부처럼 보이지만 사실은 무가치하게 아무것도 아닌 법칙들. 이 아무것도 '보이지 않는' 세계로부터 벗어나 자신만의 방법으로 '성실해지기'. 요컨대 시인이 진정으로 질문해야 하는 것은 자신의 시선이 지녀야할 존재론적 가치이며, 그것이 바로 "몸을 자르거나 붙여도 나는 줄어들거나 없어지지 않는" 근원적인 이유가 된다.

따라서 세계를 지배하는 '불행한 은유'로부터 벗어나 '자신 내부의 시선'에만 의지하며, "어둠 속에서는 어둠이 있을 뿐"이라고 중얼거리는 시인의 정직한 인식은 결국 자신의 시적 언어를 대하는 태도 그 자체를 가리킨다 할 것이다. 그 태도로서만이 '열매를 잃은 겨울의 나무'를 안타깝고 불쌍하다고 생각하는 상식적 생각들로부터 벗어날 수 있기에. 이 알레고리적 언어의 양상을 이해했을 때 비로소 무가치한 세계와도 같은 '누군가의 몸'이 '줄어들'며, 그들이 '볼 수' 없는 타자이자 나에 대한 고유한 시선이 성립 가능하다는 것. 하여 '열매를 잃어도 두렵지 않은 나무'의 형상처럼 자신의 고유한 언어에 대한 믿음은 굳건하고 명료한 세계를 붕괴시키며 "주전자 위로 세계가 액체처럼 출렁"이게 만들 수 있다. 즉 시인은 자신의 사유에 대한 믿음으로 자신만의 지성적 언어의 운동을 유지한다. 그것은 동시에 '유동적'일 때 가능해질 알 수 없는 어떤 세계를 구축하려는 창조적 의지이기도 하다.

장소를 생산한다
너는 내가 만드는 장소 안에 있다
여기는 어디라고 할 수 없는
아직 어디가 아닌 곳

눈이 내린다 눈이 쌓인다
오늘 나무는 더욱 선명해진다

이것이 놀이처럼 보인다면
너는 해석할 수 없는 것을 보고 있는 것이다

눈이 빠르게 내린다 눈이 불규칙적으로 흩날리면
나쁜 일이 일어날 것 같지
이제 너도 안다 나쁜 일은 인간이 만든다

다시, 먼지 같은 눈이 차분하게 내린다
어디에서 시작된 것인지 알 수 없다

이제 막 까페에 들어온 사람들이 이쪽을 본다
여기엔 아무것도 없는데 나는 아무도 아닌 사람 드디어 내가
되었네

큰 보일러는 큰 것을 데우고
작은 보일러는 작은 것을 데운다

음악처럼 사람들이 움직인다

—「스킨스카이」, 전문

시집의 표제시이기도 한 「스킨스카이」에서 우리가 이해해야 하는 것은 바로 모든 것을 불신하며 확정하지 않는 지성적 태도에 있다. 언어의 의미에 의지하지 않고, 언어를 통해서 자신을 증명하기. 이 "해석할 수 없는 것을 보고 있는" 우리는 시의 언어들을 통해 "놀이"하는 시인 그 자체의 본질을 인식할 수 있게 된다. "여기가 어디라고 할 수 없는/ 아직 어디가 아닌 곳"에서 머무는 시인은 이 비규정적 장소에만 무언가를 "생산"할 수 있을 따름이기에. 더 이상 명료한 세계와 남성들의 법칙이 영향력을 미칠 수 없는 곳. 언어에 대한 자명한 인식과 이해를 끊임없이 벗어나 있을 수 있는 곳. 시인은 그것을 안다. 그렇기에 다음처럼 언급할 수 있다. "눈이 내린다 눈이 쌓인다/ 오늘 나무는 더욱 선명해진다"라고 말이다.

자명해보이지만 자명하지 않으며 비가시적이기에 동시에 가시화될 언어만을 사용하기. 그것을 통해서만이 '선명해'질 수 있다는 시인의 말은 자신의 언어적 '놀이'의 궁극적 지향점이 무엇인지를 암묵적으로 가리킨다. 이는 "나쁜 일은 인간이 만든"다는 세계의 법칙 앞에서, 그 어떤 다른 것을 상상한다는 행위로부터 유래해 있다. "어디서 시작된 것인지 알 수"는 없지만, 어떤 순간에서는 비로소 "나는 아무도 아닌 사람"이자 '내가 될'수 있다는 것. 이 '아무것도 아닐 때'에 비로소 '내'가 된다는 말은 벤야민이 말한 '파괴와 구원은 동시적으로 이루어진다'는 명제처럼 이해되어야 한다. 이는 모든 나의 언어를 구속하려는 당연하고도 자연스러운 법칙들을 파괴할 때, 비로소 나의 언어가 존재하게 된다는 믿음에 기반해 있기 때문이다.

그와 같은 언어를 통한 사용을 인식할 때 비로소 "큰 보일러는 큰 것을 데우고/작은 보일러는 작은 것을 데운다"는 명료한 차이의 형상이자, 큰 보일러의 세계와 다른 '작은' 이들의 무수히 많은 세계가 동시적으로 공존한다는 진실이 드러날 수 있게 된다. 즉 이 차이를 인식할 '시차적 관점'에 의해서만 존재함이 읽혀질 무엇들이 있다는 가능성. 큰 보일러들의 세계와 무관한 작은 자들의 언어를 통해 차이를 말하지 않으며 생성하기. 그 차이의 존재들이 만들어낼 "음악"같은 언어적 리듬 속에서만 비로소 '움직일' 수 있다는 진실. 자명하지 않고 확정할 수 없으며 말해질 수 없는 이 불규칙하고 우연적인 리듬만이 '메시아'적인 시의 진정한 언어를 산출할 수 있다는 믿음이 여기에 있다. 시인이 사유하고 있는 알레고리적 언어의 근원적 세계관이란 바로 이러한 것이 아닐까.

이 비규정적 '장소의 생산'이란 앞서 강조한 것처럼 지성적 사유와 태도에 근간해 있다고 해야 할 것이다. 왜냐하면 시인들이 꿈꾸는 알레고리적 언어의 세계는 지금 당장 우리에게 직접적으로 주어져 있지 않으니까. 그렇기에 알지 못하는 타자들이자 나에 대한 믿음을 통해 "나는 답을 기다리지 않는다"(「자립과 자연」)는 말처럼, 스스로만이 인식해낼 고유한 언어를 생성해야 한다는 태도는 유의미하다. 그것은 "나는 목적없이 춤춘다"(「발가벗음」)는 무의미한 행위를 통해서 산출된 무언가들을 향한 시선을 항상 내재하기에. 그리하여 "우리의 기분은 계속되고 추억될 것"(「소금사막」)이라는 믿음을 그저 지속해나간다고 말이다.

하여 오늘날의 시인들의 언어가 "어디에선가 무언가가 태어난다"(「레디-메이드」)는 행위와 함께 머물며 스스로를 믿지 않으면서 긍정한다는 것은 중요하다. 요컨대 "하고 싶은 것을 한다"(「신명기」)는 자신의 태도를 그들은 포기하지 않을 것이다. 이것은 지금 우리시대의 시인들이 자신들의 언어를 통해 구축하려는 지성적 사유의 요체라 해야 한다. 잊지 말아야 할 것은 지금 우리 시인들의 언어는 가벼워 보이며 '무능력'해 보이는 언어의 표면으로만 결코 이해될 수 없다는 점이다.[6] 그것은 결과적으로 언어의 표면이 아닌 심연이며 지성적인 놀이의 결과물들이자 알레고리적 형상일 뿐이니까. 이 언어들은 지금의 시가 지닌 근본적 원칙이며 또한 앞으로도 지속될 가능성의 원천들로 이해되어야 하는 것이다.

> 우리는 말하고 있는데
> 사람들에게 들리지는 않아
> 누가 우리를 구원할까?
>
> ―「얼룩」 중에서

4. "나는 모순으로부터 시작할 것이다"란 선언을

> 길에서 오줌을 싸듯 남자는 화를 낸다
> 나는 분노를 표현하는 법을 배우지 못했다
> 이것은 예술이 아니다

---

6   이처럼 오늘날 젊은 시인들의 '무능력'해보이는 시어들의 근본적 가치는 무위(하지 않음)의 능력을 통해서만 이해될 수 있는 성질의 것이기도 하다. 무능력(하지 않음)이 지니는 능력(할 수 있음)과의 역설적 관계에 대해서는 조르조 아감벤, 「창조행위란 무엇인가?」, 『불과 글—우리의 글쓰기가 가야할 길』, 윤병언 옮김, 책세상, 87~92쪽. 아감벤은 '무위'(혹은 무능력)을 잠재력과 창조행위의 측면에서 단순한 무(無)가 아닌 '어떤 특별한 종류의 잠재력'으로 설명한다. 아감벤에 따르면 "행동하거나 행동하지 않을 수 있는 스스로의 잠재력을 관찰하는 삶은 모든 행위를 무위적으로 실천하며 모든 순간을 오로지 하나의 가능성만으로 살아가는 삶"으로 인식된다. 요컨대 이러한 "무위만이 예술에 품격을 부여할 수 있"는 가능성을 담지할 수 있는 것이다.

나는 창문을 찾아내 열고야 만다

예수를 만나면 예수를 죽여라

창문이 없다
창문을 연다

　　　　　　　　　　　　　　　—「행운은 여기까지」 중에서

　그러니 우리는 시인의 진정한 언어에 대한 믿음을 믿지 않으며 믿어야 한다. 알랭 바디우의 표현을 빌려 시인은 이를 이렇게 말한다. "나는 모순으로부터 시작할 것이다."(「보헤미안 랩소디」) 그리하여 '예술이 아닐 것'이며 "예수를 만나면 예수를 죽"일 것이고 '없는 창문을 찾아내 열겠다'는 기어코 단호한 의지일 것. 이에 비춰 본다면 우리가 성다영 시인의 시를 통해 다시금 확인할 수 있는 것은 더 이상 우리의 시가 과거로 되돌아갈 수 없으며, 이미 이 뚜렷하지 않고 명료하지 않은 알레고리들이 더욱 범람할 것이라는 점이다. 우리가 알지 못하고 예측할 수 없는 미래를 향해서. 그러니 시인의 등단작인 「너무 작은 숫자」의 한 구절처럼 "조용한 공간에 금이 생긴다./ 되돌릴 수 없다."는 것은 어쩌면 당연해 보인다. 수다한 담론들의 세계로부터 벗어나 진정으로 지금을 파악하려 한다면. 요컨대 지금의 시인들이 그저 언어를 신뢰하면서 자신들만의 고유한 독자성의 세계들을 구축해나가고 있다면. 우리는 그 흔적들을 있는 그대로 바라보아야 하지 않을까.

　그런 점에서 이 비서정적이고 비인간적인 존재들의 지성적 목소리가 지금 현재의 시를 형성해나가고 있다 해야 한다. '가장 반시대적인 자가 가장 동시대적이다'란 아감벤의 말처럼 이 언어들의 알레고리적 운동은 앞으로도 결코 멈추지 않을 것이다. 시의 한 구절을 빌려보자. "얼굴이라는 것은 너무 인간적인 생각이 아닐까"(「대게의 나라」)라는 시인의 중얼거림처럼 이들의 목표는 따뜻한 인간성의 마음과 사랑에 있지 않다. 그 지성적인 태도와 그로부터 비롯될 언어들의 비인간적인 영역들. 명확하게 언표화되지 않음으로서 존재하게 될 가능성의 언어들만이 이들에게 진정한 시의 언어란 이름에 값할 것이다. 그러니 지금 우리의 시인들은 "길 끝에 무엇이 있는지 모르는 채로/ 법과 마음을 믿지 않으며"(「터널안굽은길」) 그저 '또라이'처럼 써나갈 것이다. 하면 물어보자. 이들이 펼쳐두고 있는 기묘하고 모순적인 언어들의 세계가 우리들은 과연 즐거운가라고 말이다. 개인적 생각을 말해보자면 이 해석 불가능해 보이는 언어의 세계를 탐색해나가는 과정은 너무나도 즐거웠다. 진정으로 시를 사유하고 증명하는 자들은 항상 그러했듯 필연적으로 모두 '또라이'가 될 수밖에 없는 법이니까.

언젠가 미래의 누군지 알 수 없는 독자와 연구자들 역시 이 불가해한 언어들을 통해 즐겁기를 바란다. 일단 한국어 문학과 시가 먼 미래에 살아남을 수 있을지는 모르겠지만 말이다. (딱히 기대되진 않는다.) 그리고 마지막으로 언어에 대한 사유를 검토한다는 글의 목적상 다루지는 못했지만 지금에 대해 꼭 기억되어야 할 「좋은 시」에 대한 어떤 문장들을 여기에 남겨둔다. 성다영 시인은 「좋은 시」의 '시작노트'에서 '좋은 시가 아닌 시에 관하여 생각하는 것이 필요하다'는 근본적 질문을 던진다.[7] 굳어지고 멈춰버린 우리

◇◇◇◇◇◇◇◇◇◇◇◇◇

7   해당 시의 상황적 맥락은 『뉴스페이퍼』 2020년 2월 3일자 김보관 기자의 「성다영 인터뷰」를 참고할 것.(http://www.news-paper.co.kr/news/articleView.html?idxno=73234) 「좋은 시」는 그 '고발적' 내용도 중요하지만 보다 주목해야 하는 지점은 시작노트의 성찰에 있다. 굳이 불필요한 첨언이 되겠지만, 복자처리되지 않은 원본에 비해 시집의 복자처리본은 좀 더 미학적인 정치성을 지니게 된다고 할 수 있겠다. 「좋은 시」의 두 번째 '시작노트'에 따르면 이 복자처리는 "형법 제 307조 1항에 규정된 사실적시 명예훼손죄로 기소될

의 사고를 붕괴시키는 이 '자유로움' 역시 지금 시인들이 지닌 지성적 태도에 값할 것이다. 지금이란 이상하고도 알 수 없는 세계 속에서 우리들은 그저 써나감으로써 변화할 것이며 또한 그러할 수밖에 없다. 오직 쓰는 것을 통한 파괴와 창조를 지속한다는 태도로 우리들은 존재할 테니까. 지금의 시인들이 구축해나가고 있는 비서정적이고 비자명하며 불가해한 언어들이 후에 어떻게 기억될지는 알 수 없겠지만.

시 「좋은 시」의 시작노트에서 시인은 좋은 시에 대해 정의내리기는 어렵지만 좋은 시가 아닌 시에 대해 생각해보고자 한다고 쓴다. (…) 좋음의 기준은 미적일 뿐만 아니라 윤리적이고 정치적인 성격을 지닌 것이어서 역사적으로 부단한 갈등, 협상과 갱신의 과정을 거치며 변화한다. 「좋은 시」는 단지 이것도 시일 수 있다며 시의 성원권을 선언하는 시가 아니라, 무엇이 좋은 시인지 판단하는 결정권을 독점하고 이를 통해 폭력을 정당화해온 권력에 반대하며 '좋음'의 가치를 분배하는 체계 자체를 재편하는 시이다.

(…) 그러나 2016년을 기억하자는 시인의 말이 우리가 우리를 소진시키며 끝끝내 고립시키도록 만드는 방식으로 고통에 머물러야 한다는 말은 아닐 것이다. 나는 시인의 말을 이렇게 읽고 싶다. 우리는 고통을 잊는 것이 아니라 고통과 함께 살아가는 법을 배움으로써, 서로 다른 고통들에게 응답하고 연결되고 변화되어감으로써, 세상을 다르게 만들 것

수 있음을 우려"한 조처이다. 그러나 동시에 감춰진 복자들의 '■(어둠)'과 그로부터 비롯되는 '알 수 없음'은 시의 맥락을 한 개인이 아닌 우리를 둘러싸고 있는 '조건'으로 전환하고 확장시킨다. 의도하던 의도하지 않았던 이 타이포그라피적 '표현'은 드러냄보다 감춤이 때로는 보다 많은 사유들을 불러일으킬 수 있는 시적 언어의 가능성을 내포하게 되는 것이다.

이라고 말이다.

—김보경, 「사이에서」(시집해설) 중에서

지구의 신음이 인간의 언어로 번역되는 긴 과정

― 김혜순론

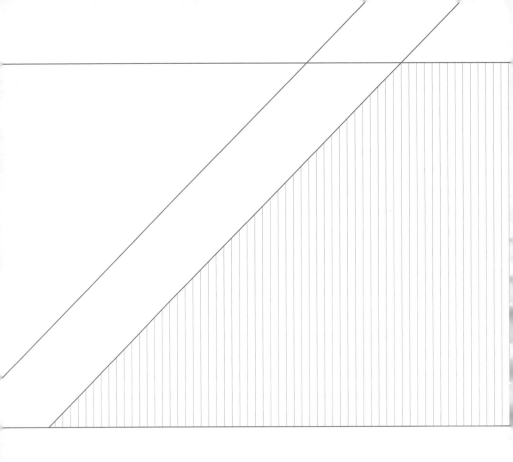

김준현

영남대학교 국문과 및 동 대학원 졸업.
2013 『서울신문』 신춘문예(시), 2015 『창비어린이』 신인문학상(동시),
2020 『현대시』 신인추천작품상(평론)으로 등단.
저서로는 『자막과 입을 맞추는 영혼』, 『흰 글씨로 쓰는 것』, 동시집 『토
마토 기준』, 『나는 법』, 청소년시집 『세상이 연해질 때까지 비가 왔으
면 좋겠어』가 있다.
주요 관심사는 육아다.
kjh165@hanmail.net

지구의 신음이 인간의 언어로 번역되는 긴 과정

—김혜순 시인의 시

*

네셔널지오그래픽(National Geograpic) 2022. 10월호의 커버스토리는 「동물들의 마음을 읽다」이다. 표지 사진에는 정면을 응시하고 있는 케너디언스 핑크스가 있다. "이 녀석의 이름은 에드"다. 이 챕터의 부제는 '어떤 녀석들은 인간 못지않게 복잡한 감정을 느낀다'. 같은 책에서 유디지트 바트차르지가 쓴 〈동물들은 무슨 생각을 할까?〉의 도입부에는 조명을 받고 있는 한 마리의 돼지 사진이 나오는데 '몸짓 언어'라는 소제목이 붙은 부연 설명은 이러하다. "영국 루럴대학교 소속의 동물행동학자들은 링 조명을 비춘 후 암돼지 무리를 촬영한다. 그 후 영국 웨스트잉글랜드대학교의 전문가들이 알고리즘을 활용해 이렇게 촬영한 사진들을 분석한 후 미묘한 얼굴 표정들을 감지해낸다. 우리는 돼지의 감정 상태를 읽어내는 단계에 이르렀습니다. 이는 상당히 주목할 만한 성과예요. 루럴 대학교의 연구원 엠마 백스터는 말한다." 시에서의 대상화가 주체가 부여한 의미-혹은 의도에 따라 수행되는 상황으로 귀결될 경우 그 대상화는 명백히 위험하다. 다만 대상에 대한 온전한 이해란 애초에 불가능한 것임을 인정하고 이를 전제할 경우에, 발생하는 대상화 또한 위험한 것이라고 할 수 있을까? 주체의 자리를 비워 두는 일, 일종의 '(   )'를 쳐두는 일, 혹은 주체를 미약하고 투명에 가까운 것으로 두는 방편을 마련하지 않는 이상 주체와 대상은 각각의 자리에 있게 되고, 그들의 관계는 일방의 관계가 될 수밖에 없다. 여기서 대상화에 대한 오해를 조금 거칠게나마 걷어내는 작업이 필요한 이유는 우리가 본격적인 논의에 앞서 경유해야하는 지점이, 다소 부정적 뉘앙스로 이야기해야 할 '의인화'의 영역이기 때문이다.

다시 내셔널지오그래픽을 펴 본다. 화려한 색감이 돋보이는 각각의 사진들 그리고 부연 설명, 이를테면 〈애도의 순간을 목격하다〉이란 제목 아래 돌쇠고래 한 마리가 죽은 새끼를 끌며 헤엄치고 있는 장면, 일본 하마다에 있는 수족관에서 흰고래 한 마리가 고리 모양의 기포를 내뿜고 있는 장면에서 '자신들만의 장난감을 만드는 모습'이라고 표현하는 지점 등을 다시 살펴본다. 동물을 타자화·대상화하는 시각과는 다른 시각의 존재 가능성을 드러내기 위해서인지, 이 잡지에서는 동물들이 인간적이거나 혹은 인간 이상의 정서적 능력을 갖고 있다고 말하고 있다. 여기서 '인간'이라는 프레임-어떤 기준치에 도달하거나 그 선을 넘는 존재들에 대한 경탄은 인간이 '동물행동학'이라는 학문의 영역에서 밝혀낸 지점을 근거로 하며, 동물은 인간의 언어로 구획된 이곳(여기서는 지금 이 글이 자리하고 있는 지면)에서 그 위상이 결정된다. 여기에 등장하는 동물들은 각각 인간이 붙여준 인간 언어로 된 이름을 갖고 있음에도, 개별화된 하나하나의 존재로서라기보다는 종種의 표본집단으로서 유의미할 뿐이다. 연구자들에 의해 미묘한 표정 및 감정이 읽힌 한 마리 암돼지와, 길에서 흔하게 볼 수 있는 족발이 즐비하게 늘어져 있는 가게, 정육점, 돼지갈비집, 대형 마트에서 번들거리는 팩 속에 들어있는 목살 사이의 간격을 측정하는 일은 피로하며 무엇보다 일상이라고 여겼던 삶의 일부를 부정해야 한다는 점에서 불편하다. 게다가 그 측정은 단순히 한 개인의 반성만을 요하는 것이 아니라 더 많은 계산과 주의로 연결되어 보다 실천적 차원-이를테면 비거니즘(Veganism)과 같은 지점까지 이어지게 만든다.

그렇다면 의인화가 주된 기법으로 통용되는 시의 입장은 어떨까? 시를 읽는 독자는 그 자체로 소수이지만, 그 가운데서도 극히 일부- 인간의 언어가 지닌 한계를 소리(音)의 가능성으로 대체할 수 있는 시(前衛)를 찾아 헤매는 독자가 있다면 자연스럽게 읽게 되는 텍스트는 대체로 언어가 어떤 도약의 상태에서, 자아와 타자 간의 경계를 애초에 없는 것처럼 가로지르는 시, 빙의하는 시, 다중多重의 목소리로 울림을 이끌어내는 시일 것이다. 정확히는 에밀리 정민 윤의 『우리 종족의 특별한 잔인함』의 뒷면에 김혜순 시인이 쓴 추천사가 호명하고 있는 시: "여성 시인은 자신의 시적 원형인 여성들의 목소리를 환기하고, 그들의 말을 받아쓰기하면서 출현하기 마련이다. 여성이 처음 시를 쓰기 시작하면, 빙의된 자처럼 자신의 목소리에 겹쳐져 울리는 여성들의 목소리를 듣게 되는데, 그 목소리는 검은 구멍처럼 '마지막으로 숨을 쉬던 곳'에서 울려 나온다. 그 목소리와 함께 쓴 시는 여성 시인의 단말마이면서, 기존 언어 체계의 해체이며, 여성 공동체의 비명이 된다"[1] 에밀리 정민 윤의 시들에 대한 강한 지지이자 적확한 표현인 동시에 지극히 짧은 시론의 성격마저 갖고 있는 이 추천사는, 이 글에서 김혜순 시인의 시가 처음 출발한 자리에서 현재에 이르기까지 지켜온 '리듬'을 중력에 가까운 언어로 끌어당기는데 조금이나마 도움이 될지도 모르겠다.

◇◇◇◇◇◇◇◇◇◇◇◇◇◇

1   『우리 종족의 특별한 잔인함』(에밀리 정민 윤 저, 열림원 2020)의 추천사 부분

첨언하자면 여기서 중력은 비평의 언어로 치환하는 작업인 동시에 이 비평 (2022 계간 포지션 겨울호 청탁)의 테마로 부여된 '환경'이기도 하다. 여기서부터 문장과 문장 사이의 도약 그리고 세차게 흐르는 강줄기처럼 따라잡기 힘든 리듬의 경지-'아파듐'이나 '새하다'와 같이, 이미 다른 종種으로의 진화에 도달한 듯한 김혜순 시인의 시 언어를 구심력-'환경'으로 끌어당겨 읽기란 어쩔 수 없이 표면화된 인위를 동반할 수 밖에 없는 작업임을 밝혀야 할 것 같다.

> ｑｑｑｑ 까마귀가 머리에 올라 앉을 때 돼지가 따라서 우는 소리
> ｑｑｑｑ 주인은 감옥 가고 똥물이 무릎 위까지 차올라올 때 돼지가 지르는, 당연한 비명
> ｑｑｑｑ 돼지가 돼지가 아니라고 할 대 속으로 외치는 말
> ｑｑｑｑ 엄마를 데려갈 때 뒤돌아보는 건 돼지라고 말하는 돼지가 하는 말
>
> ｑｑｑｑ 무엇보다 제가 돼지인 줄 모르는 우리나라 돼지들의 교성
>
> 「돼지는 돼지」 부분 (김혜순, 『피어라 돼지』(문학과 지성사 2019)

바다오리 새끼 수백 마리를 잡아서 다리에 가락지를 달아주는 작업

새끼 잃은 엄마 바다오리가 큰 소리로 울면
엄마 잃은 새끼 바다오리가 더 큰 소리로 운다

하도 시끄러워서 전화가 오면 고래고래 소리를 질러야 한다

고리를 다 달면 귀가 먹먹할 정도다

새끼 바다오리는 자기 엄마를 기막히게 구별하고

엄마 바다오리도 자기 새끼를 기막히게 구별한다

심지어 알에서 나오기 전부터 서로의 이름을 불러댄다

「꼬꼬닭아 우지 마라/ 우리 아기 잠을 깰라/ 멍멍개야 우지 마라/ 우리 아기 잠을 깰라」 부분 (김혜순, 『지구가 죽으면 달은 누굴 돌지?』(문학과 지성사 2022))

김혜순 시인의 시는 세상의 수많은 시들이 지향하는 영속성, 이른바 이 세상에 남고자 하는 욕망으로부터-김혜순이란 이름과 시 자체가 현실에서 갖고 있는 위상과는 무관하게- 역설적으로 자유로워보인다. 세계를 읽은 한 궤적으로서의 시라기보다는 세계를 거침없이 읽어나가고 있는 현재 진행-운동으로서의 시이기에 그 무엇도 남기지 않으려 한다. 일반화할 수는 없겠지만 장시長詩만이 가질 수 있는, 끝없이 나아가고 또 나아가는 과정에서 파생되는 리듬은 바로 그런 자유로움에 얼마간 기댄다고 본다. 시인은 이 언어를 흐름으로 인지할지언정 남긴다거나 기억할 마음 같은 것은 없어 보인다. 실상 김혜순의 시들은 낭독을 할 수 있을지는 몰라도 암송은 하기 힘든 구조다. 응축이라는 말이 언어에 힘을 부여하는 방편이 될 수도 있다는 사실을 간파한 시인은 시가 인간의 내부에 남아 힘-권력을 발휘할 수 없도록 끊임없이 탈주하고 있는 중이다. 그리고 그 탈주의 끝에서 마주하는 것이 바로 '비명'이다. 소리다. 의미가 완전히 탈색된 지점에 도달

한 시인은 자아-타자의 경계 없는 다중의 소리-고통에 찬 소리를 마주한다. 시가 의미를 의도하지 않은 것처럼, 이 글에서도 "q q q q"에 의미를 부여할 필요는 없어보인다. 인간의 언어를 한계치까지 밀어붙여 소리로 바꾸는 작업에서 알파벳이건 한글이건 한자이건 소용되는 문자-매개체는 전부 동원되어야 한다는 것이, 이쪽 세계-인간의 입장에 가까운 것이므로. 언어의 또 다른 가능성을 계속 발굴해나가야 하는 시인은 진작에 (동물의 뼈와 철골 콘크리트와 질서정연한 언어와 병든 정신으로 건축한) 이 세계의 해체를 결심한다. 그 속에 파묻힌 수많은 비명을 마주하기 위해, 이를테면 앞서 에밀리 정민 윤의 시집에서 '위안부'라는 이상한 명칭으로 끌려간 여성의 고통, 『피어라 돼지』에서 2011년 초 구제역으로 살처분된 돼지 330만 마리와 소 15만 마리의 비명에 닿기 위해 쓴 연작 형태의 장시와 같이 끊임없이 고통의 감각을 열어젖히는 세계에서, 의미의 영역에 발 디디고 있는 의식은 무력하다. 꼭 무의식을 의식의 반대항이라고 할 수만은 없지만 (개인적으로는 이 둘이 분리된 개념이라는 사실에 대해 강한 의구심을 갖고 있다.) 스스로 어찌할 수 없는 지점-무의식의 영역에서만 가능한, 열림의 상태가 더 믿음이 가기 때문이다. 김혜순 시인의 시에 그토록 많은 구멍이 등장하는 것 역시, 근원에 가까운 것들-태양, 지구, 달, 인간의 눈동자와 같은-이 모두 원형圓形을 공유하고 있다는 사실에 기반하고 있지 않을까. 그 원형의 일그러짐에 의해 소리가 발생(發音)하고 조음-조어의 영역에서 의미의 형태로 전환된다. 그토록 많은 구멍이 스스로 공백이 아니라 존재임을 자처하는 이유다. 구멍은 대개 자기 존재를 드러내기 위한, 동물들의 거의 유일한 수단이다. 입을 벌려 소리를 지르고, 성기를 통해 성교를 하고, 항문을 통해 배설을 한다. "바다오리 새끼 수백 마리를 잡아서 다리에 가락지를 달아주는 작업"은 새들의 생태와 이동경로를 파악하기 위한 작업이기에 결국 그들의 '삶을 위한' 작업이라는 명분 하에서 진행되는 작업이다. 어미/자식은 서로를 찾기 위해 "큰 소리로 울"고 "더 큰 소리로 운"다. 모성이라는 말보다 생존이라는 현실이 더 큰 것처럼, "새끼 잃은 엄마 바다오리"보다 "엄마 잃은 새끼 바다오리"의 소리가 더 크다. 이들은 "소리"를 통해서 연결되어 있다. 시인은 오리와 오리 사이에서 이뤄지는 이 소리(音)의 지대에 입국해, 마치 그 소리야말로 모든 경계를 넘어서는 모국어인 것처럼 그들의 대화를 인간의 언어-여기서는 한국어로 번역하고 있다. 인간의 언어가 얼마나 불완전한지를 너무도 잘 알고 있으면서도, 그럼에도 어떤 숙명처럼, 시인은 생명이 내는 그 다중의 소리를 모두 번역하고 있다. 이 번역은, '환경을 보호하자', '바다 오리의 삶에 개입하지 말자', '잔혹한 돼지의 말살에 관심을 가지자', '동물권에 대해 인지하자' 와 같은 한 줄 요약 메시지나 프로파간다도 아니고 부드러운 청유도 아니다. 설령 그렇게 받아들이는 독자가 있다해도 그것이 시인이 의도한 전부라고 읽는다면 이는 더없이 협소하고 납작한 독법이 될 것이다. 시인의 시는 결론에 도달하지 않고, 끝을 예정하지 않은 채로 계속된다. 이것은 말을 지속하고자 하는 욕망이 아니다. 시인의 이 이상한 번역이 압축되고 완결되지 않는 이유는, 이명耳鳴처럼 계속되는 소리로 인한 것이다. 끝나지 않는 생명체의 고통을 '소리'의 형태로 끊임없이 전달받고 있기 때문이다.

*

  EU 집행위는 이날 발표에서 주요 대기오염 물질인 초미세먼지의 연간 한도를 현재 25㎍/㎥에서 2030년까지 10㎍/㎥로 낮추겠다고 밝혔다. 절반 이상으로 줄여 세계보건기구(WHO)가 정한 기준인 5㎍/㎥에 근접하도록 노력하겠다는 취지다. 이를 통해 2050년까지 '대기오염 제로'를 달성하겠다고도 강조했다.

(중략)

이번 제안은 2050년까지 오염이 없는 환경을 만들겠다는 '유럽 그린딜'의 목표를 달성하기 위한 주요 대책으로 제시됐다. 제시된 규칙은 향후 유럽의회와 27개 EU 회원국들 사이에서 논의될 예정이다. 집행위는 이번 제안이 현실화되면 초미세먼지에 따른 사망률을 10년 내 75% 이상 줄일 수 있을 것으로 기대했다. 또 수질 개선에 따라 66억유로(약 9조4300억원) 이상의 이익이 발생할 것이라고 예상했다.[2]

"'대기오염 제로'를 달성하겠다"라는 문장과 그 문장의 결과로서 오는 아랫문단의 두 번째 문장 "또 수질 개선에 따라 66억유로(약 9조4300억원) 이상의 이익이 발생할 것"에는 EU의 발표를 현실화시키기 위한 산술-설득이 내포되어 있다. 구조의 개선에 있어 비명이나 고통에 찬 목소리보다 더 강한 설득력을 갖는 것은 자본-이득으로 연결되는 산술이라는 것이 이 발표에 잠재된 무의식이다. 그런데 "$25\mu g/m^3$" "$10\mu g/m^3$" 같은 수는 우리의 감각에 전혀 닿지 않는 미세먼지 수치다. 그것이 인간의 삶에 어떤 위협이 되는지는 뚜렷한 인과로 연결되지 않고 그 피해범주도 불특정하다. 마찬가지로 "초미세먼지에 따른 사망률을 10년 내 75% 이상 줄일 수 있을 것"이라는 문장에서도, "75%"라는 범주는 미래에 예상가능한 결과이며, 현재 우리의 '죽음'으로부터 너무 멀게 느껴지는-즉 원근의 감각을 건드리는 데 있어 실패한 문장이기에 무의미하게 느껴지는 산술이다. 동일한 수의 개념이라도 헤아리는 것과 세는 것은 분명 다르다. 여기 무한에 가까운 모래 앞에

---

2 〈EU, 초미세먼지 허용치 절반 이하로… 대기·수질오염 규칙 강화〉 (경향신문 10.28 기사 부분)

서, 화자는 일찌감치 셈을 내려놓고, 헤아리기 시작한다. 이 헤아림은 그러나 손쉬운 이해를 동반하지도 않고 인간의 구체적인-그래서 단일화된- 몇몇 정서에 봉사하지도 않는다.

＊모래인[3]

상담자 F: 모래인은 너와 나의 구분이 없다

너는 내 모든 구멍으로 들어와서 내가 된다
나는 네 모든 구멍으로 들어가서 네가 된다

(중략)

＊언어

모래인의 영혼은
어느 우주의 돌팔매에서 왔다는 소문이 있지만
사랑하는 이의 재로 만들어진 성좌에서 왔다는 소문이 있지만

모래인의 명사는 오직 하나, 모래

---

3   최승호, "모래가 된 인간은 많지만 모래로 된 인간은 없다", 「모래인간」, 『모래인간』, 세계사, 2020. - 『지구가 죽으면 달은 누굴 돌지?』 p.172 각주 인용.

이미 우는 것은 새가 아니고

아직 노래하는 것은 목구멍이 아니고

영원히 사라지는 것은 영혼이 아니고

오직 모래

그러므로 모래인은 눈을 뜨고 미래를 볼 수 없지만

오직 원점에서

아직 그 누구도 아직 말을 시작하지 않은

수 억 조 경

그 원점에서

아니 왜 이렇게 원점이 무수히 많아?

　　　　　　　　　　　　　　—「Yellowsand/ Blackletter/ Whitebooks」 부분

　　　　　　　　(김혜순, 『지구가 죽으면 달은 누굴 돌지?』(문학과 지성사 2022))

　　사우디아라비아의 남동부에는 '공허의 1/4'이라는 의미를 가진 '룹알할리'라는 이름의 사막이 있다. 왜 절반이 아니라 1/4일까? 오래 의문했던 적이 있으나 의미의 중력에 붙들리지 않고, 자유로운 한국어의 운용 속에서 시적인 형태로 번역해보면, 4(死)에서 3(삶)을 빼고 남은 부분이 아마도 1이기 때문이다, 라는 지극히 말놀이적인(pun) 답이 가능해진다. 이 답에 기반

해 생각해보면 '공허의 1/4'은 남은 삶을 천천히 잠식해 들어갈 것이다. 지구 면적의 19퍼센트인 3,000만㎢가 사막화되고 있으며 1억 5,000만 명이 사막화로 생존을 위협받고 있다. 이 사막화의 직접적 원인은 물론 기후변화이지만, 그 기후변화를 초래한 것이 바로 인간의 삶을 위한 생산 활동이다. 기후위기로 연결되는 탄소 배출의 주요한 원인 중 하나인 동물의 사육-일상의 육식은 앞서 보았던 돼지들의 비명과 연결되어 있다. 사막화의 또다른 원인이기도 한 과도한 경작과 방목, 산림 훼손으로 인한 토양의 황폐화 역시 물론 인간의 삶 유지를 명분으로 한 행위들이니, 모든 환경 문제는 이중 삼중으로 연결된 사슬이며 그 사실의 중심에 가장 풀기 힘든 난제-인간이 있다. 여기서 물질-부피를 지닌 생명력 쪽이 아니라 죽음-공허 쪽으로 부등호를 열어놓고 이 시를 읽어보자. 인종을 연상하게 하는 세 가지 색채로 시작되는 단어가 제목인 이 시는 "모래"를 이야기한다. 인간이 육안으로 확인할 수 있는 존재 중 가장 무한에 가까운 존재에 속하는 이 "모래"는 인간-생명체가 죽음을 통해 도달하는 최종 형태가 된다. "사랑하는 이의 재"-'Ashes to ashes, dust to dust.'-영국의 장례식에서 흔히 사용되는 이 진혼시 맞은편에서, 시인은 "모래인의 명사는 오직 하나, 모래"임에 강세를 찍고 어떤 순환의 과정 밖으로-더는 다른 무엇으로의 변화 가능성이 없는 유일한 '모래'만을 남긴다. 최승호 시인의 시 「모래인간」은 "비단벌레 껍질로 만든 혁대"와 "더 이상 육체라고 부를 수 없는 육체"인 "모래"가 모두 시간의 흐름 속에서 동일한 성질의 것-사후에 남은 유일한 물질임을 드러내면서 "4월의 황사는/ 고비 사막에서 날아와/ 비단벌레 껍질과 속삭인다"라는 구절로 끝을 맺는다. 타고난 피부의 색으로 만들어진 인종의 경계는 죽음 이후에 사라지고 우리는 모두 모래인간의 형태로 하나가 된다. 이 '모래'에는 "너와 나의 구분이 없다" 과거의 모래도 미래의 모래도 없다. 시간으로부터, 공간으로부터, 형태로부터 어떤 식으로든 경계지어질 수밖에 없는 물질-애초에 물질이 아닌 상태로서의 "모래"- "원점"[4]인 셈이다.

김혜순 시인의 어떤 시들은 끝으로부터 시작한다. 책 전체가 우리가 끝이라 믿는 지점-죽음으로부터 시작하는 경우도(『죽음의 자서전』) 있다. 원인으로부터 결과에 도달하는 것이 아니라 우리가 당면한 이 결과를 온몸으로 마주하며, 받아들이며, 함께 운동하고 있는 언어. 사막화 현상의 수없이 많은 원인-자연적이건 인위적(환경 오염)이건- 이는 이미 발생한 것이며, 시인은 현상의 원인을 규명하거나 미리 대비하는 자라기보다는 사후의 공허를 노래로 수렴하는 자이다. 그리하여 더 아름다운 것, 더 선한 것, 더 분명한 것: 어떤 가능성에 대해서도 시인은 말하지 않는다. 그것은 무너져 내리는 부정적 현실을 언어의 힘으로 지탱하고자 하는 의지의 발현이므로 결국 의도가 되니까. 지금 이 현실이 아닌 다른 가능성을 향한 발돋움이 될 수도 있겠지만, 또다른 타자의 효용에 의해 읽혀버릴 수도 있다. 김혜순 시인의 시는 이토록 수동적으로 누워 있는 시의 자리-지면에 갇혀 있지 않은 언어다. 지면 내에서 현실과 주파수를 맞추고 '새하고' 있다. '인간'을 거스르더라도, 여기 있는 모든 종의 생명체와 함께 아파하고자 한다.

*

프리모 레비는 『주기율표』라는 책을 통해 원소 기호라는 최소한의 단위로부터 연결되는 개인사를 이야기하고 있는데 '바나듐'이라고 하는 원소를 다룬 장의 도입부에 흥미로운 이야기가 있다. (사실 모든 장이 다 흥미롭기는 하

---

4   "매일 밤마다 같은 꿈이 이어졌어/ 어느 공간에 내가 서 있어/ 끝난 곳 없이 황량한 사막이었어/ 거긴 미래도 현재도 없어" (이소라 6집 눈썹달 수록곡 〈듄〉 중에서)

다.) 꽤 긴 인용이 될 것을 각오하고 아래와 일부를 인용해보고자 한다.

정의에 의하면 니스는 불안정한 물질이다. 사실 그것은 사용 중 어느 순간 액체에서 고체가 되어야만 한다. 이런 고체화는 적절한 순간, 적절한 장소에서 일어나야만 한다. 그렇지 않으면 불쾌하거나 희·비극적인 존재가 될 수 있다. 창고에 니스를 보관하는 동안 고체가 되는 경우도 있는데 (이것을 우리는 잔인하게 '원숭이'라고 부른다) 이렇게 되면 제품은 폐기된다. 혹은 10~20톤 정도 되는 반응기에서 합성하는 중에 기본 수지가 고체가 되는 경우도 있다. 이것도 결국 비극으로 끝날 수 있다. 하지만 반대로 사용하고 난 뒤에도 니스가 전혀 굳지 않는 경우도 있다. 그러면 그것은 웃음거리가 된다. '마르지 않는' 니스는 총알이 발사되지 않는 권총이나 새끼를 낳을 수 없는 암소와 같기 때문이다. (중략) 산소가 수행할 수 있는 생명에 관련된 활동이나 파괴적인 활동 등 다양한 활동 중에서 우리가, 니스 제조업자들이 특히 관심을 갖는 것은 기름 입자와 같은 어떤 작은 입자들에 대한 산소의 반응과 그들끼리 연결되어 입자들을 치밀하고 단단한 망으로 변화시켜 놓는 능력이다. (중략) 우리는 니스에 사용하는 수지 원료를 수입했다. 단순히 살짝만 노출되어도 고체가 되는 그런 수지여서 걱정했다. 수지만 검사했을 때에는 정상으로 건조되었다. 그런데 (대체 불가능한 요소인) 유연油煙 같은 것과 함께 분쇄되자 오히려 건조력이 차츰 약해지다가 아예 사라져버렸다. (중략) 이와 같은 경우 고소장을 작성하기 전에 신중을 기해야 할 필요가 있다. (중략) …우리의 불평이 정당하다는 것을 (아주 조심스럽지만 솔직하게) 인정했다. 그리고 이전보다는 덜 뻔한 충고가 담겨 있었다. 'ganz unerwarterweise', 즉 전혀 예기치 않은 방법으로 그들 실험실에 사는 도깨비들이 문제의 물품에 나프텐산 바나듐 0.1퍼센트를 첨가하면 원상으로 회복된다는 것을 알아냈다고 했다. 바나듐은 그때까지 니스의 세계에서는 한

번도 들어본 적 없는 첨가제였다. 그 뮐러 박사라는 낯선 인물은 우리에게 자신들이 확인한 사실을 즉시 시험해보라고 권했다.[5]

레비는 이 글에 나오는 '뮐러 박사'-이 흔한 이름에 대해 뭔가 알 수 없는 기시감을 갖게 되고, 독일에만 같은 이름을 가진 사람이 20만명이 넘을 거라며 애써 기억 속의 '뮐러'라는 이름과의 연관성을 부인한다. 레비는 편지 끝에서 이상하게 쓴 단어 하나 그것도 실수가 아니라 두 번이나 같은 방식의 철자로 쓴 단어라는 걸 알아보고 이 '뮐러'가 추위와 희망과 공포로 가득 찬 잊을 수 없는 실험실에서 특정 단어의 철자를 이상하게 쓰던-즉 이 편지의 '뮐러'와 너무나 닮아있는- 그 '뮐러'일, 가능성을 생각한다. 즉 현재가 아닌, 2차 세계대전 중의 끔찍한 수용소에서의 만남. 이후로 이어지는, 마치 소설 같은 이야기는 이 글에서 다루기에는 지면의 한계가 있으므로 내버려두기로 한다. 이미 망해버린 '니스'와 이 '니스'를 원상복구할 수 있다는 '바나듐'이, 한 때 전문직 포로-고급 노예(?)로서 실험실에 있었던 과거의 '레비'와 독일인 연구자로서 그 수용소에 드나들었던 이 '뮐러'의 존재로 의도치 않게 대입되는 이 은유를 생각한다. 이미 효용성을 잃어버린 '니스'를 복구할 수 있다는 이 믿음은 유효한가. 그들이 일으킬 이상한 케미스트리(화학 반응)는 정말 유효한가. '레비'의 존재를 알고 그를 만나고자 하는, 이 지극히 평범한 독일인 '뮐러'는 유효한가. 김혜순 시인의 시에서 나는 '아파듐'이란 암석을 만났다. 만약 '바나듐'과 같은 존재가 있어 이 가상의 발명체 '아파듐'과 마주하게 하면 어떻게 될까? 하는 상상에 빠져들었다.

5   프리모 레비, 「바나듐」, 『주기율표』 (돌베개, 2017)

나는 세상에 없는 암석을 발명했다

나는 그것을 아파듐이라 부르기로 했다
아파듐 암석은 공중에 떠 있다

삼차원 3D 프린팅의 출력물 같은가

혹은 구길 수 없는 감정을 구긴 다결정 금속 같은가

거꾸로 매달린 아파듐에서 생기가 쏟아졌다

붉은색 계란 노른자가 그 안에서 주춤거리는 것 같은 느낌이랄까

녹는점 1554.9℃, 끓는점 2,963℃, 밀도 12.023 g/㎤이라고 칭했다

거대 사진기 시스템의 우주 물질 자동 인화인가

점심 식사 전 화이트 와인 두 잔의 감전 사물인가

밤에는 돌처럼 냉정한 사람들이
나 죽은 후의 나날들을 걸어가다가
모두 눈알을 치켜들어 실핏줄 가득한 아파듐 암석을 응시했다

나다, 나란 말이다

아파듐 암석이 이제 내 대가리 위 공중에 박힌
나 태어나기 전 거주지 행성의 흔적이라면

아파듐 암석이 자마놈 용매를 만나면

72시간 눈 감지 못한 불면의 끝에서
나는 저절로 몸이 가려운 유령이 된다고 했다

유령이 되자 건망증이 최고치에 달했고 강박증이 심해졌다
끓는점이 계속 치솟았고 저절로 거대한 종말의 예언이 쏟아졌다

— 「아파듐」 부분 (《웹진 비유 57호》)

　　시인이 발명한 이 "아파듐"은 '팔라듐'이 아닌가 하는 의구심을 갖게
한다. 주기율표 10족에 속하는 백금족 원소로 1803년 영국의 화학자 윌리
엄 H. 울러스턴이 조제백금(粗製白金)으로 백금을 만들다가 발견해 분리한
금속인 '팔라듐'과 한 치의 오차도 없이, 동일한 "녹는점 1554.9℃, 끓는점
2,963℃, 밀도 12.023 g/㎤"를 갖고 있기 때문이다. 그렇다면 이 두 원소는
단지 명명의 차이만을 갖고 있는 걸까? 그럴 리가. 이곳은 시의 세계이므
로, 이 일치는 다만 우연에 지나지 않으며, "구길 수 없는 감정을 구긴 다결
정 금속" "나 죽은 후의 나날들을 걸어가다가"와 같은 언술에서 미뤄 짐작
해보면 이 "아파듐"은 그 명칭처럼 고통을 감각하고 있는 무생물이며 불변
의 존재가 아니라 환경적 요인-이를테면 "자마놈 용매"와 같은 존재와 만

나면 화학반응을 일으켜 "72시간 눈 감지 못한 불면의 끝"에서 "몸이 가려운 유령"이 된다. 혼의 상태로 도약하는 것이다. 생물/무생물의 이분법이 무력할 정도로- 금속 또한 지치며, 물이나 밥알 또한 말의 의미나 말에 담긴 정서 혹은 음의 파동에 여러 가지 양상으로 반응한다는 것은 익히 알려진 사실이다. 그러니 지금 고통받는 것은 인류를 포함한 생명체뿐만이 아니라 물질계에 속하는 모든 것이며 거기서 『지구가 죽으면 달은 누굴 돌지?』와 같은 질문 또한 진지하게 가능해진다. "공중에 떠 있"는 "아파듐 암석"은 이 세상으로부터 떠 있는 상태-중력의 상실을 표면화한 것일지도 모른다. 중력를 발생시키는 대상, 이른바 몸 가진 것들인 체언體言으로부터 자유로워지려는 상태라고 생각해 보자.[6] 여기서 더 이상 이 세계에 살 수 없게 만드는 모든 요인을 층위나 맥락을 가로지르며 떠오르는 대로, 거칠게나마 열거해본다면: 다른 모든 종의 생명을 죽여 한 종의 생명만이 안전과 평화 속에 살게 만드는 세상, 효용성이라는 명분 아래 인간의 욕망에 의해서만 의미가 부여되는 대상, 욕망의 구조 속에서 성性을 재단하고 그 과정에서 때로 자기 육체의 주인이 되지 못하는 억압적 구조, 인간의 정신에 침투하는 언어-지독한 기운을 품은 말과 글, 끝내 인간이 인간의 생명을 극단적인 상황으로까지 몰고 가게 만드는, 그런 언어, 전쟁, 질병, 정치, 인간의 목을 죄는 자본, 공포, 사람을 사람으로 보지 않는 몇몇 이상한 사상, 믿음-종

6　가끔 생각한다. 이 세상 모든 단어의 영지를. 사실 명사들의 영지가 넓은 것 같지만, 형용사나 부사, 접속사의 영지가 더 넓다. 그중에서도 부사들의 영지가 제일 넓지 않을까 생각해 본다. 우리가 이 세상에서 사라지면. 명사가 아니라 형용사나 부사. 접속사의 상태가 되지 않을까 생각해보기도 한다. 명사나 대명사에 달라붙지 않게 된 그들의 무한한 자유. 그들의 합종연횡. 내게서 떠난 이들도 형용사나 부사, 접속사의 모습으로 지금의 나를 감싸고 있다고 생각해본다.
시집 『지구가 죽으면 달은 누굴 돌지?』 표4 시인의 말 전문.

교, 교육, 그리고 때로는 왜곡된 형태의 사랑, 여전히 살아있는 이들에게 영향력을 발휘하는 어떤, 죽은 사람들… 그래, 명사와 대명사의 존재는 이토록 많고, 끊임없이 부사를 필요로 한다. 또한 형용사와 접속사를 필요로 한다. 몸 가진 것들의 숙명이라 생각한다면, 죽음(소멸) 이후에야 비로소 얻게 되는 자유가 더 낫지 않을까? 중언부언 끝에 겨우 도달한 곳이 철없고 부족한 질문인 이 결론을 일찌감치 뒤로 한 채, 시인의 시는 끝없이 나아가고 있을 것이다. 자유로운 부사처럼 제 뒤에 올 대상을 예정하지 않은 채 계속될 것이다.[7]

더하여

부족한 글을 송고하기 전 일독을 하던 와중인 2022. 10. 29일 밤 서울 용산의 이태원동에서 압사 참사가 발생해 대략 150명 이상의 사망자 그리고 80명이 넘는 부상자가 나왔다는 뉴스를 접했다. 핼러윈으로 인해 거리에 몰려나온 인파들 속에서 사고의 명확한 발단이 확인되지 않은 상태로, 다만 사람이 죽었다는 이야기-피해자가 대부분 20-30대라는 사실과 더불어 죽은 이들이 거리에 있고 구급대원들이 CPR을 하고 있는 와중에도 다 함께 '떼창'을 하고 춤을 추고 술을 마시거나, 혹은 그 참혹한 참사 현장을 멀찌감치서 찍고 있는 이들에 대한 보도가 나왔다. 핼로윈의 기원[8]을 연상해

---

7   그리하여 이 글은 그 어떤 결론에도 도달하지 않기 위해 김혜순 시인의 시처럼 끝을 모른 채 계속되고자 하는 언어의 의지에 기대고자 했다. (물론 실패할 줄 알았지만!) 그것이 모든 존재의 거주 공간인 지구를 좀먹고 황폐화시키고 그 어떤 빈 곳도 욕망으로 잠식시키고자 하는 인간의 삶 밖으로 탈주하고자 하는 강력한 시적 동력이라는 것을 알면서도-비평이라는 형식에는 때로 어울리지 않는 동력이라는 것을 알면서도.

8   켈트 전통에서는 1년을 겨울과 여름으로만 나누었고, 이 중 1년이 겨울부터 시작한다고 생각했다. 그러므로 겨울의 시작은 한 해의 시작이었으며, 한 해가 끝나고 새해가 시작되

보면, 슬픔 이상으로 더 섬찟하고 끔찍하며 말로 표현하기 힘들 만큼 비참한 일이다. 무사하기를, 무사하기를. 입으로 계속 반복하는 말 아니, 반복되는 말. 같은 날 오전에는 충북의 괴산에서 규모 4.1의 지진이 일어났다. 천재天災와 인재人災가 같은 날 일어난 것이다.

우리가 다 파악할 수 없는 순환循環의 한 과정으로서, 우리가 천재라고 부르는 모든 자연재해는 그저 자연체인 이 행성의 법칙일 뿐이다. 여기에 영향을 미치는 유일한 존재는 인간이며, 의미를 부여하는 것도 인간이다. 계절의 순환 사이에 경계를 짓고, 10월의 마지막이 한 해의 끝이라 믿고, 축일을 만드는 등의 의미를 부여하는 것도 인간이다. 밝게 빛나는 눈과 눈을 마주하거나 안고 쓰다듬는 행위를 사랑이라 부르는 것이 인간인 것처럼. 그러나 때로 할 수 있는 것이 없을 때가 있다. 할 수 있는 게 기도뿐인 때가 있다. 같은 말을 끊임없이 반복하는 게 전부일 때가 있다. 2014년 봄이 그러했고, 코로나로 전세계가 공포에 떨었고 그것이 실재하는 많은 이들의 생명과 생계 위협으로 이어진 재작년부터 올해의 팬데믹, 그리고 우크라이나에서 여전히 끔찍한 일들이 벌어지고 있는 현재. 언어가 지닌 한계를 잊은 채 허공을 향해 쏘아올리는 언어. 현장으로부터 멀리 떨어진 어느 곳에서도, 죽은 존재들의 비명을 여전히 열린 상태로 들을 수 있는 통로: 김혜순 시인의 시를 읽으며, 죽음에의 감각을 동반한 채 경유할 수 있는 지점은 그리하여 무한하고, 무한하고….

는 첫 밤에 저승의 문이 열려 조상들은 물론 온갖 이상한 것들까지 이승으로 나온다고 생각했다.

지구라는 크라잉룸

— 기후위기와 녹색계급의 시

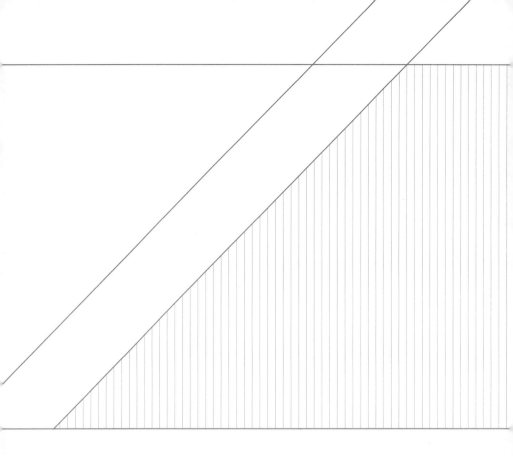

김지윤

연세대학교 국문과 및 동 대학원 석사 졸업, 숙명여자대학교 박사 졸업.
(「전후시의 현실인식과 상상력 연구」로 박사학위 수여)
현재 상명대학교 한국언어문화학과 교수.
2006년 『문학사상』 신인상으로 시인 등단, 2016년 『서울신문』 신춘
문예 당선 후 문학평론가로 작품 활동을 시작함.
인간사회와 지구환경의 지속가능성, 문학의 사회적 상상력과 인류/문
학의 미래 등에 관심이 있다.
공저로 『요즘비평들』, 『시, 현대사를 관통하다』, 『영화와 문학, 세계를
걷다』 등이 있고
『오늘의 좋은 시』 선집을 함께 엮었다. 시집 『수인반점 왕선생』이 있다.
sincethen@naver.com

"우리가 여기 모여 앉아 얘기를 나누며 평화를 다짐하고 있는
지금 이 순간에도 얼음이 녹고 있다는 사실을 기억해주세요.
얼음이 녹고 있습니다."
—2000년 세계평화 정상회담 중,
에스키모 족장 앙가앙가크 라이베르트의 말

1. 미래를 닮은 과거

"나는 과거에 대해 썼지만, 그것은 미래를 닮았다." 스베틀라나 알렉시
예비치는 후쿠시마 이후에 쓴 『체르노빌의 목소리』 한국어판 서문에서 그
렇게 썼다. 어떤 것이 '끝났다'라고 말하는 것은 많은 남아있는 문제들을 은
폐하거나 침묵시킨다. 체르노빌 사태는 끝나지 않았다. 원자로는 석관으로
덮였으나 유효기간이 30년인 석관에는 균열이 생겨 방사성 연무질이 흘러
나왔고, 이 때문에 100년을 더 버틸 수 있는 원자로의 추가 방호벽 아르카
를 제작하여 덧씌웠으나 28개국에서 천문학적 비용을 투입하여 완공된 이
방호벽 또한 한 세기를 넘기지 못할 것이다. 사태 수습에 투입되었던 80만
명의 리퀴데이터(Liquidator, 해체 작업자)들은 영웅으로 추앙받았지만, 그 이후

로 죽었거나 죽어가고 있다.[1] 알렉시예비치는 말했다. "이것은 과거일까, 미래일까? 가끔 내가 미래를 쓰는 것 같은 생각이 들었다."[2]라고. 미래를 닮은 과거는 현재 속에 살아있다.

이원석 시집 『엔딩과 랜딩』(문학동네, 2022)은 무수한 미래의 상상을 담은 첨단과학 소재들이 등장한다. 그러나 이 시집의 해설에서 양경언 평론가가 "이원석의 시가 미래를 배경으로 삼는다는 오해"를 지적했듯, 이 시편들이 미래에 관한 것이라는 생각은 섣부르다. 결국 미래는 과거를 닮았고, 이미 현실 속에서 징후를 보이고 있기 때문이다. 이 시집의 4부를 가득 채우는 장시 「Long Walk」는 양경언의 설명처럼 "역사의 여러 장면들을 노골적으로 교차시키면서 그이들의 교집합 기저에 아메리카 원주민들의 (잊히라고 강요받은) 과거를 둔다."[3] 특히 이 시의 9장은 '포스트체르노빌'(Post-Chernobyl)에 대해 말하고 있다. "콘크리트와 강철로 만든 둥근 지붕의 갈라진 틈으로/ 아르카의 빛나는 혀가 날름거"(「Long walk」)리고 있는 곳에서 "체르노빌의 불이 할아버지의 몸을 태우고/ 할아버지의 몸에서 할머니의 몸으로/ 할머니의 몸에서 몸안의 아이에게로 옮겨붙어/ 결국 할아버지의 발치에 아이를 묻었다는데/ 빛도 열도 없는 불이 아이에게로 모여들어/ 할머니는 목숨을 건졌지만/ 오늘은 아무도 살아남지 못할 거야."라는 문장은 체르노빌의 악몽이 사실 계속되고 있음을 상기시키며 서늘하게 와 닿는다. 사실 이 시에서 가장 두려운 부분은 "자장가를 불러주는 내게 / 여섯 살짜리 딸이 살고 싶다고 속삭일 때" 창밖에서는 아르카가 빛나고 있다는 사실이다. 거대하

1   이지선, 「재앙 25년… "한 팀에서 일한 동료들 모두 죽고 혼자만 생존"」, 『경향신문』, 2011.4.14.

2   스베틀라나 알렉시예비치, 김은혜 역, 『체르노빌의 목소리』, 새잎 2011, 20~21쪽.

3   양경언, 「속하지 않는 것들의 열정」, 이원석, 『엔딩과 랜딩』 해설, 문학동네, 2022, 190쪽.

고 아름다운 외관의 아르카는 200톤에 가까운 핵 물질을 품고 있고, 그 안에서 무슨 일이 일어나는지는 아무도 모른다. 포스트-체르노빌이라니. 우리는 아무 것도 해결하지 못했다.

이 시 속에는 "구소련의 마지막 우주왕복선 '부란'"이 등장한다. 눈폭풍이란 뜻의 부란(Buran)은 소련 연방의 붕괴에 따라 폐기되었다. 우리의 분노와 두려움은 석관에 묻혀 체르노빌의 땅 속에 들어가 있고 어떤 꿈들은 방치된 우주왕복선처럼 버려져있다.

역사 속의 많은 이들은 "포스트"를 선언하는 순간 완전히 사라지지 않은 것들을 마치 다 '청산'된 것처럼 간주하곤 했다. 이 작품은 그 무수한 '포스트 선언'에 저항하는 목소리들로 가득하다. "잊히라고 강요받은" 아메리카 원주민들의 과거를 사실 잊지 않아야 하는 것처럼 역사는 "1864년 미군에게 끌려간 나바호족의 끊길 수 없는 노래"[4]를 지워서는 안 된다.

"버려진 자동차들과 무너져내린 콘크리트 벽 부서진 타일 조각/ 팔이 없는 인형과 사람이 없는 마을을 지나/ 물고기가 살지 않는 호수를 건너고/ 물이 없는 강을 지나면 다다르는 곳/ 강철의 근골을 가진 거대한 둥지"가 있다. "우리는 가시철조망에 볼이 뜯기는 줄도 모른 채/ 둥지 안으로 발을 들인다/ 멀리서 한 발씩 다가오는 정전처럼/ 가시 끝에서 중력을 향해 기우는 핏방울처럼"(「Long walk」) 이라는 이 시의 섬뜩한 풍경처럼 우리의 '문명'이나 기술발달은 한계에 다다르고 있다. 결국 이 시가 보여주는 장면들은 "멀리서 한 발씩 다가오는 정전처럼" 우리에게 서서히 가까워지고 있다. 우리에게 다가오는 미래는 과거를 닮아있다. 이 사실을 깨닫지 못하면 묵시록은 실현될 것이다.

◇◇◇◇◇◇◇◇◇◇◇◇

4   위의 글, 191쪽.

많은 작품들이 왜곡된 형태의 환경적 종말주의를 담아내고 있는 데 비해 이원석의 작품이 그려내는 묵시록적 풍경은 충분히 무겁고 다층적이어서 주목된다. 대중적으로 널리 퍼진 환경적 종말주의는 방사능 낙진, 살충제 오염 등으로 인한 환경 공격을 섬뜩하게 경고하는 카슨의 『침묵의 봄』에서부터 시작된 환경위기의 수사학을 활용하여 그간 많은 작품을 통해 사람들에게 환경위기를 알려왔다. 문학이 여러 가지 방식으로 우리의 지구가 회복 불가능하게 파괴되고 있음을 알리며 사람들의 환경에 대한 감수성을 자극하고, 그로 인해 인식이 바뀌는 것은 다행스러운 일이지만 이렇게 환경을 파괴하는 존재들의 '악덕'을 고발하고 공포스러운 이미저리로 단순하게 재현하는 것은 우려스럽기도 하다. 사실 이 '임박해 있는 위험'을 초래한 것은 어떤 악랄한 존재가 아니라 우리 모두이다. 모든 사람은 목격자인 동시에 공모자다.

사실 기후위기는 너무 거대하기 때문에 잘 느껴지지 않는다. 그래서 많은 사람들은 이 위기를 초래하는데 가담했다는 혐의에서 자신을 제외시키고 싶어 한다. 자신이 일조했다는 사실을 잘 체감할 수 없기 때문에, 좀 더 확실한 비난의 표적을 대신 설정하려고 하는 것이다. 그렉 개러드의 지적[5]처럼 종말론적 수사학은 사람들에게 충격을 주고, 움직이게 만들기 때문에 환경담론의 중요한 요소이지만, 환경이슈를 재앙으로 묘사하는 방식은 회의주의자들로 하여금 조롱하고 일축하도록 재촉하고, 신봉자들을 극단적으로 만들어 사안에 대한 신중한 접근에서 멀어지게 할 수 있다. 또한 재앙의 수사학이 그것이 묘사하는 위기를 '생산'하는 경향이 있다는 것도 사실이다. 환경 운동단체의 정치적 목표가 생태적 재앙보도를 하는 저널리즘의

<hr>

5   그렉 개러드, 강규한 역, 『생태비평』, 서울대학교출판문화원, 2014년, 159~161쪽.

열망과 맞물리고 언론에 위력을 발휘하며 그로 인해 짧고 이해 가능한 종말론이 가볍게 소비되게 되었고, 심지어 위기를 효과적으로 확대 생산하기도 했던 것이다. 환경 위기의 주범과 원인은 단선적으로 이해될 수 있는 것이 아님에도 이러한 종말적 수사학은 "단일하고 임박한 '환경 위기' 개념 내에 매우 다양한 환경문제를 결합"[6]해버린다.

우리가 잊지 말아야 할 것은, 환경위기를 개선하는 힘은 절망보다는 희망에 있다는 사실이다. 지구에 대한 책임감은 세계가 끝나지 않을 것이라는 신념에서 생겨난다. '6번째 대멸종'이 다가올 수 있다는 두려움과 위기의식은 필요하지만 지구에 미래가 없다는 종말주의로 전락해버린다면, 무엇을 위해 도전해야 할지 동력을 잃게 된다.

그러나 그렇다고 해서 대안 없이 막연한 희망에 안주해서는 안 되기 때문에 절망과 희망은 긴장을 늦추지 않으며 공존해야한다. 미래가 없다는 부정적 전망으로도, 문제가 해결되었다는 환상 혹은 쉬운 미봉책에 안도하는 안이한 희망으로도 기후위기와 맞서 싸울 수 없기 때문이다. 과거와 현재와 미래는 연결되어 있다. '과거와 닮은 미래'가 진정 새로운 미래가 되기 위해서는 "나바호족의 끊길 수 없는 노래"(이원석, 「Long Walk」)처럼 결코 끝나지 않고 점점 더 커져가는 지구의 신음 소리를 외면하지 않아야 하는 것이다.

셰릴 그롯펠티는 생태비평을 "문학과 물리적 환경 사이의 관계에 관한 연구"라고 정의했고 그렉 개러드는 생태비평이 "'녹색'의 도덕적. 정치적 의제와 명시적으로 연결"[7]시키는 것이라고 보았다. 문학이 환경적 상상

---

6   위의 책, 161쪽.
7   위의 책, 13쪽.

력을 통해 위기를 그려내고 있다면 생태비평은 인간의 '오만의 죄'(hubris)를 직시하고 종말주의를 경계하며 '위기'를 해결하기 위한 생태적 통찰의 의미를 탐색한다. 생태비평가들은 환경문제의 문학적 재현을 검토할 뿐만 아니라 실제의 환경담론, 생태과학과도 밀접한 관계를 맺고 "가능한 넓은 범위까지 그들 자신의 생태학적 문식력(ecological literacy)을 확장해 가야"[8]할 필요가 있다.

2. 플라스틱제로의 환상

2016년 영국에서 미세플라스틱 사용을 금지하자는 그린피스의 청원에 4개월간 36만5천명이 서명하는 일이 있었다. 많은 연예인 셀럽들과 영향력 있는 유명인들이 자주 플라스틱 위기에 대해서 발언해왔고, 위 유례없는 대규모 청원의 예처럼 대중의 경각심도 높아졌다. '플라스틱 공포'는 대중적인 두려움과 분노로 번져갔고 반(反)플라스틱 운동을 형성했다.

이는 실제의 정책에도 영향을 주었다. 이에 따라 영국에서는 테레사 메이 총리가 일회용 플라스틱을 재앙으로 선언하고 '플라스틱제로' 사회를 위한 25개년 계획을 발표하여 플라스틱 쓰레기와의 전쟁을 선포[9]했고 이에 대한 대립되는 논의를 다룬 기사가 2018년 1월 11일 가디언 지에 실렸다. "우리 시대의 위대한 환경적 징벌 중의 하나"인 플라스틱에 대한 관심

<hr />

8   위의 책, 16쪽.

9   하다인, 「영국 테레사 메이 총리가 플라스틱 제로 계획을 발표하다」, 『지속가능저널』, 2018. 2. 19.

은 최근 급속도로 높아졌다. 환경운동가들은 대중의 플라스틱에 대한 관심이 다른 어떤 환경 문제를 능가한다고 입을 모은다. 이는 BBC의 〈블루 플래닛〉, 넷플릭스 〈플라스틱, 바다를 삼키다〉와 같은 다큐멘터리에서 플라스틱이 어떻게 해양생물을 죽이고 있는지에 대해 집중적으로 보도한 이후 더욱 격렬해졌다.

스티븐 부라니[10]는 반플라스틱 운동이 엄청나게 빠르게 성장했으며 몇 년 전만 해도 기후변화, 멸종위기종, 항생제 내성 등 여러 문제 중 하나에 불과했고 과학자들은 1990년대 초부터 지속적으로 문제제기를 해왔음을 언급하며 2010년대부터 대중이 플라스틱을 생각하는 방식이 근본적으로 바뀌었다고 지적한다. 거의 폭발적으로 느껴지는 이러한 대중의 호응은 플라스틱의 사악함과 만연함에 대한 인식이 마이크로비드가 욕실 배수관으로 흘러가고 있고, 미세 플라스틱들이 세탁 시 섬유에서 떨어져 나오며 이것이 해양생물을 죽이고 우리에게 다시 되돌아온다는 사실을 사람들이 알게 된 데 연유한다. 치명적인 환경오염 물질로 플라스틱을 인식하게 된 것이다. 게다가 잘 체감되지 않는 북극의 빙하가 녹는 일보다는 가정의 수돗물로 흘러드는 미세플라스틱이 훨씬 두렵게 느껴졌기 때문이기도 하다. 수돗물, 생수, 하천·호수·강·해양 등과 인간이 먹는 해산물, 천일염에서 미세플라스틱이 검출되고 심지어 공기 중에도 떠다닌다는 사실[11]은 실체가 있는 직접적인 위협으로 느껴진다.

사실 반플라스틱 운동이 대중적으로 번질 수 있었던 것은 플라스틱과

---

10   스티븐 부라니, 최민우 역, 「굿바이 플라스틱」, 『지구에 대한 의무』, 스리체어스, 2019. 12~18쪽.

11   강찬수, 「미세플라스틱, 얼마나 위험한지 몰라서 더 걱정스럽다」, 『중앙일보』, 2018.9.29.

싸우는 일이 비교적 쉽고 통제 가능해보이기 때문이다. 실제로 석탄, 석유, 가스보다 더 많이 온실가스를 배출하는 원료인 콘크리트[12]가 지구를 뒤덮는 것에 비해서도 훨씬 해결하기 간편해 보인다. 하지만 그저 플라스틱을 쓰레기통에 버리는 것으로 문제가 간단히 해결될까? 과연 플라스틱 대신 종이 빨대를 사용하고 배달음식을 다회용 용기에 받는 것을 선택하는 것만으로 많은 사람들이 몰두하고 있는 '환경 승리'를 이룰 수 있을 것인가에 대해 환경운동가들은 회의감을 내보인다. 플라스틱이 이렇게 많아진 이유는 저렴하고 가볍다는 데 있다. 저렴하므로 쉽게 버릴 수 있고, 따라서 편리하기 때문이다. 플라스틱은 소비주의 상징 그 자체이다. 플라스틱은 세계의 경제가 "폐기 중심의 소비문화로 이동하는 기폭제"[13]가 되었고, 그렇게 세계를 재편했다. 경제학자 빅터 리보가 1955년 경고한 것처럼 소비는 삶의 일부가 되었고 "우리는 증가 일로의 생산 속도에 맞춰 물건들을 소비하고, 소각하고, 닳도록 써버리고, 바꾸고, 버려야"[14]하게 된 것이다. 결국 우리가 플라스틱과 제대로 싸우기 위해서는 우리 삶과 투쟁해야 한다는 이야기가 된다.

사실 플라스틱은 좀 더 널리, 깊숙이 번져있다. 타이어의 구성 성분 60프로가 플라스틱인 사실은 잘 알려져 있지 않다. 티백에도 있고 심지어 테이크아웃 종이컵에서도 용출된다. 생분해 플라스틱이 등장했고 씨유(CU)

---

12 콘크리트가 환경에 미치는 영향이 거의 알려져 있지 않다는 사실은 더욱 우려스러운 일이다. 콘크리트가 소비하는 물의 75퍼센트가 가뭄지역이나 물 부족 지역에서 공급되며 콘크리트가 배출하는 이산화탄소 뿐 아니라 시멘트 혼합물에서 나오는 먼지가 대기오염을 일으키고 시멘트 제조 공정에서 집중되는 에너지는 온실가스의 원흉이다. (조너선 왓츠, 「콘크리트 잔혹사」, 『지구에 대한 의무』, 스리체어스, 2019, 93쪽)

13 스티븐 부라니, 앞의 글, 25쪽.

14 위의 글, 같은 쪽.

편의점이 전체 매장에서 폴리락타이드 소재의 친환경 포장재를 사용하겠다고 밝히고, 롯데마트의 자체 브랜드 스윗허그, 배달의민족의 '배민상회'도 생분해성 수지를 이용한 제품을 출시하는 등 이에 동참하는 기업도 생겼다. 하지만 사실 생분해 플라스틱의 처리 지침은 일반쓰레기와 동일하게 종량제 봉투에 넣어버리는 것이고 이렇게 버려지는 생활 폐기물의 절반 이상은 소각되고 28.9%가 매립되며 재활용되는 것은 18.4%에 불과하다. 매립되는 28.9%도 58±2도 상태를 갖추어야 하는 등 퇴비화 조건을 충족한 땅이 아닌 일반 매립지에 묻힌다.[15] 오히려 생분해 플라스틱은 환경 규제도 벗어난다. 소위 "그린 워싱(위장 환경주의)'"인 것이다. 재활용이 되는 플라스틱조차 재활용에 심각한 결함을 갖는다. 재활용해도 크게 품질이 달라지지 않는 유리, 알루미늄, 철 등과 달리 플라스틱은 재활용할 때마다 품질이 저하되어 결국 재활용할 수 없게 된다. 아래의 시는 플라스틱 문제를 쉽게 해결할 수 있다고 생각하는 사람들의 환상을 적나라하게 관통한다.

> 카페에서 친구를 기다린다 커피향이 고소하다 불에 볶은 과테말라, 케냐, 옥사카산 원두

> 수익의 일부는 정당하게 현지에서 일하는 농부들에게 돌아간다

> 많이 살수록 할인율은 높아진다 최저가의 최저가 에코백은 덤이다

---

15   김임수, 「논란 부르는 국내 '생분해 플라스틱'에 관한 오해와 진실-국내에서는 일반쓰레기와 다름없이 처리된다.」, 『허프포스트코리아』, 2021. 1.26

(⋯)

멕시코시티에서 총에 맞아 죽은 아이를 봤어 모르몬교 백인을 향한 증오
범죄였는데 해변에서 먹었던 토르티야는 정말 매웠지 실컷 떠들다가 친구는
기념품으로 샀다는 핸드메이드 에코백을 건넨다 착한 소비는 가난한 지역사
회를 살리는 데 도움을 준다고

못에 걸리면 그대로 쭉, 찢길 것 같은,

(⋯)

내려야 할 곳에서 내리지 못했다 다음 열차를 기다리며 에코백을 버렸다
원하지 않는 물건을 처치하는 데 돈을 쓰는 일은 무척 아까운 일이다 게다가

친환경 소재 에코백은 잘 썩어 어쩌면 좋은 비료가 될 수 있고

질 좋은 비료는 비옥한 토양이 되어 훌륭한 열매를 맺을 수도 있다
　　　　　　—정다연, 「에코백」(『서로에게 기대어 끝까지』, 창비, 2022) 부분

　이 시에서 시인은 정치적 올바름을 실천하고 있다고 스스로 만족감을
느끼는 화자를 내세워 우리의 신념이 얼마나 빈약한가를 이야기한다. "정
당하게 현지에서 일하는 농부들"에게 수익이 돌아가는 공정무역 커피를 마
시고 덤으로 받은 에코백은 윤리적 허세를 충족시킨다. 그러나 "착한 소비
는 가난한 지역사회를 살리는 데 도움을 준다"고 설파하던 친구는 증오범
죄로 인해 총에 맞아 죽은 아이를 멕시코시티에서 목격했다는 이야기를 가
십거리처럼 전하고, "해변에서 먹었던 토르티야"로 화제를 돌린다. 그가

'기념품'으로 사온 "핸드메이드 에코백"이 "못에 걸리면 그대로 쭉, 찢길 것 같"다고 생각하는 구절은 그 허영심의 내피가 얄팍함을 꼬집고 있다. "친환경 소재 에코백은 잘 썩어 어쩌면 좋은 비료가 될 수 있고/ 질 좋은 비료는 비옥한 토양이 되어 훌륭한 열매를 맺을 수도 있다"는 터무니없는 믿음은 물건을 버리는 죄책감을 덜어주는 그랜드 스탠딩[16]이 된다. 도덕적 허영을 기반으로 하는 그랜드 스탠딩은 올바름을 왜곡하거나, 가볍게 소비해버릴 수 있는 것으로 변질시켜 오용하기 때문에 도덕적 담론의 사회적 가치를 떨어뜨리고 공적 논의의 중요성을 약화시키며 실제로 문제를 해결하는 것을 더욱 어렵게 만든다.

몇몇 환경 운동가들은 가정용 재활용품 수거를 '소망순환'이라고 부르고 재활용 쓰레기통을 사실 환경문제에는 큰 도움이 안 되는데도 죄책감을 더는 데는 큰 도움을 준다는 점에서 '마법 상자'라고 부른다.[17] 소망순환에 불과한 이 '해결책'은 어째서 사람들을 이렇게도 이끌고 매료시킬 수 있는 것일까.

사람들이 기후위기라는 좀 더 거대한 문제보다 반(反)플라스틱 운동에 더 큰 관심과 호응을 보이고 적극적인 이유는 플라스틱 문제가 좀 더 단순하고 명징하며 통제할 수 있을 것같이 여겨지기 때문이다. 지속가능하지 않은 삶의 방식 자체를 바꾸어야 하는데도 불구하고 우리는 플라스틱을 쓰레기통에 버리면서 그것만으로 속죄한 듯한 느낌을 받는다. 그린워싱이 가

16 　이는 저스틴 토시, 브랜던 윌키의 책 『그랜드스탠딩: 도덕적 허세는 어떻게 올바름을 오용하는가』(김미덕 역, 오월의 봄, 2022)에 등장하는 용어로 이 책의 설명에 따르면 "자기과시를 의해 도덕적 이야기를 하는 것"이며 그랜드스탠더는 "도덕적 이야기를 허영 프로젝트로 바꾸"며 도덕적 자질로 다른 사람들에게 좋은 인상을 주기 위해 과시하는 자"이다. (위의 책, 26쪽)

17 　스티븐 부라니, 앞의 글, 32쪽.

능할 수 있는 것은 우리가 스스로의 죄책감을 덜 수 있는 쉬운 방법을 계속해서 찾고 있으며, 점차 해결되고 있다는 위안을 느끼기를 원하기 때문이다.

실제로 재활용을 열심히 해도, 플라스틱 대신 종이컵과 에코백을 사용해도 플라스틱 쓰레기 문제를 해결하는 데 미미한 역할을 할 뿐이라는 사실은 절망스럽다. 쓰레기는 점차 지구를 뒤덮어가고 있다.

"넘치는 인파와 쓰레기, 아스팔트에 고인/ 빗물을 쪼는 비둘기떼 사이에서 퍼지는 하수구 냄새// 상상한다 깨끗하게 삼켜질 이 도시를"(정다연, 「홀」) 이라고 시인은 쓴다. 결국 우리가 살고 있는 도시, 더 나아가 지구 자체가 점점 거주 불가능한 곳이 되어버릴 것이라는 사실을 경고한다.

> 우산을 접는다
>
> 오늘은 비를 막았다
> 내일은 이것으로 무엇을 막을지 알 수 없다
>
> 기어코
> 소년의 등을
> 적시고야 마는 빗방울
>
> —정다연, 「홀」 부분

우리는 지금 간신히 빈약한 우산으로 비를 막고 있는 중이지만, 내일은 이것으로 무엇을 막을지 알 수 없다고 말하는 화자와 같은 처지다. 지금은 피해야 할 대상이 빗방울이라는 것과 무엇으로 그것을 막을 수 있을지를 알고 있다. 하지만 과연 내일도 그럴 수 있을까? 어떻게 해결책을 찾을지는 고사하고 무엇이 문제인지조차 모르는 일들이 허다하고, 지구는 시시각각 지속가능성을 잃어가고 있다. 그렇다면 이러한 절망적 위기 상황에서 종말주의로 전락하지 않고 우리가 할 수 있는 일이 있을까?

플라스틱을 재활용 쓰레기통에 버리는 것이 큰 도움이 되지는 않는다 해도, 여전히 의미는 있다. 더 큰 단위의 변화가 요구되는 것은 사실이고 시스템 전체의 변혁이 필수적이지만 개인의 행동을 바꾸는 일도 여전히 중요하다. 생활습관의 작은 변화가 불필요하다는 것이 아니라 관점을 더 넓게 확장할 필요가 있다는 것이다. 기후변화에 대응하는 모든 수단들은 사실 아직 미완성이다. 지금 우리는 그 방법을 배워나가고 있는 중이다. 다만 중요한 것은 신중하고 끈기 있게, 제대로 배워야 한다는 점이다. 환경을 위한다는 일이 오히려 환경에 악영향을 미치게 되는 리바운드 효과(Rebound effect)도 경계해야 한다.

식물성이라고 여겨져 친환경으로 간주되며 경악할 만큼 빠른 시간 내에 동물성지방을 대체하게 된 팜유는 사실 말레이시아와 인도네시아의 환경파괴와 노동인권 탄압의 대가로 얻어졌다. 숲을 개간하고 팜오일을 얻기 위한 야자수를 심기 위해 불을 놓는 일은 수많은 동물들을 멸종위기로 몰아넣었을 뿐 아니라 인도네시아가 가장 많은 온실가스를 배출하고, 결과적으로 지구 온난화를 부추기는 원인이 되었다.[18]

엄청난 수의 나무들이 사라진다는 사실은 물고기의 내장에서 플라스틱 조각이 발견되는 일만큼이나 경악스럽고 두려운 일이다. 느리게 진행되기 때문에 우리에게 돌아올 영향을 느끼지 못하지만 지구온난화는 썩지 않는

18   폴 툴리스, 「식물성 오일의 역설」, 『지구에 대한 의무』, 스리체어스, 2019, 40~41쪽 참조.

플라스틱보다 더 치명적인 위협이다.

안드리 스나이르 마그나손이 『시간과 물에 대하여』를 쓰게 된 이유는 사람들이 기후 문제를 이해하게 만들기 위해서였다. 기후라는 것이 복잡한 과학 문제라 과학자의 몫이라고 생각했었지만 그 과학자가 마그나손에게 "사람들은 숫자와 그래프는 이해하지 못하지만 이야기는 이해하잖아요. 선생께서 이야기를 들려주셔야 합니다"라고 말했고. 그것이 책을 쓴 계기가 되었다는 것이다. 문학이 보여주는 장면은 사람들에게 숫자와 그래프와는 다른 방식으로 이해와 공감을 불러온다. 열대 우림이 태워지는 것은 지구의 미래를 불태우는 것이나 다름없다. 미국 시인 조이스 킬머의 말처럼 "신 아니면 그 누구도 나무는 만들지 못한다."

이원석의 시 「서로의 것이 아닌」에서 나타나 있는 벌목 장면은 서늘하다. 베어지는 나무들은 "쓰러지는 관"으로 묘사된다. "벌목을 기다리는 밤은 느리고 집요했다/ 인부들은 무성하게 돋은 관들이 차례차례 기우는 방향으로 한숨처럼 길게 휘는 바람소리를 들었다." 나무의 사라짐이 우리에게 끔찍한 영향을 미치는 것은 매우 느리게 진행되는 비극의 일부라 잘 느껴지지 않는다. 그러나 "느리고 집요"한 밤은 어둠을 드리우고 "얼마나 어두운 가지를 드리우게 될지 모르"는데도 "당신은 미래만 기다리며 무심하다." 팜오일을 얻기 위해 파괴되는 삼림은 세계에서 가장 탄소가 풍부한 곳이다. 미래가 사라져가는 동안 아무 행동도 하지 않는다면, 아침이 왜 오지 않는지 의아해하며 영원한 어둠 속에 남겨질 것이다. 사실 식물성이기 때문에 자연에 가깝고 건강에 좋다는 명분보다 팜유 소비 증가를 촉발한 더 큰 이유는 동물성 지방보다 팜오일이 가격이 싸기 때문이다. 결국은 모두 이익의 문제다. 인간은 이익을 얻고, 지구는 그 비용을 혹독하게 치른다.

3. 자본세와 녹색계급

지금은 '인류세(Anthropocene)'[19]이면서 '자본세(Capitalocene)'다. 앞에서 살펴본 것처럼 지금 기후위기를 초래한 상당한 원인은 '저렴한 것들'에 있다. 이를 탁월하게 분석한 책 『저렴한 것들의 세계사』[20]는 자본주의의 역사가 "모든 것을 더 저렴하게 만든 역사"라고 보았다. 자연, 돈, 노동, 돌봄, 식량, 에너지, 생명, 이 일곱 가지를 가능한 저렴하게 유지하고 "무한 축적이라는 힘에 추동되어 프런티어를 지구 전역으로 확장한 생태계"가 바로 자본주의다. 저렴한 것을 지속적으로 거래 가능하게 만드는 목표에 충실한 가운데 기후 위기도 초래된 것이며, 이에 라즈 파텔과 제이슨 무어는 현재를 "자본세"라고 명명해야 한다고 주장한다.

2020년 4월 지구의 날을 맞아 "좋은 시민이 되어 좋은 정책을 요구하고, 좋은 정치가들이 좋은 정책을 받아들일 때 지구의 미래는 희망적"[21]이라는 낙천적인 발언이 회의적으로 느껴지는 까닭은 자본세가 '좋은 시민', '좋은 정책', '좋은 정치가' 될 능력을 빼앗아가기 때문이다.

생태주의(écologie)는 인간활동과 환경 관계의 근본적인 변화에 토대를 둔 새로운 발전 모델을 정립[22]하는 목적을 가진다. 이는 기존 선형경제(Linear Economy)에서 순환경제(Circular Economy)로, 단독 소유에서 공동 소유로, 궁극

---

19 크뤼천이 2000년에 처음 제안한 용어로서, 인류의 자연환경 파괴로 인해 지구의 환경체계가 급격하게 변하게 되었고, 그로 인해 지구환경과 맞서 싸우게 된 시대를 의미한다. ("인류세", 두산백과)

20 라즈 파텔, 제이슨 무어, 백우진, 이경숙 역, 『저렴한 것들의 세계사—자본주의에 숨겨진 위험한 역사— 자본세 600년』, 북돋움, 2020 참조.

21 『춘천사람들』 225호, '기자의 눈', 최성각, 『욕망과 파국』, 동녘, 2021, 46쪽에서 재인용.

22 브뤼노 라투르, 니콜라이 슐츠, 이규현 역, 『녹색 계급의 출현』, 이음, 2022, 10쪽.

적으로는 사익에서 공익으로 옮겨가야 하는 문제이며 이를 위해 근본적인 관점의 변화가 요구된다. 자본세의 위기를 돌파하기 위해서는 소비자가 아니라 시민이라는 의식을 가져야 하며, 기후위기에 대응하는 실천과 저항을 만인이 걸머져야 하는 의무로서 인식할 필요가 있다. 라투르와 슐츠는 생태주의에서 더 나아가 이제 '녹색계급'을 선언하는 사람들이 출현하고 있다고 보았다. 지구의 존속이 문제되는 오늘날의 유물론은 "인간에게 유리한 물질적 조건의 재생산 외에도 지구라는 행동의 거주가능 조건을 고려하는 것"[23]이며 '녹색계급'은 지구의 지속가능성을 파괴하는 '생산'과 '발전'에 맞서 투쟁하는 자들이다. 환경에 관심이 있는 사람들도 불안, 죄책감, 무력감으로 점철되어 있는 상황에서 녹색계급은 강력한 비전을 바탕으로 인간이 익숙하게 의존해왔던 모든 것들을 재검토하며 다른 모든 계급과 대립한다.

피에르 샤르보니에의 정의에 따르면 "녹색계급은 사람들이 살고 있는 장소로서의 세계와 사람들이 살아가는 수단으로서의 세계가 동일한 울타리로 접합되어 있다는 점에 의해 정의"[24]된다. 사람들이 자연에 의존한다는 사실을 받아들이는 것은 중요하다. 무엇보다 인간중심주의에서 탈피하여 인간이 매우 작은 존재라는 사실을 재인식해야 한다. 이처럼 작은 인간으로 스스로를 인식하며 기꺼이 '티끌'이 되기를 자처하는 이들이 바로 녹색계급이다.

김선우 시집 『내 따스한 유령들』(창비, 2021)은 기후위기와 문명에 대한 통찰을 보여주는 많은 시편을 담고 있다. 「티끌이 티끌에게」는 그런 의미에

---

23   위의 책, 26쪽.
24   위의 책, 36쪽.

서 주목되는 시다. 이 시의 부제처럼 "작아지기로 작정한 인간"이 녹색계급
이며 이 시는 그들을 위한 찬가다.

내가 티끌 한 점인 걸 알게 되면
유랑의 리듬이 생깁니다

나 하나로 꽉 찼던 방에 은하가 흐르고
아주 많은 다른 것들이 보이게 되죠

드넓은 우주에 한 점 티끌인 당신과 내가
춤추며 떠돌다 서로를 알아챈 여기,
이토록 근사한 사건을 축복합니다

때로 우리라 불러도 좋은 티끌들이
서로를 발견하며 첫눈처럼 반짝일 때
이번 생이라 불리는 정류장이 화사해집니다

가끔씩 공중 파도를 일으키는 티끌의 스텝,
찰나의 숨결을 불어넣는 다정한 접촉,

영원을 떠올려도 욕되지 않는 역사는
티끌임을 아는 티끌들의 유랑뿐입니다
—김선우, 「티끌이 티끌에게」 전문

시인은 「작은 신이 되는 날」에서도 "우주먼지로 만들어진 내가/ 우주먼지로 만들어진 당신을 향해/ 사랑한다,/말할 수 있어/ 말할 수 없이 찬란한 날"이며 "한 티끌이 손잡아 일으킨/ 한 티끌을 향해/ 살아줘서 고맙다, 숨결 불어넣는 풍경을 보게 되어/ 말할 수 없이 고마운 날"이 바로 "작은 신이 되는 날"이라고 쓴다. 인간은 자연 속의 '티끌'같이 작은 일부이며 자연에게 '소유된' 존재라는 인식은 녹색계급에게 반드시 필요한 것이다. 티끌한 점인 것을 알게 되는 순간 "유랑의 리듬"이 생기고 "많은 다른 것들이 보이게" 된다.

김선우의 시에는 인간이 자연에 속한 작은 존재라는 것을 모르는 어리석음에 대한 질타도 들어 있다. "그대들이 세상이라 믿는 세상이여, 나를 받아라. 내가 그쪽을 먼저 사양하기 전에"(「천문의 즐거움」)라는 별들의 임종게를 "발굴해 옮겨 쓰"기도 하고 인간이 자연을 '지배'한다는 착각에 빠져 환경을 파괴하는 일에 경종을 울린다.

오늘도 어김없이 지구 어디선가
죄 없이 아이들이 죽고
죄 없이 동물들이 사라지고
죄 없이 숲이 벌목되고
죄 없이 작은 것들의 노래가 짓이겨져 파묻힌다

착취한 것들로 만들어진 자본의 폭식성-
멈출 줄 모른다 착취가 동력이므로

한때 아름다웠던 별

어디에 무릎을 꿇어야 죄를 덜 수 있나?

불과 이백년 만에 이토록 뜨거워진

인간이 만든 쓰레기로 가득해져버린 여기 어디에

지구라는 크라잉 룸

당신 안에서 우느라 당신의 울음을 미처 듣지 못했다

　　　　　　　　　　　　　　　　　—김선우, 「지구라는 크라잉 룸」 부분

　이 시의 화자는 "착취한 것들로 만들어진 자본의 폭식성"을 고발하고 "작은 것들의 노래"를 복원하고자 한다. "불과 이백년 만에 이토록 뜨거워진/ 인간이 만든 쓰레기로 가득해져버린 여기"가 지구라는 뼈저린 사실을 인식해야 이 세계와 그 안의 사람들의 삶을 지탱하는 것들을 근본적으로 바꾸려는 노력을 시작할 수 있다. 지금의 사람들은 자기들이 어디에 있고 더 나은 삶을 위해 무엇에 저항해야 하는지를 알지 못해서 무기력해져 있다. 이제 지구의 인간들은 무엇이 그들을 지탱하고 있고, 무엇에 의존하여 살아가고 있으며 변한 것은 무엇인지 알아야만 한다. 어떤 지평을 향해 나아가야 하는지를 알기 위해서 "지구라는 크라잉 룸" 속에 "짓이겨져 파묻힌" 작은 울음소리를 예민하게 들어야 하는 것이다. 그 소리의 근원지를 찾아가 손을 내밀고 작고 느슨한 연대를 이어가는 것이 녹색계급을 팽창시키는 일이다.

　김선우는 시 「지구주민평의회가 만들어진다면」에서 녹색계급의 연대로 이루어진 '지구주민평의회'가 만들어진다면 어떨까 하는 상상도 한다. 기후위기 대응, 생물다양성 등을 위한 정부 정책을 촉구하기 2018년 결성된 세계기후행동 네트워크인 멸종반란(extinction Rebellion)을 연상시킨다. "만약 그럴 수 있다면/구할 수 있지 않을까요?// 이대로라면 백년 안에/ 인류사는 끝날 텐데" 라는 화자의 생각은 "이대로는 공멸입니다"라는 위기의식에 기인한다. 시인은 먼저 "국가니 국민이니 인종이니 민족이니 난민이니 인간 내부의 경계는 사라"지고 "살거나/ 멸절하거나"의 두 갈래 길에서 "다행히도 인류는 사는 길을 선택했다"는 낙관적인 결말을 보여주고 나서 다시 회의적인 질문을 넣는다. "그럴 수 있을까, 인간이?/ 자본교에 장악당한 지 불과 이백년 만에/ 멸망의 시간을 카운트 중인 우리가?"

김선우는 이 시집의 3부를 할애하여 「마스크에 쓴 시」 연작을 보여준다. "더 늦기 전에/ 공평한 그늘로 돌아가야 합니다// 인간에게 내준 그늘을/ 지구가 모두 거둬들이기 전에"(「마스크에 쓴 시 1」)라는 구절이라든지 ""너희는 스스로 감금되었어, /속도에, /자본에,/ 자본의 속도에"(「마스크에 쓴 시 7」)라고 경고하는 구절을 보면 코로나19가 새롭게 촉발한 전염병의 문제를 환경 문제와 연관시키고, 그것의 근본적인 원인을 자본세에서 찾고 있음을 알 수 있다. 「마스크에 쓴 시 2」는 더욱 직접적이고 본격적인 자본세 비판을 담아내고 있다. "걸식하던 때로 돌아가야 해// 공장형 축사, 유전자 변형 곡물, 생산성 우선주의, 비료 농약 항생제 온갖 촉진제, 도륙, 밀림과 숲을 밀어내고 들어선 대규모 농장들, 무엇이든 유행이 시작되면 투자가 폭증하고, 투자해 유행을 만들기도 하고, 돈이 돌기 시작하면 파괴는 시작되고, 팔리는 한 지구 끝까지, 제어 불가능한 덤블링, 궁극엔 황무를 향한, 지구적으로 소비되는 오늘의 유행, 마트에 그득한 오늘의 식자재들, 돈만 된다면 어디든지, 무엇이든지, 어떻게 해서든지, 지구를 서너개쯤 팔아치워도 끄떡 않을 자본의 탐욕, 과잉 생산 과잉 소비, 지구의 것을 파괴하면서 얻은 풍요의 뒤안, 우리가 발붙일 곳은 여기뿐인데, 머지않아 혹독하게 되갚아야 할 텐데, 내일의 아이들은 굶게 될 텐데, 생의 모든 면에서 굶주리게 될 텐데"라는 화자의 말을 따라가다 보면 녹색계급의 맹아들을 깨우고 계급의식을 심어주는 시라는 인상을 받는다.

이들의 '운동'은 「티끌이 티끌에게」에서처럼 사랑을 동력으로 하는 것이다. 「보르헤스와 보낸 15일」에 있는 아름다운 문장처럼 "덧없음과 찬란함은 동의어이며 서로를 응원한다."라는 말을 "해질 녘이면 소리 내어 읊조리"는 사람들이 서로를 지지하는 일이다. 시인은 이 시의 결구에 이런 말을 남겨놓았다. "응원이라는 말을 특히 나는 사랑한다."

그런 응원이 남아 있는 한, 인간은 질긴 숨을 이어갈 것이다. 피해자이면서 가해자이고, 적이면서 사랑하는 존재인 인간에게 기대할 것이 남아있다면 '녹색계급'이 세계를 새롭게 이해하고 미래가 사라지지 않도록 함께 노력하며 스스로를 해방시키고 세상을 재편하는 일이다.

김호성 시인은 『적의의 정서』(파란, 2022)에서 "온갖 질병을 휘몰아치게 하는 미세먼지에서 방사능으로 우리 모두가 하루는 침묵하는 피해자이다 하루는 정의로운 폭군이다."(「질긴 숨」)라고 썼다. 우리는 희생자인 동시에 지구의 파괴에 대한 책임이 있는 공모자들이다. 기후위기는 지구가 보내는 경고의 메시지이며, 그것을 귀 기울여 들어야 너무 늦지 않게, 지구를 살리기 위한 행동을 할 수 있을 것이다. 그러니 필요한 것은 충분한 수치심일 것이다. "흰 새가 부리로 동공을 터뜨리면/ 쓰러진 굴뚝이 폐수를 토해내고/ 강물 속에 검은 힘줄이 번식"(「수치심」- 퇴화)하는 세상에 대한 수치심이 요청된다.

『적의의 정서』의 표사에서 조강석 평론가가 "동시대성 안에서 끓고 있는 정서"를 "몸과 몸 사이의 정동적 공간에서 요동치"는 언어에 담아냈다고 평가한 것처럼 지금 이 시대를 살아가는 사람들의 정념이 발생시키는 에너지는 "폐허가 혓바닥 한가운데 몸을 말며 들어"(「안부」)오는 시대의 어둠 속에서 출구를 만들 수 있다. "다시 한번 구토를 참고/ 폐허는 땅 위에 뿌리내릴 때만이 살 수 있"(「안부」)는 것이다. "혼절할 정도로 죄가 창궐해서 허공이 잿빛으로 보일 때까지"(「환태평양 조산대」) 기다릴 수는 없다. "이 생태계를 기록해 줄 한 명"(「수치심-퇴화」)이라도 있으면 증언해야 하고, "저 멀리 빙하가 사라지는 곳에서 검은 함대가 몰려"(「질긴 숨」)올 때 "모든 것을 망각할 수 없는 곳으로 가자/ 잠이 금지된 삶 속으로 가자"(「금지된 삶」)라고 외쳐야 하는 것이다. 우리의 현재가 흔들리고 미래가 사라져가고 있을 때, "우리는 스스로 자신의 존재를 지탱해야만 한다."(「나무는 어둠을 들었다」)

인간이 자연의 일부이며 이 지구 위에 뿌리내려 살아가야 하는 모든 생명체들과 공통의 운명을 갖고 있음을 인식해야만 다른 생명체 내에 존재하는 하나의 생명체로서 인간이 테라포밍[25]에 참여할 수 있게 된다. 그리고 녹색계급은 테라포밍 후의 "새로운 땅이 어떻게 표현되고 느껴지는가를 모색하는 방향"[26]으로 나아갈 것이다. 이것은 문학의 상상력과 맞닿아 있다. 생명을 이해하고 생명현상을 새롭게 파악하며 이 지구라는 환경을 기존과 다른 방식으로 인식하기 위해서는 새로운 감수성이 필요하다.

찰스 디킨스의 『두 도시 이야기』의 유명한 서두에서처럼 "우리 앞에는 모든 것이 있었지만 한편으론 아무것도 없었다. 우리는 모두 천국을 향해 가고자 했지만 거꾸로 가고 있었다"는 것을 인식해야 한다. 빙하가 녹고, 열대우림이 파괴되면 극지방이나 열대지방 뿐 아니라 전 지구가 고통을 겪는다. 우리가 '천국의 반대 방향'으로 가고 있음을 깨달을 때, 그 책임은 모

---

25 테라포밍(terraforming)은 테라포메이션(terraformation)이라고도 하며 다른 행성이나 위성의 자연환경을 인간이 거주할 수 있도록 바꾸는 것을 의미하지만, 이 경우에는 지구 자체를 지속적으로 거주가능한 곳으로 변화시키는 일을 의미하는 것이다. (위의 책, 63쪽)

26 위의 책, 81쪽.

두에게 있고 부끄러움도 모두의 몫이다.

　어떤 시인은 이렇게 쓴다. "부끄러운 사람이 되고 싶어// 주전자에 든 물을 흘리며 걷자/ 울면서 뒷발을 무는 개처럼/ 불 켜진 계단을 향해/ 자꾸자꾸 내려가자"(강혜빈, 「이름없음」, 『밤의 팔레트』, 문학과지성사, 2020)라고. 이 시의 화자가 지향하는 곳은 맹목적 발전과 개발지상주의에 매몰된 자본세가 향하던 '높은 곳'을 향해 가는 방향과는 정반대로, "더 낮은 곳, 더 더 낮은 곳/ 닫힌 문, 또 닫힌 문"이다. 그런데 흥미롭게도 이렇게 내려가다 보면 낮은 곳이 오히려 높은 곳이 되어 "더 높은 곳, 더 더 높은 곳/ 열린 문, 내내 열린 문"이 되는 기적 같은 일이 일어난다. 그 계단에는 터널의 끝에 스며드는 빛처럼 불이 켜져 있다.

'해석'과 비평에 관한 파편적인 단상 모음

─ 질문을 바꾸는 것은 어떻게 가능한가?

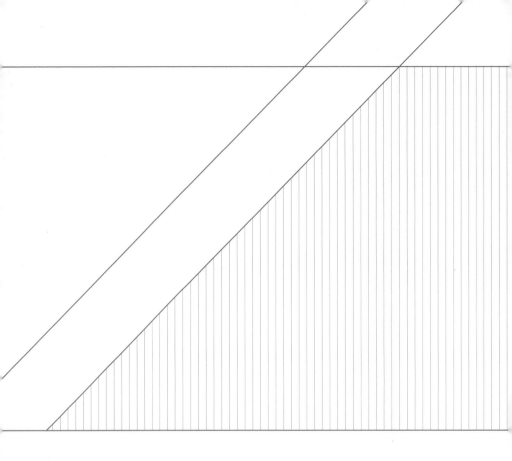

선우은실

인하대학교 한국어문학과 및 동 대학원 박사 과정 수료.
2016년 『경향신문』 신춘문예로 작품 활동 시작.
현재 서울예술대학 문예창작 강사.
대표 저서로는 평론집 『시대의 마음』(문학동네, 2023)이 있다.
주요 관심사는 형식, 여성 문학, 노동, 청년 담론이다.
eunsil_official@naver.com

'해석'과 비평에 관한 파편적인 단상 모음
―질문을 바꾸는 것은 어떻게 가능한가?

죽음과 당사자성

최근 사회에서 갑작스러운 타인의 죽음에 대한 소식이 너무 많이 들려온다.[1] 청소년의 죽음, 노동자의 죽음, 여성의 죽음, 청년의 죽음, 경제적 약자의 죽음. 그런데 이 죽음을 갑작스럽다고 말해도 좋은 것일까? '사고'로 표상되는 죽음처럼 보이더라도 사고의 발생 원인을 추적해가다 보면 그 한가운데에는 사회가 암묵적으로 합의한 규율이 놓여 있다. 그것은 갑작스럽게 만들어진 것이 아니며 오랫동안 내면화해온 것이다. 그 규율은 제도 바깥의 관습적 사고(思考)일 때도 있고, 노동에 대한 착취적 맹신일 때도 있으며, 차별과 혐오 또는 계급 재생산의 모습을 하고 있기도 하다. 그것은 죽음 이전에 죽음에 개입할 수 있는 한 요소로 존재했으며 누군가의 죽음 이후

---

[1] 이 글은 이태원에서 압사로 인한 참사(2022.10.29.)가 막 있은 직후에 쓰였다. 이즈음 청소년 노동자의 죽음, 법적 가족에 의한 여성 구성원의 죽음 등 사회 구성원의 다발적 죽음이 끊임없이 보도되고 있었다.

그 책임을 전부 죽음의 당사자에게 부과하는 방식으로 모습을 드러내기도 했다. 무엇보다도 이 모든 내적 규율은 우리가 '삶'을 어떤 식으로 견인해야 마땅하다고 생각하고 있는지를 반증한다.

이러한 삶에 대한 맹목적 믿음 및 사회적 규율이 타인의 죽음을 계기로 수면 위로 떠올랐을 때 어떤 이들은 수치스러움을 느낀다. 수치심과 더불어 느껴지는 비참함, 슬픔, 부끄러움은 자신이 삶이라 믿어왔던 것이 타인의 죽음에 어떻게 연루되었는지를 보게 만들며, '나의 삶'의 범주를 되살피고 확장하여 현실을 되돌아보고 또 바꿔야 한다는 행위로 향하게끔 만든다. 그런데 이 모든 이야기는 엄밀하게 말해 살아남은 자가 죽음을 어떻게 사유하는가와 관련돼 있고, 그런 측면에서 '죽음'에 대한 이야기를 약간 다른 방향으로 확장시켜 보려고 한다.

영구적인 것, 죽음이 영구적이라는 것, 그런 영구적 죽음의 맞이가 상시적이라는 세 가지 사실은 나를 두렵게 한다. 이 세 가지 죽음에 대한 속성과 그에 따른 두려움은, 통제되지 않은 요소에 의해 누구나 영속적인 상태의 전환을 맞이할 수 있다는 사실에 대한 것이면서 동시에 그것을 살아남은 자로서 목격하는 상태에서 감각되는 감정이다. '두 번 다시 돌이킬 수 없는 사건'으로서의 죽음은, 모든 것을 통제할 수 있는 능력을 증강시키는 징표로서 기술 발달을 이해하는 시대 정신이 지속될수록 점점 더 수용되기 어려워진다. 이때 수용의 어려움이란 '모든 것이 가능한 시대에, 도대체 인간은 왜 아직도 영원히 살 수 없는가?'라는 메시지만을 의미하지 않는다. 죽음이 모든 생명에게 공평하게 주어지는 몫일 때, 죽음에 대한 소수의 통제 가능성은 계급적 우월감을 발생시킨다. 모두가 공평하게 죽음의 위험에 노출된다는 '보편적' 전제 위에서, 소수가 죽음을 통제할 수 있음을 드러냄으로써 권력이 작동한다. 모두가 두려워하는 것을 장악하는 일이므로 그렇다.

이 과정에서 '죽음'은 다른 의미에서 사회적으로 수용되기 어려워진다. 소수가 장악하는 (혹은 그리 하려는) 이데올로기임에도 불구하고, '노력하면' 죽음조차 통제할 수 있다며 모두를 착각에 빠뜨리는 사회에서, 어떤 불의의 죽음은 죽음의 당사자에게 모든 책임을 부과한다. 그런 이상 어떤 죽음은 지극히 개인적인 문제가 되어버리며 사회적으로 수용되지 못한다.

죽음이라는 사건이 본질적으로 죽음 당사자의 고유성과 결부된 일이라 할지라도, 그 죽음을 사회적 측면으로 끌어당길 수 있느냐의 여부는 중요한 문제다. 애도의 측면에서 그렇다. 누군가의 죽음에 슬픔을 느낄 수 있고 그럼으로써 인간 모두에게 찾아올 어떤 죽음에 대해 '통제할 능력이 있는가'의 기준, 다시 말해 통제 가능의 여부를 따져 물음으로써 개인의 능력 및 계급이 죽음을 결정짓는다는 프레임에 기여하는 대신, 누군가가 손쓸 수 없는 영구적인 상태로 전환되어버리는 과정에 타인이 혹은 사회가 개입할 지점이 과연 없었는지, 그로써 상황이 달라질 수도 있었는지, 다시 말해 그 주변의 저마다가 어떤 식으로 책임을 가질 수 있는지로 질문을 바꿀 수 있어야 한다. 죽음이 궁극적으로 극복될 수 없는 인간의 사건이라고 할 때, 그것을 잘 수용하는 일은 죽음을 영속적으로 제한하는 것이 아니라 최소한 선택 불가능한 상태에서 불시에 맞이하지 않을 수 있도록 저마다의 위치에서 개입하고 책임질 수 있는 일을 궁구하는 일이다.

죽음은 죽음 사건 한복판에 놓인 개인의 당사자성을 강력하게 환기한다. 이에 대해 말함으로써 사건 당사자의 역사를 이어가려는 일을 포함하는 일종의 수용 혹은 애도는 궁극적으로 더는 당사자에 의해 증언되지 못하나 타인에 의해 해석됨으로써 죽음 이후를 이어가는 것과 관련된다. 즉, 더는 삶이라는 동등한 형태로는 지속되지 못하는 타인의 시간을 살아 있는 자의 삶으로서 역사화하는 일일진대, 삶을 이어 쓴다는 점에서 일종의 역사화 행위에서 필요한 질문이 무엇일지 고민해볼 필요가 있을 것이다.

해석 행위와 질문을 바꾸는 일

아이리스 메리언 영은 『차이의 정치와 정의』(김도균·조국 옮김, 모티브북, 2017)에서 '정의(Justice)'를 "모든 사람이 사회적으로 인정받는 환경 속에서 만족감을 주는 기술들을 익히고 사용할 수 있게 되며, 의사결정에 참여할 수 있게 되고, 다른 사람들이 경청할 수 있는 맥락 속에서 사회적 삶에 관한 자신의 느낌과 체험과 관점을 표현할 수 있게 되는 제도화된 조건"(205~206쪽)이라고 말한다. 이러한 정의관에서는 공동이 사회 제반을 구성하는 요소들(제도)을 '평가'하고 그것을 결정하는 논의에 의사를 제출하는 등 직접적으로 참여할 수 있어야 한다는 점에서 민주주의적 정치 개념을 조건으로 삼는다. 요컨대 정치적 행위로서 정의를 추구한다는 것은 이미 만들어진 제도의 변형 없이 어떤 것을 잘 분배하는 것이 아니라, 분배 패러다임에 의해 여전히 유지되는 제도 및 구도 그 자체에 문제를 제기할 수 있을 때 가능하다. 이러한 '정의' 구축의 패러다임을 죽음 사건에 적용할 수도 있을까? 우리가 타인의 죽음을 통해 지금 이 사회가 부정의하다고 느낀다면, 그 죽음의 옳고 그름이나 정당성을 판별해 그 '정당한 슬픔'을 사회적으로 '승인'함으로써 죽음의 타당성을 분배할 것이 아니라, 어째서 그런 죽음이 초래되었는가에 대한 궁극적인 질문을 던져 죽음을 유발하는 구조에 직접적으로 참여하여 의사를 개진할 수 있어야 한다. 특정한 토대를 승인한(전제한) 그 '위에서' 이야기하는 것이 아니라 '어째서 그 토대여야 하는가'로 질문을 바꿀 때 정의를 실현하는 혹은 정치적 의사결정이 가능하다는 것이다.

그런데 이 질문은 과연 어떻게 수행될 수 있을까? 일련의 논쟁(죽음의 정당성을 따져 물음으로서 '죽음의 합당성'을 분배할 수 있다고 믿는 사회적 의견의 제출과, 그러한 일의 부당함을 역설하는 반대 의견)의 양상이 폭넓은 의미에서 당사자성의 이해 및 '해석'(으로서 비평적 행위)에 걸쳐 있음을 주지하면서, 어째서 혹은 무엇이 그 '해석'을 타당하다고 믿도록 만드는지, 또 어째서 사람들은 그것을 '해석'하려고 하는지의 물음을 통해 근본적 성찰의 방향을 바꿀 수 있을지 질문해본다.[2]

어떤 이들에게 타인의 문제를 '해석'함으로써 정의로움을 외치는 일은, 그 자신이 타인의 자격을 해부하고 해석하는 것을 살아남은 자(달리 말하면 증언 '할 수 있는' 자)의 몫이라 믿고 행함으로써 '그런 일을 당할만했는가'를 판정하는 것과 동일하게 여겨지는 것 같다. 하여 어째서 이러한 일이 벌어졌는가에 대해 언뜻 당사자가 초래하지 않은 것처럼 보이는 외부적 요건들이 실제로는 어떤 죽음에 관여되어 있을 수 있음을 목격하고 발견하는 일 대신, 죽음의 당사자를 죽음 사건의 직접적인 원인으로 지시한다. 이는 매우 피상적인 시선이며, 보이지 않으므로 직접적인 요인이 아니라고 말한다는 점에서 구조적 개입을 은폐하는 데 일조하는 주장으로 쓰인다. 이런 주장에서 두 가지가 긴요하게 작동한다. 첫째로 그가 어떤 사람이었는가, 즉 그의 당사자 됨이 곧 그 죽음의 원인으로 지목된다는 것이다. 이로써 죽음은 선해(善解)되든 오해(誤解)되든 해당 사건의 당사자를 필연적으로 대상화

<hr>

2　부연하건대 아이리스 영이 '민주주의'를 정의관을 실현하는 하나의 조건으로 말했듯 "공동 결정에 참여할 기회를 보유하고 행사"함으로써 사람들은 "**자신의 필요를 타인 것과의 관계 속에서 생각할 역량, 다른 사람들이 사회제도와 어떤 관계에 있는지에 관심을 가질 역량, 추론을 하고 자기 생각을 분명하게 표현하고 남을 설득할 수 있는 역량이 길러진다**"(208쪽)고 본다. 이때 강조 표시한 부분을 '해석'하는 인지적 행위와 연관지어볼 수 있다고 할 때, '어떻게 해석하고 있는가'를 검토하는 것의 유효성이 있을 것이다.

한다. 둘째로 이 대상화의 과정에서 누군가의 당사자성은 이해의 영역이기에 앞서 옳고 그름을 기준으로 한 판별/판정의 영역으로 환원되며, 그것을 판정하는 자는 이미 이 사건의 외부인으로서 그 자격을 가진다고 믿어짐으로써 정당성을 확보한다. 그러므로 어떤 식의 해석이든 특정 사건으로부터 자신을 외부화한 자가 타인의 삶 그 자체를 들어 해당 사건을 대상화해낸 결과물로 (타인의 죽음을 위시한) 정의가 돌출된다. 이때 당사자성은 지극히 협소한 개념으로 좁아지며 이런 과정 자체가 사건에 대한 애도가 아닌 그것을 애도하는 외부인의 옳음에 바쳐지고 만다.

삶과 문학을 해석하는 (비평의) 일

해석의 문제로 이 논의를 이어가보자. 글의 서두에서 죽음 사건을 다룬 이유는 그것이 인간에게 삶만큼이나 불가해한 사건으로 여겨지기 때문이기도 하지만, 해석이라는 명목으로 당사자의 목소리를 저 멀리 치워버리고 그가 증언하는 것조차도 더는 중요하지 않은 것으로 밀어내버림으로써, 오로지 지금 여기에서 발언할 수 있는 자가 바로 그러한 이유로 자기 정당성을 강화한다는 문제를 지적하기 위함이다. 또한 이런 일이 두드러지는 까닭은 죽음이 지극히 당사자적인 것으로 말해지면서도 더는 추가적인 증언 없이 제출되며, 그에 대한 타인의 해석 및 개입의 방향에 따라 모습을 달리해 지속된다는 점에서 결국 인간이 어떤 식으로 인간을 이해해왔는가와 관련한 역사 기록의 문제와 관련되어 있음을 보여주는 단적인 사례이기 때문이다. 이는 폭넓게 해석해 인간이 인간을 이해하려는 과정에서 외부인의 자격으로 타인의 당사자성을 대상화하지 않고 그것에 대해 해석하거나 기록할 수 있는가의 문제다.

좀 억지스럽게 읽힐지 몰라도 이것은 문학과 그에 대한 비평이 수행하는 인지적인 판단의 과정과 연관된 듯이 보인다. '읽는 행위'로서의 해석과 비평에 대한 논의의 내용을 단계적으로 나눠 서술하자면 이렇다. ▲'쓰인 것'으로 제출된 문학 작품을 경험한다. 이때 제출된 작품은 차후에 수정되거나 다른 장르로 변용되기도 하며 작가가 덧붙이는 말에 따라 내용을 달리하게 될 가능성이 있지만, 일단 '쓰인 것'은 그렇게 보이는 것 자체로 임시적으로 완료되었다고 간주된다. ▲사람들은 그렇게 임시 완료된 문학을 읽고 의미를 찾는다. 이것은 해석이다. 문학 비평 또한 그렇다. 이때 어떻게 해석하느냐에 따라 임시 완료된 것은 옳거나 그른 것으로 판정되는 대상이 될 수도 있고, 혹은 임시 완료된 상태의 변용으로서 읽는 자의 경험을 덧대어가며 이야기를 계속 이어갈 수도 있다. ▲여기서 질문이 발생한다. 비평이 현실을 토대로 한 해석적 증언으로 제출된 작품에 대한 분석이자 해석이라면, 작품이 소환하는 작가 혹은 인물에 대한 당사자성을 '개인적인 자격'으로 국한시키지 않는 비평은 가능할까? 끝내 불가능할지라도 이러한 해석의 경험은 불가해한 삶(과 죽음)을 이해하는 (삶을 토대로 하는) 다른 종류의 체험일진대 이 체험이 어떤 식으로든 의미를 지니기 위해 문학에 어떻게 접근해야 할까? 이는 다르게 말하면 문학을 통해 삶을 어떻게 이해할 수 있을 거냐는 질문이겠다. ▲문학은 삶 그 자체는 아니지만 삶을 추체험하게 만든다. 문학을 통해 '공감'을 말할 수 있는 까닭이다. '공감'은 꼭 같은 것을 겪었으므로 심정을 헤아릴 줄 안다는 의미로 한정되지 않는다. 그것은 타인의 경험을 '해석함'에 따라 자기 경험으로 대입이 가능함을 의미한다. 해석이 가해짐으로써 경험하게 되는 '불완전한 일치'는 삶을 헤아리는 문학적 원리다. 문학에서 재현되는 어떤 삶은 실제의 그것과 완전히 일치되지 않음으로 하여 현실의 모순을 뚜렷하게 가시화할 수 있다. 다시 말해 '불완전한 일치'로 재현된 문학은 실제 삶의 경험을 소환한다. 비슷한 맥락에서 말하자면 작품에서 재현되는 인물의 내면이나 감정은 '상상된 것'이란 점에서 허구이지만, 실재하는 독자의 경험 감각이 대입됨으로써 현실성을 지닌 것으로 의미화된다. 요컨대 문학을 통해 삶을 추체험하는 일은, '(비평적) 해석을 거쳐 불완전한 일치'를 경험하는 것이다.

따라서 '해석 혹은 비평함에 어떤 관점이 더 필요할까'라는 이런 질문은 그저 문학을 잘 읽는 일에 국한되지 않고 삶을 잘 이해하는 문제로 나아간다. 그런 의미에서 (문학이 만능이라는 의미는 아니나) 상상된 것으로서 현실을 구축한 문학 형식을 '통해' 경험하는 어떤 인지적인 것들이, 종래에는 개별적인 그러나 전체의 삶을 조금 더 잘 이끌어나가고 또 그만큼 타인의 삶과 죽음 또한 애도해나갈 수 있는 방법을 제시해줄 수도 있을 것이다. 이것은 적어도 비평을 통해 자신의 삶을 일부 문학에 거는 일이자 적어도 나의 당사자성이 확보되는 일이라는 점에서, 읽히는 것으로서 문학에 조금 더 밀착해보려는 나름대로의 시도다.

해석에 대한 예시1: '진실'과, 진실이 있다고 '믿는' 일

'문학적-경험'이라는 주제를 다룬 『문학과 사회-하이픈』 2022년 가을호에 수록된 「말해질 수 없는 것」에서 손보미는 두 편의 드라마에 대한 반응으로 하나는 '소설적', 또 다른 하나는 '문학적'이란 수사를 사용했음에 주목한다. 각각이 지닌 미묘한 뉘앙스의 차이를 추측하되 궁극적으로 질문하고자 하는 것은 그 두 표현이 어떻게 다른가가 아니다. 손보미는 사람들이 어떤 작품 혹은 서사(꼭 문학이 아니더라도)를 보고 의미화하는 작업을 하는데 이것이 일종의 '문학적 경험'으로 통용화되어 있는 듯하다고 추측한다. 그런데 사람들은 작품을 통해 무엇을 왜 의미화하려고 할까? 엄밀하게 말하면 "작가가 세상을 바라보는 방식"(59쪽)이 재현된 것으로서 작품이 존재하고 그것에 해석이 끼어들 여지가 발생한다면, (의미화가 바로 이런 식으로 수행되는 동시에) 사람들의 의미화 작업이란 일차적으로는 '작품에 대한' 해석이지만 궁극적으로는 '작가의 시선에 대한' 해석이 된다는 것이다. 즉, 어떤 작품에 대해 명징하고 정확한 타인의 해석을 참고하고 자기의 해석을 검증하는 일련의 의미화가 꽤 보편적인 현상임을 고려할 때, "(이번에도 비약을 무릅쓰고 말하지만) 사람들은 텍스트 자체보다 텍스트가 가리키는 것, 더 정확하게는 창작자가 의도하는 것을 알아내는 것에 더 쾌감을 느끼는"(61쪽) 것일지도 모른다고 말한다. 이것이 일종의 '해석 과잉의 시대'를 보여주는 한 단면이라면 우리는 그 장면을 두고 어떤 해석이 옳으냐를 경쟁해야 할 것이 아니라 그러한 해석의 욕망이 가리키는 것이 무엇인가를 보아야 한다.

해석의 과잉, 만약 지금 이 시대의 사람들이 이전보다 더 많이, 여러 콘텐츠들을 문학적이거나 소설적이라고 말하면서 해석하는 것에 열중한다고 말할 수 있다면, 그 이유에 대해 이렇게도 말해볼 수 있지 않을까? 그들은 거기에 '진실'이 있다고, 적어도 어떤 '정답'이 있다고 믿기 때문이라고. 혹은 그러한 정답이 있어야 한다고, 이 세상이 이 모양 이 꼴인 것은 어떤 이유가 있을 거라고 믿고 싶어서가 아닐까? (64~65쪽)

많은 이가 많은 것을 보고 해석하려고 함은 곧 의미화하려는 행위이며, 이때 중요한 것은 해석의 적절성조차 아닐 수 있다. 텍스트 그 자체보다 그것이 지시하는 것이 더 중요하게 여겨진다고 언급되었던 것처럼, 진실 그 자체가 무엇인가를 보는 일보다 '어떤 진실이 있을 것이다'라는 믿음을 수행하는 일로서 해석과 의미화의 작업이 이루어지기 때문이다. 이 글을 이렇게 '해석'할 때, 이런 해석의 기저에는 어떤 욕망이 있는 걸까? 나는 손보미의 글을 비평에 대한 이야기라고 여기며 읽었다. 비평은 어떤 작품에 해석을 가하는 일, 때로 사회 현실을 근거로 들어 '정확하게' 해석하는 것을 쓰는 사람 자신이 요구할 때가 있으며 그로써 정당성을 얻기도 하는 일, 혹은 그것이 얼마나 정확한 해석인가로부터 약간 거리를 두고 그러한 해석을 함으로써 어떤 신념을 드러내는 일이다. 작품에 의미를 부여하되 '비평'으로서 기대받는 입장인 이상 앞의 두 가지(정확한, 해석)를 수행하는 것이 기본적인 책무이겠으나, 비평은 그 책무에만 충실할 것이 아니라 조금 더 말하는 자의 한복판에 있는 '의도'를 헤아릴 수 있어야 하는 게 아닐까?

비평에 주관성이 들어가도 괜찮냐는 어떤 질문에 나는 다음과 같이 답한 적 있다. 비평은 기본적으로 객관적이지 않고 매우 주관적인 발언이다. 그것을 드러내는 "형태'나 '형식'의 측면에서 사회성이랄지, 객관적 근거랄지 하는 기준이 있기는 하지만, 어떤 작품에서 하필 이 부분을 짚어, 이런 주제로, 이런 주장을 하는 까닭을 헤아릴 때 그것은 이 작품을 '그렇게 보는 자'의 시각을 반영하는 것이기 때문이다. 그런데 이것은 진짜일까? 정확하게 말해 비평을 '의미화하는' 사례이지는 않을까? 그렇다면 나는 어떤 글에 이러한 의견을 덧붙임으로써 진짜로는 무엇을 말하고 싶은 것일까? 비평의 진실? 혹은 비평에 진실이 있다고 믿는 것?

진실과, 진실을 믿는 것의 문제로 돌아가 정합적으로 해석하는 일을 비평으로 여기는 차원에서 이 물음을 살필 때 우선 '의미화'가 지닌 의미는 있다. 진실이 '있는' 경우 그것을 밝혀내는 진리 탐구의 영역으로서 비평은 의미 있고, 진실이 '있다고 여기는' 경우 그러한 믿음으로 인해 끝내 어떤 공동의 가치가 실현되리라는 예언적 성질을 가진 것으로서 비평은 의미 있다. 그런 동시에 여전히 문제는 남는다. 실제로 진실이 없는데 진실이 있다고 믿음으로써 그것을 실현해내는 일은 때론 맹목적이며 거짓되고, 어떤 유일한 진실을 말하기 위해 여타의 믿음을 모조리 주변화하는 일에는 작은 의지조차 개입될 여지가 없으므로 무력하기 때문이다. 비평으로 말하는 일을 통해 삶의 믿음을 실현시키려는 일이나, 그것이 곧 삶에서 건져 올릴 수 있는 일각의 진실이라고 말하는 것 사이를 오가면서 그 사이 어딘가에 비뚤름하게 중심을 잡으려는 일. 이것이야말로 진실(혹은 그에 대한 믿음)을 경유해 비평이 욕망하는 것의 내용일지도 모른다.

해석에 대한 예시2 : '인용부'와 당사자성

기시 마사히코의 생활사 연구 및 이론의 사회학적인 해석을 담은 『망고와 수류탄』(정세경 옮김, 두번째테제, 2021)에서 가장 흥미로운 부분은 '인용부 벗기기'다. 생활사 이론은 구술사와는 또 다른 영역으로, 지역민의 구술 및 증언을 토대로 하는 사회학의 질적 연구의 한 방법이다. 여기서 '인용부'란 책의 옮긴이에 따르면 "따옴표와 낫표를 아울러 이르는 말로, 이 책에서는 구술자의 구술 및 이야기에 씌워져 있는 부호"(43쪽)를 뜻한다. 생활사 연구에서 '인용부'를 벗긴다는 것은 구술을 매개로 증언되거나 적시되는 현상을 사회학적으로 해석한다는 뜻으로, 마사히코에 따르면 이에 대한 두 가지 입장이 있다. 한 가지는 피조사자의 발언에 담긴 구조적 맥락을 조사자가 적극적으로 분석하는 것이다. 이는 익히 피조사자의 발언보다 분석자의 판단이 더 우위에 있다는 암묵적 합의에 기댄 것으로, 책에서 제시하는 사례에 따르면 '오키나와 귀향민으로서 본토에서 차별을 경험한 적 없다'는 서술자에 대해 외부적 판단을 내림으로써 피조사자를 일순간 무지몽매하고 신뢰할 수 없는 발언자로 만든다. 즉, "구술자가 현실의 진짜 모습을 이해하고 있지 않다고 해석하는 것"(74쪽)이다. 그렇다면 이에 대해 구술자의 말대로 차별이 존재하지 않았다고 해석하는 것이 옳을까? 그것은 사회학적 분석 -의 관점에서 증언자의 말을 빌려 구조적으로 문제 없음을 수긍하는 셈이 된다. 따라서 양쪽 모두 적절한 방식은 아니다.

기시 마사히코는 이 문제에 대해 '대화적 구축주의'에 대한 몇 가지 입장을 소개한다. 핵심은 어떤 발언에서 발생하는 모순이나 차별의 문제를 보는 관점 자체를 바꾸자는 것이다. 피조사자의 발언을 해석(채택)할 것인가 말 것인가의 질문에서, (기시 마사히코가 인용한 사쿠라이의 방식에 따르면) 차별을 명백하게 보이는 언동이나 행위로만 규정하지 않고 "어떤 사람들에 대한 '범주화'"(78쪽)로 보는 이러한 정의를 토대로 이해할 때, 인용부를 벗기지 않고도 피조사자의 발언은 상대화되지 않은 채 사회 구조의 모순을 드러낼 수 있다. 물론 이렇게 했을 때 "그 이야기를 전면적으로 번역 불가능한 것"(100쪽)으로 만든다는 한계가 있음을 마사히코는 함께 지적하고 있다.

마사히코는 이러한 이야기를 거쳐 '사회에 대해 쓰기'에 대해 "실재를 말하는 것뿐만 아니라 실재를 '올바르게' 말할 필요가 있다"는 결론에 이른다(이때의 올바름이 'PC(Political correctness)'와 동일한 의미가 아니거나 혹은 애당초 PC를 다르게 사유해야 함을 의미하는 것에 가깝다고 보는 게 옳겠다). 그리고 이것은 마사히코가 언급했듯 '타자성의 감각'을 이해하는 일과 관련돼 있다.

다소 복잡한 이야기의 일부를, 그것도 언뜻 문학이나 문학 비평과는 전혀 상관없어 보일 수도 있을, 사회학자가 삶을 주시하는 관점 및 사회학적

쓰기에 대해 꺼내놓는 질문은 문학 비평의 작업과 유사해 보인다. 구술을 토대로 하는 사회학의 작업, 즉 당사자의 발언 그 자체를 사회 현상의 근거이자 해석의 자료로 삼는 영역에서조차 당사자성은 '분석'과 결부돼있다. '당사자의 말'이라고 해도 그것을 다른 방식으로 기술하는 한 일정한 관점이 개입되며 그 말을 전하는 자 또한 그 발언에 참여하게 된다. 다시 말해 구술을 통한 사회학적 진술이란 현실의 말을 재료로 삼되 그 자체만으로 드러나는, 있는 그대로의 현실을 방증하는 것에 그치지 않고 어떻게 이 말들을 잘 해석해나갈 것인가와 관련되어 있다.

현실을 문학이라는 도면 위에 재현하는 일로서의 창작 그리고 재현된 것에 대해 다시 말하는 일로서 문학 비평의 수행 과정에서, 위에서 언급한 사회학적 관점의 현실 접근 방식을 전유할 수는 없을까? 문학이 재현하는 현실 및 문학에 재현된 현실에 대해 말하는 (비평의) 일은 결국 그 현실을 왜곡시키거나 어떤 존재의 의지를 박탈시키지 않으면서 '잘' 말해보려는 시도다. 다시 말해 삶을 잘 이해하기 위한 하나의 궁리로서 문학 비평이라는 행위도 있을 테다.

이런 관점을 이어갈 때, 한 작품을 '해석'하는 일에서 때로는 작가 내지는 인물의 '당사자성'을 작품의 미학적 성취로 길어 올리려는 행위가 그 주체를 객체화하거나 상대화하는 작업일 수 있음을 생각해봐야 할 것 같다. 게다가 이는 작품 자체의 정치적 올바름의 문제가 아니라 그것을 그런 방식으로 읽는 자의 정치적 올바름을 위해 도구적으로 수행될 수도 있다는 점에서, 대화적 지점을 삭제하는 일일 수도 있음을 유념해야 하겠다. 그간의 비평에서 나는 '당사자성'이 지닌 그 자체의 미학적 성취를 수긍하면서도, 반드시 같은 조건을 가진 자만이 발언에 참여할 수 있다는 식으로 자격을 제한하는 것이 아닌(이런 방식은 결국에는 당사자 외 여남은 사람들은 언제나 이

일의 외부자로 방기될 이유를 부여한다는 점에서) 독서를 하는 동안에나마 그 존재가 '되어보기' 함으로써 가능할 거라고 말했다. 그런데 실로 이것은 어떻게 가능할까? '되어보기'의 적합성을 판단하는 기준을 제안하는 대신 온통 그 인물에 자기를 이입함으로써? 그런데 이입은 일면 실패할 수밖에 없을 것이다. 설령 인물과 아주 똑같은 조건의 사람이라고 할지라도 특정한 방식으로 범주화되거나 서술되는 것에 저항할 수 있으며, 일면의 당사자성이 보증하는 정치성을 당사자가 지닌 다면성에 대한 정치성으로 곧장 확장시킬 수 없기 때문이다. 다시 말해 작품에서 드러나는 당사자성과 작품의 참여자가 얼마나 일치하느냐를 기준 삼는 방식의 '되어보기'는 충분치 않다.

그렇다면 어떻게 다른 '되어보기'가 가능할까? 문학이 현실을 재현하거나 반영하되 그것에 대해 일정한 거리를 두고 구축된다는 점이 힌트가 될 것 같다. 문학은 사회학이 아니고 구술사 또한 아니다. 그러나 앞서 언급했듯 구술사나 생활사로서의 사회학적 기술의 방법에서마저도 분석자의 시선이 개입하지 않는 것은 불가능하다. 그것은 기본적으로 '같이' 쓰는 것이기 때문이다. 문학은 구술사 또는 생활사를 기록하는 방식보다 조금 더 적극적으로 현실을 '구상'한다. 그런 이상 이 가상의 지점 혹은 상상의 지점이 가지는 가능성의 힘을 간과해서는 안 될 것이다. 상상의 범주 위에서 펼쳐놓는 장면들은 현실에서 불가능하다고 여겨지는 어떤 것들을 가능하게 하는 만들기도 한다. PC함을 들어 작품의 현실성을 소환할 때, 문학에서의 PC는 현실에의 정합성(현실적으로 PC한가 그렇지 않은가) 너머의 질문을 던질 수도 있어야 한다. 우리가 어떤 작품을 보고 PC를 물을 때, 바로 그 행위는 어떤 경직성을 드러내는가를 비평의 탐문 주제로 삼아야 하는 것일 수도 있겠다.

'되어보기'와 불일치의 예

박수남 감독의 〈아리랑의 노래-오키나와의 증언〉(1991)은 태평양 전쟁 당시 오키나와에 주둔했던 조선인, 일본인 등 당시 생존자의 증언으로 구성된 영화다. 당사자의 말들로 영화가 가득 차 있다는 점에서 이 영화는 '당사자성' 그 자체를 현실 재현의 방법론으로 삼지만, 이들의 '당사자성'은 영화에 대한 현실적 근거로 작동하되 그 발언 자체의 정치적 올바름(아마도 관객이 기대하거나 예상할)을 말끔하게 수행하지는 않는다. 한 예로 생존자 조선인의 발언은 피해 당사자 그 자체를 대변하지만, 그의 말 전부가 온당해 보이지만은 않는다. 조선인 군속으로 오키나와에 주둔했던 노인 남성은 당시 일본군에 의한 살해 위협이 얼마나 살벌했는지를 호소하는 동시에 오키나와에 설치된 '위안소'에 욕구를 해소할 목적으로 찾아가기도 했다고 발언한다. 피해 당사자의 발언은 '당사자의 것'이므로 정당성을 확보하지만 그로서 발화되는 진술이 그 당사자성에 기대하는 정치적 올바름을 구현하지 않을 때, 우리는 최종적으로 이것을 옳거나 옳지 않다고 판정하는 것으로 족한가? 판정의 내용이 아니라 이 고찰에 이르는 것이 중요하다. 결국 '되어보기'란 되어봄으로써 불일치하는 것들을 목격하는 일이기 때문이다. 이것이 판정하듯 문학을 '해석'하는 비평적 관습을 성찰하는 한 방법일 수 있음에, 기억해두기 위해 적어둔다.

'포스트-'로 말해질 수 없는 것들

— 2010년대 시에 대한 문학사적 읽기 연습

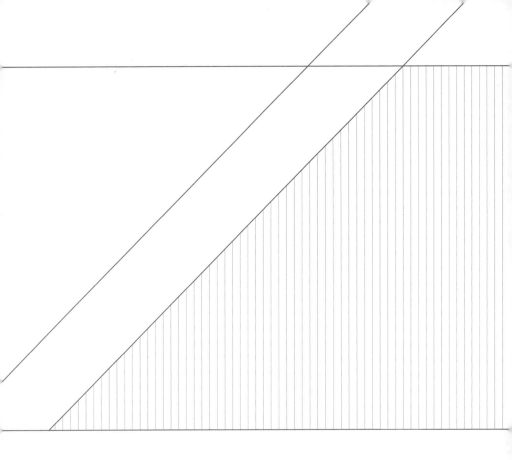

안지영

서울대학교 국문과 및 동 대학원 졸업.
『문화일보』 신춘문예로 등단.
현재 국민대학교 교양대학 연구중점 조교수.
대표 저서로는 『천사의 허무주의』와 『틀어막혔던 입에서』,
역서로 『부흥 문화론』이 있다.
sunshinemaru@hotmail.com

'포스트-'로 말해질 수 없는 것들

—2010년대 시에 대한 문학사적 읽기 연습

1. '포스트-미래파'라는 명명의 불충분성

'포스트 미래파'는 2010년대 시를 통칭하는 명명으로 종종 사용되어왔다. 2010년대 시를 포스트 미래파라고 하건 포스트 뉴웨이브라고 부르건 간에 2010년대 시가 2000년대 '미래파'의 시적 흐름과 '연속'되면서도 이들과 '단절'되는 측면이 있다는 점을 '포스트-'라는 용어로 표현한 것이다. 하지만 2000년대 시를 '미래파'라고 한데 묶어 칭할 수 있는지도 이견이 있을뿐더러,[1] 10년을 단위로 문학사를 구획하는 관습 자체에 대해서도 의문

<hr>

1   주지하듯 '미래파'는 2000년대 시를 가리키는 용법으로 권혁웅에 의해 사용되었으며 2000년대 시를 가리키는 용어로 가장 빈번히 사용되었다. 이와 달리 신형철은 '뉴웨이브', 이장욱은 '다른 서정'이라고 칭한 바 있으며, 이외에도 김수이의 '진화하는 서정', 김진수의 '환상적 서정' 등의 명명이 나타난 바 있다. 그중에서도 미래파 시를 기존 서정시와의 대척점에서 파악한 권혁웅, 신형철과 달리 이장욱은 기존의 서정에서 일탈하여 '낯선 서정' 혹은 '묘한 서정성'을 보여주는 흐름을 통칭하기 위한 용법으로 '다른 서정'이라는 표현을 사용하였다. 이장욱이 문태준, 이기인 등 세대론적 관점에 입각하지 않은 2000년

을 제기할 수 있다. 이러한 관습화된 문학사적 접근은 역사를 단일하고 동질적인 시간의 연속으로 보는 한편 문학사를 세대론적으로 구획하며 변증법적으로 발전한다는 도식을 은연중에 전달한다. 2000년대 시가 90년대의, 다시 90년대 시는 80년대 시의 대타항으로 호명되어왔던 것처럼, 2010년대 역시 2000년대 시와의 편의적인 비교 속에서 그 성격이 환원주의적으로 결정될 가능성이 있다.

90년대 이래 문학의 '위기'가 꾸준히 거론되는 상황에서 이러한 태도는 문학의 '미래'를 짊어진 새로운 세대의 출현을 기정사실로 만들려는 비평가 혹은 문학 연구자의 욕망이 반영된 것일 공산이 크다. 가령 권혁웅이 "요즘 젊은 시인들의 작품이 엉망이라는 얘기"에 반박하며 오히려 "우리 시의 미래는 이들이 적어나갈 것"이라고 선언하는 데서 알 수 있듯이,[2] '미래파'라는 용어는 미술사적으로 화폭에 복수의 시점을 도입했다고 하는 '미래파'와의 유사성에 착안한 것임과 동시에 '젊은 시인들'이 한국시의 '미래'를 짊어지고 있다는 이중적인 함의가 들어 있었다. 비평가들이 '신세대' 작가들과 연대 의식을 형성하며 새로운 문학적 흐름을 옹호하는 일이 문학사적으로 드문 일은 아니지만, 문제는 이 시기가 '실재의 열정(passion du réel)'이 불가능한 포스트-진정성의 시대로 접어든 때였다는 데 있다.[3] 정치적 이상과 예술적 가능성들이 '실현'될 수 있다는 믿음으로 팽배했던 20세기와

대의 시들을 폭넓게 다룬 것은 이와 관련된다. 권혁웅, 「미래파―2005, 젊은 시인들」, 『미래파』, 문학과지성사, 2005; 신형철, 「문제는 서정이 아니다」, 『몰락의 에티카』, 문학동네, 2008; 이장욱, 「꽃들은 세상을 버리고」, 『나의 우울한 모던보이』, 창비, 2005.

2   권혁웅, 앞의 글, 148~149쪽.

3   김홍중, 「실재에의 열정에 대한 열정―미래파의 시와 시학」, 『마음의 사회학』, 문학동네, 2009, 419쪽.

달리 실재의 열정을 대표하는 '진정성' 윤리에 대한 불신과 냉소가 주류가
된 포스트-진정성 시대가 도래했음에도 불구하고 시 비평은 여전히 '실재
의 열정'이 시에서 나타나고 있음을 주장하였다. 끝난 줄만 알았던 문학의
'미래'를 2000년대 시에서 발견하고는 "아직 소멸하지 않은 '진정성'의 신
념, 90년대적 진정성의 잔영 같은 것"[4]을 '미래파' 시에 투사한 것이다.

그런데 이러한 비평의 태도는 2000년대에 끝나지 않고 2010년대 시 비
평에도 반복된다.

> 황병승이 퀴어, 하위문화, 주체의 다성화 전략을 사용한 것이나 김
> 행숙의 비성년, 감각적 분유의 언어감과 특정 감각의 소거와 융기를 기
> 반으로 하는 기관화주의는 그 내용·형식상, 그간의 한국시가 가지고 있
> 던 정언윤리를 모두 비껴나가는 문법을 지향하고 있었지만, **그런 면모**
> **때문이라도 2000년대 시가 가진 부정의 정신은 그 부정의 대척점으로**
> **한국시의 역사주의적 채무를 두고 있는 셈이다.** 즉 2000년대에서 상정
> 했던 당대의 미래지향(해체)이란, 부적응을 통해 다양성을 획득하고 '앙
> 가주망'에 반하는 세속화 운동이다. 그런 가운데 2010년대의 시는 부적
> 응을 '응전의 도구'로 삼지 않는다는 데에서 더 주목해볼 필요가 있다.
> 물론 이 논의 중심에는 주체 퇴조, 무기력, 포기의 내재화와 같은 맥락
> 들이 있고, 단지 이렇게 하나로 귀결될 수 없는, 다양한 비평적 호소로
> 두꺼워진 '없는 세대론의 세대론'이 있다.[5] (강조_인용자)

4   강동호, 「파괴된 꿈, 전망으로서의 비평」, 『문학과사회』 2013년 봄호, 345쪽.
5   박성준, 「나는 매번 시 쓰기가 재밌다는, 그런 친구들」, 『문장웹진』 2016년 10월호.

박성준은 2000년대 시가 지닌 부정성의 근원을 "한국시의 역사주의적 채무"와 관련되는 것으로 보면서 2010년대 시를 그에 대한 대타항으로서 내세운다. 2000년대 시가 그간의 한국시의 정언윤리를 모두 부정함으로써 성립되었다는 사실을 수용하는 한편으로, 2000년대 시들이 내보인 그 강렬한 부정의 파토스야말로 이들이 '과거'에 얽매여 있었음을 보여주는 근거로 해석된다. 이와 달리 2010년대 시는 '없는 세대론의 세대론'이라고 부를 수 있을 정도로 다양한 논의가 이어지고 있으며, 인용문 뒤에서는 이들이 2000년대 시와 달리 "더 이상 시대의 책무와 대상에 복무하는 교양적 선생이 아니며, 문학장 안에서 질서화 된 것들을 응전하는 운동하는 주체도 아닌, 그저 읽기 쓰기를 생활화하고 또 그 생활을 예민하게 느끼는, 그러는 중에 반성("자기혐오")과 재미, 표현 욕망을 즐기는 '잘 적응한 부적응적 주체'라는 점에서 이들에게 **한국 시문학의 미래를** 맡겨 봐야하지 않을까."(강조_인용자)라고 제안하기에 이른다.

이를 통해 박성준은 의도치 않게도 2000년대 시 비평이 그러했던 것처럼 2010년대 시에 "한국시의 역사주의적 채무"를 지운다. 2010년대 시가 2000년대 시가 여전히 얽매여 있는 엄숙주의와 교양주의에서 '드디어' 자유로워졌다는 것이 그 근거인데, 이는 권혁웅이 2000년대 시에 대해 "우리 시의 미래는 이들이 적어나갈 것"이라며 "이들의 시는 무엇보다도 먼저, 재미있다"[6]라고 했던 것을 상기시킨다. 2000년대와 2010년대 시적 흐름을 대변하고 있는 두 평론가의 판단은 이처럼 엇갈리면서 반복되는 이유는 무엇일까. 2010년대에도 여전히 '실재의 열정에 대한 열정'이 평론가들을 사로잡고 있었기 때문일까? 아니면 자기 세대가 속한 새로운 문학적 흐름이 우

6   권혁웅, 앞의 책, 150쪽.

세종이 되었음을 선포하고자 하는 신진 비평가들의 보편적인 욕망의 발로에 불과한 것일까?

다만 이러한 태도가 문학사를 단선적이고 평면적으로 파악하는 관습적 독법에 갇혀 있다는 것은 분명하다. 아울러 이에 따라 10년 단위 문학사에서 나중의 자리에 있는 문학에는 언제나 '포스트-'라는 수식어가 붙게 된다. 김영찬은 최근 90년대 문학사를 어떻게 읽을 것인가에 대한 문제를 제기하면서 벤야민의 역사철학을 적용하여 다음과 같이 서술한 바 있다. "현재의 시점에서 과거를 소급적으로 구성한다는 것은 다른 한편으로 과거의 흔적들을 현재의 좌표 속에 함께 놓고 그 둘의 상호 관계와 교통의 성좌를, 그리고 그 의미를 재구성한다는 것을 뜻한다. 1990년대는 이미 돌이킬 수 없는 과거의 시간이지만, 그 시간의 파편은 현재의 시간에 작용하며 현재의 삶 속에서 끊임없이 되살아난다."[7] 이러한 점에서 그는 문학사 서술이 과거에 대한 향수에 사로잡혀 과거를 이상화하는 데 그치거나 과거를 '객관적으로' 실증 가능하다는 역사주의적 사고에 사로잡혀서는 안 된다고 지적하며, 현재의 시점에서 과거가 생산되고 구성되는 것이라는 사실을 망각하지 말 것을 강조한다.

이러한 지적을 참조하면, 과거에 대한 향수에 사로잡혀 있는 것만큼이나 과거를 재빨리 청산하고 현재를 미래를 향해 내달려야 하는 어떤 것으로 규정하려는 시도 역시 역사주의적 관점에서 자유롭다고 보기 어려울 것이다. 비평가는 특정 세대의 문학에 미래에 대한 구원의 책임을 부여하며 그들의 문학만을 자신이 '대변'할 수 있다고 믿는 태도를 경계해야 한다. 이

<hr />

7   김영찬, 「'90년대'는 없다 : 하나의 시론試論, '1990년대'를 읽는 코드」, 『한국학논집』59, 계명대학교 한국학연구원, 2015, 13쪽.

런 점에서 이 글은 과거를 생산해야 할 책임을 망각하고 현재의 문학을 통해 이전 문학의 한계를 극복한다는 식의 접근에서 벗어나는 것이 어떻게 가능할지에 대한 의문을 제기하며 2010년대 시 비평을 중심으로 이 문제와 부딪혀보고자 한다. '지금-여기'를 구성하는 것으로서 문학사를 새롭게 읽는 방법과 이를 비평적 글쓰기에 어떻게 적용할 수 있을지를 탐색하는 것이 이 글의 목표다.

2. 2010년대 시의 정치성에 대한 질문

2000년대 시에 대한 비평적 대응과 유사하면서도 상이한 전개 양상을 보인 비평적 흐름 가운데 2010년대에도 이어진 시의 정치성에 대한 논의를 들 수 있다. 2000년대에도 '이기적 자폐성'[8]을 근거로 2000년대 시를 비판했던 이들이 없던 것은 아니지만, 이 당시에는 이러한 지적들이 주류 담론으로서 영향력을 발휘하지는 않았다. 이와 달리 2010년대 시 비평에서는 애초부터 이들 시의 정치성에 대한 질문이 적극적으로 제기되었다.[9] 특히 2010년대 시에 나타난 시적 주체의 왜소함에 대한 논의가 공통적으로 제기

---

8   고봉준, 「개인이라는 척도, 혹은 '나'라는 자폐적 이기성」, 『다른 목소리들』, 소명출판, 2008, 218~219쪽.

9   이는 2009년 발생한 용산 참사와 그 영향으로 이어진 '시와 정치' 논쟁을 배경으로 한다. 이 논쟁과정에서 2000년대 시의 정치성을 '새롭게' 정립하려는 시도들이 나타났는데, 이로 인해 2010년대 시에는 초기부터 정치성과 관련해 더 예민한 비평적 잣대들이 적용되었다. 더구나 2014년의 세월호 참사는 문학의 재현 가능성에 대한 문제를 촉발함으로써 2010년대 시와 시 비평의 향방에 영향을 미친 것으로 보인다. 2015년의 신경숙 표절 사건과 2016년 문단 내 성폭력 사건 역시 2010년대 문학장의 쇄신을 요구한 사건들로, 10년 단위 문학사로는 정리되지 않는 연속-단절의 흐름을 만들어냈다.

되었다. '최소 인간'(함돈균)[10], '중간 계급'(박상수), '줄어드는 주체'(박성준) 등의 용어로 2010년대 시를 명명해온 일련의 흐름이 그것이다. 이들은 황인찬, 최정진, 송승언, 이우성 등의 시가 "형식상 간결한 어조를 사용한다는 것과 정념을 최소화시킨 질량감으로 불확정적인 미래에 대한 주체 내부에 불안감을 가중하고 있다"[11]고 보는데, 탈인칭, 탈주체의 전략을 사용한다는 공통점을 지님에도 불구하고 2010년대 시들에는 2000년대와 변별되는 특징을 발견하였다. 2010년대 시인들이 주체를 최소화할 수밖에 없게 된 모종의 '상황'이 발생했기 때문이라는 것인데, 이와 관련해서 읽어볼 박상수와 신형철의 다음 글은 분명한 입장 차에도 불구하고 2010년대 시가 2000년대와의 대비, 어떤 면에서는 다소 불공평하다고 느껴질 법한 기준에 의해 그 정치성이 판별되고 한계 지워졌음을 보여준다.

2010년대의 어떤 시인들에게는 격렬한 감정 자체가 사라지고 대체로 무덤덤한 정서─'무기력과 무능감'이 폭넓게 발견된다. 이 점이 중요하다. 2010년대는 2000년대와는 완전히 다른 감각에서 시를 쓰게 되었고, 이것이 바로 경제 조건과 연동하는 2010년대의 변화한 시적 공통 감각이기 때문이다. 그런 의미에서 당분간은 황병승과 같은 '스타일-정서'의 '루저 컬처에 기반한-실패의 성자'가 보여주는 격렬한 파토스를 경험하기는 힘들 것이다. 세습 자본주의가 고착화되고 유산을 상속받지 않은 자수성가형 성공 모델을 찾기란 점점 더 어려운 일이 된 지금

---

10 함돈균, 「'최소-인간the minimum human: 모먼트moment'의 탄생」, 『문학과사회』, 2011년 가을호; 「'최소-인간(the minimum human)', 전위인가 복고인가」, 『현대시』, 2012년 여름호.

11 박성준, 「마이너스 벡터의 시와 줄어드는 주체들」, 『문학과사회』 2015년 가을호, 345쪽.

의 일상화된 실패의 감각 속에서, 더 실패하는 길만 남은 자들에게는 실패를 형상화하는 일조차도 사치기에 그렇다.[12] (강조_인용자)

조인호의 인물들은 전쟁 중이고 김승일의 인물들은 수업 중이다. 어떤 이는 상시적 전시체제 속에서 살아남기 위해 전사가 되었고, 또 어떤 이는 기성의 가치를 수호하는 에듀케이션의 효력이 붕괴된 교실에서 무엇을 배워야할지 알 수 없는 학생처럼 앉아 있다. (중략) 이 둘의 차이는 충분히 강조되어야 하겠지만, 이들이 **2000년대 시의 유산을 창조적으로 상속한 이들이라는 공통점**도 더불어 지적되어야 한다. 조인호는 황병승이 이 세계의 다수적인(major) 것들과 펼친 '무한전쟁'을 다른 층위와 규모로 이어가고 있고, 김승일은 김행숙이 우리에게 선사한 놀랍도록 신선한 감응을 떠올리게 하는 시들을 잇달아 써내고 있다. 그러면서 **2010년대의 한국시는 이 사회에서 충분히 대의되지 못하고 있거나 아예 대의구조 바깥에 버려져 있는 감응의 구조들을 재현할 수 있는 문을 하나씩 열어나가게 될 것이다.**[13](강조_인용자)

위의 글에서 박상수와 신형철이 2000년대와 2010년대 시에 대해 취한 평가는 사뭇 대비된다. 박상수는 2000년대 시에 대한 비판적 맥락을 이어가며 2010년대 시의 한계를 지적하는 반면, 신형철은 2010년대 시의 성취가 2010년대 시에서도 이어지고 있다는 데 주목하며 2010년대 시의 가능

⋄⋄⋄⋄⋄⋄⋄⋄⋄⋄⋄⋄

12 박상수, 「기대가 사라져버린 세대의 무기력과 희미한 전능감에 관하여」, 『너의 수만 가지 아름다운 이름을 불러줄게』, 문학동네, 2018. 60쪽.

13 신형철, 「2000년대 시의 유산과 그 상속자들-2010년대의 시를 읽는 하나의 시각」, 『창작과비평』 2013년 봄호, 382~383쪽.

성에 의미를 부여한다. 하지만 이들은 모두 2010년대적 관점에서 2000년대 시의 문학사적 의의를 정립하는 데 초점을 맞추고 있다. 이를테면 박상수 가 2010년대 시가 "2000년대와는 완전히 다른 감각에서 시를 쓰게 되었"다 는 사실을 발견하며 여기서 "무기력과 무능감"을 발견하기 위해서는 이와 대비되는 2000년대 황병승 시에 대한 다시 읽기가 동반되지 않으면 안 된 다. 박상수의 이 글이 황병승의 "되짚어보자면 황병승의 '여장남자 시코쿠' 는 한국어 이름을 갖지 못했다는 면에서 명백하게 자본주의 사회의 '잉여' 로 변두리에 축적되기 시작한 청년 세대의 등장을 징후적으로 보여준 캐릭 터였다."(41)라는 문장으로 시작되는 것은 이와 무관치 않다.[14] 2000년대 시 에 대한 평가가 완료된 상태에서 2010년대 시에 대한 비평이 이뤄지는 것 이 아니었기에 그 역방향의 운동, 즉 2010년대 시를 통해 2000년대 시의 특 정한 면모를 재발견되는 태도가 나타나게 되었다.

한편 박상수는 같은 세대의 시라고 하더라도 조인호와 황인찬, 송승언 의 시의 계급적 차이에 주목하여 조인호의 시를 '분노가 축적된 노동계급' 의 것으로, 그리고 황인찬, 송승언의 시를 '몰락하는 중간계급'의 산물로 분 류한 바 있다. 그는 조인호의 시가 전자에 비해 독자들의 호응을 얻지 못했 다는 사실에 주목하여 '독자'조차 중간계급화된 상황을 꼬집었다. 그런데 이와 달리 신형철은 조인호와 김승일을 "이 사회에서 충분히 대의되지 못 하고 있거나 아예 대의구조 바깥에 버려져 있는 감응의 구조들을 재현"한

---

14   박상수는 2010년대 시를 주도하고 있는 이들은 황병승이 아니라 이장욱, 김행숙, 이근
      화, 하재연 등 '상승하는 중간계급'에 속하는 '감정의 귀족주의자들'로, 2010년대 시는 이
      들과 마찬가지로 중간계급의 정서를 대변하는 이들이 주도하게 되었다고 본다. 박상수는
      신형철과 다르게 조인호를 황병승의 계보 내에서 파악하고 있지 않은데, 이는 조인호 시
      가 황병승의 시적 주체와 같은 룸펜-프롤레타리아가 아니라 몰락한 노동계급, 프롤레타
      리아의 목소리를 내고 있기 때문이다.

시인으로 호명한다. 그가 두 세대의 공통점에 주목하게 된 데는 이 글을 쓴 목적이 2000년대 시의 정치성을 재확인하는 데 있기 때문이다. 그가 "2000년대 한국시가 무엇이었는지를 알게 해주는 것은 결국 2010년대의 한국시다"[15]라고 직접 밝히고 있기도 하거니와, 이 글의 논조는 김행숙과 황병승으로 대표되는 2000년대 시의 정치성을 대변하는 데 치우쳐 있다.[16] 하지만 2010년대 시를 2000년대 시의 '유산'으로 보는 태도는 2000년대 시 비평이 서정시 전반을 고루한 재래의 장르로 매도해 버렸던 것과 마찬가지로,[17] 2010년대 시의 이질적인 흐름을 주목하지 못하게 할 우려가 있다.

이와 달리 2010년대 시의 고유성에 주목하려는 비평이 양경언에 의해 제기되었다. 양경언은 2010년대 시의 주체에서 무기력함, 불안을 읽어내는 박상수의 독법에 반하여 2010년대 시의 정치성을 옹호하였다. 2010년대 시들이 2000년대 시의 영향 아래 쓰이고 있다는 사실을 인정하면서도, "이 시들이 이전 시들에 대한 나른한 변주가 아니라 저 자신들의 치열한 모색 속에서 각각의 표정을 짓고 있는 상황 자체를 대면"하고자 한다는 점을 지적한 것이다.[18] 양경언은 2010년대 시에 나타난 주체의 원심력에 주목하여

15 위의 글, 362쪽.

16 신형철은 2000년대 시는 한국 민주주의가 처한 대의불충분성과 대의불가능성이라는 문제를 현시한다고 주장한다. 2000년대 시인들은 이를 '시인(1인칭)의 내면 고백으로서의 시'로부터의 탈피라는 점에서 문제적으로 수행하게 되었으며, 2000년대 시의 정치적 조건이 "어떤 (무)의식적인 매개를 거쳐 미학적 혁신을 낳았을 것이라고 보는 것이 문학사의 시각일 것"이라고 정리한다. 신형철, 앞의 글, 374쪽.

17 강동호, 앞의 글, 346~348쪽. 강동호는 이 과정에서 서정시에 대한 탈역사화가 진행되었으며, 이로 인해 "90년대 이전의 전위적인 시들의 미학적 특이성과 현재의 미적 자질에 대한 계보학적 비교"가 등한시되었음을 지적한다. 아울러 미래파 담론의 폭발적 발흥 이후 시 비평이 "포스트-미래파, 신서정 등의 다분히 저널리즘적이고 소비적인 세대론적 호명"에 몰두하게 되었다는 점도 비판한다.

18 양경언, 「나는 거기에 있지 않다」, 『실천문학』 2015년 봄호, 49쪽.

2010년대 시들을 읽어 내려가는데, 이런 점에서 주체의 왜소화 역시 다른 맥락에서 재평가하게 된다.[19] 그런데 2010년대 시에 내재한 고유한 정치성을 읽어내야 한다는 양경언의 주장은 '자기 세대의 현실을 특권화하고 싶은 유혹'이 아니냐는 의심을 받게 된다.[20] 박상수는 "2000년대의 '윤리 비평'이 2010년대의 '진정성 비평'으로" 자리를 옮긴 것은 아닌지 돌아볼 필요가 있다고 지적하며, 정치성과 윤리성 문제에 매몰되어 그것을 위한 인정 투쟁에 몰두하다 보면 "1990년대와 2000년대를 거치면서 한국 시에서 힘겹게 얻어낸 '입체적 개인'"(121)이 사라지게 될지도 모른다고 우려하였다.

2010년대 시와 비평이 박상수의 우려처럼 '진정성의 덫'에 걸려 도덕화되었는지에 대한 문제에 답하는 것은 일단 부차적인 문제다. 오히려 이와 같은 우려가 제기됨에 따라 그의 글에 2000년대 시가 이전과는 다른 의미를 지닌 것으로 재등장하고 있다는 점은 징후적이다. 박상수는 2000년대 시가 "1990년대 시가 그래도 감당하려고 노력했던 책임감의 문제"를 놓쳤다는 점을 반성하지만 그래도 "사회와 길항하는 개인"(118) "입체적 개인"(124)이라는 유산을 남겼음을 주장한다. 이는 그가 2000년대 시를 계급 상승에 대한 무의식적 기대감으로 "명백하게 윤리적 책임감이나 죄의식에서 자유로운"(47) '귀족주의'적인 것으로 거리감을 두었던 것과 대조된다. 시민으로서 시인에게 과도한 사회적 책임이 부과된 2010년대의 비평적 상황에 대한 반발에서 2000년대의 미학적 성취의 가치와 의미를 새삼 발견된

◇◇◇◇◇◇◇◇◇◇◇◇◇

19 "이제는 구심력이 아닌 원심력을 통해 시적 주체가 능동성을 펼치고 있다면 행위주체성 agency을 염두에 두고 시적 주체에 대한 사유를 이어갈 필요가 있다는 얘기다. 그때 우리는 주체의 '왜소화'라는 표현에 다른 의미─보장된 운동성─를 기입하게 될 것이다" 양경언, 「이제 되었다니, 그럴 리가」, 『문학과사회』 2015년 겨울호, 544쪽.

20 박상수, 「발칙한 아이들의 모험에서 일상 재건의 윤리적 책임감으로」, 앞의 책, 124쪽. 이후 본문에 쪽수 표기.

것이다. 2010년대 시가 과도하게 시가 '도덕화'되고 여기에 정치적 의미를 부여하려는 동시대 비평이 출현하는 상황 속에서 그는 어떤 '위기감'을 느낀 것일까.

그런데 박상수가 무기력과 무능감을 '하강하는-몰락하는 중간계급'의 정서라며 2010년대 시를 사회에 반항할 수 있는 동력을 상실한 세대로 규정했던 것을 상기하면, "2010년대의 시인들이 무기력이나 무능감을 드러내면 안 되는 것인가?"라는 그의 질문에는 의아한 지점이 있다. 신형철과 박상수로 대표되는 2010년대 시에 대한 비평에서 2010년대 시에 대한 평가는 독자적으로 정립되지 못하고 2000년대 시에 대한 질문 안에서 용해되면서 이미 정해진 답을 반복하고 있다. 그래서인지 이 대목에서 뜬금없게도 '시와 정치' 논쟁의 기점이 된 시인의 고백, 그러니까 "왜 나는 엉뚱하게도 하프 켜는 소녀의 노래로 80년대 민중시들을 떠올렸던 것일까? 나는 그 시들에 깊이 공감했고 그 시대에 그 시들의 존재 자체를 사랑했지만, 아무리 노력해도 그렇게 쓸 수가 없었다."[21]는 진은영의 말을 뒤집어서 곱씹게 된다. 그러니까 80년대에 민중시를 쓸 수밖에 없었던 시인들이 있었던 것처럼, 누군가에게는 '지루했을'[22] 덜 미학적인 시들이 2010년대에 출현하게 된 필연성 역시 인정해야 하지 않을까.[23]

◇◇◇◇◇◇◇◇◇◇◇◇

21 진은영, 『문학의 아토포스』, 그린비, 2014, 16쪽.

22 이는 2015년 열린 좌담회에서 최원식이 한 말이다. 최원식은 이 자리에서 2010년대 시들의 경우 모험이 정형화되어 있어 읽다 보면 지루한 감이 든다는 평을 남겼다. 신용복·정홍수·최원식 좌담, 「문학초점: 이 계절에 주목할 신간들」, 『창작과 비평』, 2015년 겨울호.

23 최근 『창작과 비평』에 게재된 송종원과 신형철의 글을 재독하면서 고봉준은 '미학적'이라는 가치 판단이 "보편적 세계의 척도를 공유"하는지의 여부와 관련된다는 점에서 "중심-주변 권력관계를 전제한 판단"이라는 점을 지적한 바 있다. 어떤 글을 '미학적'이지 않다고 함으로써 이 보편성의 척도를 공유하지 않은 이들이 글쓰기를 포기하게 만드는 수단으로 활용될 수 있다는 것이다. 이러한 점에서 고봉준은 '시인'과 '시민'의 문제를 다시 제

3. '1인칭'의 탈환과 '재현-하는'의 주체들

앞서 인용한 두 평론가가 아니더라도 2000년대 시의 미학적·정치적 뛰어남을 재확인하는 차원에서, 혹은 2010년대 시의 부족함을 지적하기 위해 2000년대 시가 비교 대상으로 등장하는 일은 드물지 않게 나타난다. '포스트 미래파'라는 용어를 직접 사용하지 않더라도 2010년대 시를 2000년대 시의 아류 정도로 인식하는 태도가 비평계에 내재한 것은 아닌지 의심스러운 것은 이 때문이다. 앞서 인용하기도 하였지만 2010년대 시에 한국시의 미래를 짊어질 것이라던 젊은 평론가의 패기는 어쩌면 2010년대 시에 대한 '선배' 비평가들의 '폄훼'에 대한 반발에서 비롯한 것인지도 모른다. 물론 2010년대 시의 문학사적 의미를 논하면서 2000년대 시를 아예 언급하지 않는다는 것은 불가능한 일이다. 하지만 문학사를 "구성의 대상"으로 인식함으로써 "균질하고 공허한 시간이 아니라 지금시간(Jetztaeit)으로 충만된 시간"[24]으로 보려는 비평적 태도에 의해 2010년대 시, 나아가 2000년대 시에 대한 새로운 해석이 가능하다.

우선 조대한이 제기한 '1인칭의 역습'이라는 문제를 중심으로 이를 이야기해보겠다.[25] 조대한은 2000년대 시 비평이 시인(1인칭)의 내면 고백에

<hr>

기한 두 평론가들의 주장이 여전히 "'정치(성)'의 문제를 텍스트 내부로 한정한다는 생각을 떨치기 어렵다"면서 "'미학적'이라는 표현이 '시인의 삶(윤리)'과 '시민의 삶(윤리)'의 경계 사이를 가로막고 있는 예술의 파수병은 아닌지 의심한다"고 하였다. 고봉준, 「시 비평의 현재와 '시민성'이라는 문제」, 『현대시』 2021년 8월호, 105~106쪽.

24   발터 벤야민, 「역사의 개념에 대하여」, 『역사의 개념에 대하여, 폭력 비판을 위하여, 초현실주의 외』, 최성만 옮김, 도서출판 길, 2008, 345쪽.

25   조대한, 「1인칭의 역습, 그리고 시」, 『문학과사회 하이픈』 2019년 가을호. 이하 본문에 쪽수만 표기.

서 벗어나게 되었다는 점을 2000년대 시의 성취로 인정했던 것과 달리, 최근의 시들에서는 "목소리의 중층과 개입"(96)에 의해 '나'의 중층성을 드러내려는 실험적 시도가 나타나고 있음을 지적한다. 그는 2000년대 시 비평의 자리에서 보자면 이러한 1인칭의 재등장이 "일견 세련되지 못한 미학적 퇴행이거나 현실의 납작한 재현에 불과할 수도 있"겠으나, 이러한 시도가 "지면 속 묵독의 언어에 이질적인 층 하나를 덧입혀, 그것을 이전과는 다른 감각의 언어"를 만들어내고 있다는 점에 주목한다. 이런 점에서 그가 강조하는 것은 2010년대 시에 나타난 1인칭이 결코 '정체성 정치'로의 보수적 회귀가 아니라는 점이다.[26] 조대한이 주디스 버틀러의 젠더 수행성 개념을 적용하여 "새로운 성적 정체성과 감수성을 지닌 내가 수행적으로 생성될"(104) 가능성에 주목한 것은 2010년대 시의 1인칭을 자기동일성에 갇힌 '나'와 무관한 것임을 강조하기 위한 것일 테다.

주지하듯 2000년대 시 비평은 '실제 시인의 목소리'로부터 '작품 내부의 목소리'가 해방되었다는 사실에 주목한 바 있다. 아울러 작품 내부에 실제 시인에 의해 통제되지 않는 목소리들이 우글댄다는 사실 자체에서 해방감을 발견하였다. 2000년대 시가 '작품 내부의 목소리'를 '실제 시인의 목소

---

26 박상수 역시 2010년대 시에 나타난 '나'의 회귀를 문제 삼은 바 있다. 하지만 이에 대해 그는 "탈주체와 혼종적 정체성은 이미 깊은 내상을 입었다. 나는 그렇게 생각한다. 절박해진 문제는 당장 살아남는 것, 살아남기 위한 '정체성의 획득'이다."(박상수, 「정체성, 그것이 전복인 시대가 되었다니」, 앞의 책, 36쪽)라면서 비판적 입장을 견지한다. 박상수의 지적대로 미래에 대한 불안정성이 커지면서 정체성 정치가 공고화될 우려가 있는 것은 사실이지만, 정체성 정치의 선동에 휩쓸리지 않기 위해서라도 1인칭 '나'에 대한 담론이 더 모색될 필요가 있다. 다른 한편으로 2000년대 시 비평이 내면 고백적 서정시와의 차별성을 지나치게 강조하면서 기존 서정시에 내재해있던 1인칭 서사의 다채로움을 일방적으로 외면했다는 점도 지적할 수 있겠다. 이 과정에서 탈주체, 혼종적 정체성의 미학적·정치적 가능성이 다소 피상적으로 과장되었을 가능성이 있음은 물론이다.

리'와 동일시하는 서정시의 문법을 조롱하며 탈주를 지향하였기에 양자의 '같지 않음'을 강조한 것이다. 그런데 한편으로 이들이 누린 해방감이 기실 텍스트 바깥에 있는 시인의 위치가 공고한 상태였기에 가능한 것이었음은 물론이다. 이들은 자신들이 만든 가상의 무대에서 무엇이든, 누구든 될 수 있는 환상을 맘껏 향유하고 나서 무대 바깥에서는 원래의 '나'로 돌아갈 수 있다고 믿었는지도 모른다. 해서 시에 시인인 '나'가 개입하는 것이 낡고 촌스러운 관습으로 여겨진 것이다.[27] 그런데 2010년대 시에는 무대의 안과 바깥의 구분이 명확하지 않다. 연기하는 '나'는 이미 시인 자신이다. 삶 자체가 연기라고 보기 때문에, 현실이 이미 환상과 같이 느껴지기에 환상 속에 따로 무대를 만들 필요를 느끼지 않는다.

이러한 점에서 2010년대 부상한 수행성 개념은 분명 재현의 위기와 불가피하게 마주해 있다. 재현에 대한 불신은 텍스트의 안과 바깥의 경계를 불분명하게 느끼도록 한다. 이는 쓰는 주체로서 시인의 자의식에도 균열을 일으켰다. "'나'라는 주어에 필연적으로 놓인 자의식조차 어떤 관계들로부터의 산물임을 이 모든 쓰기가 암시했고, 쓴다라는 행위의 '필연성' 및 그 '조건'을 강렬하게 보여주었다."[28] 1인칭의 탈환은 "세상에 관한 신뢰가 사라졌"음에도 불구하고 망해가는 세계에서 "세계와 꼭 같은 정도로 내가 망해버리지 않기 위해서라도" 응답해야 한다는 책임감에서 비롯한 몸부림이

---

27 2000년대 시의 시적 주체가 '실제 시인의 목소리'가 아예 소거되어 있다는 점은 이런 점에서 다시 음미될 필요가 있다. 이러한 현상은 '실제 시인의 삶'과 무관한, '작품 내부의 목소리'로만 채워진 시가 가능하다는 특유의 환상과 관련된다. 그렇다면 이렇게 삶과 분리된 글쓰기에서 발견된 정치성이 어떻게 다시 우리 삶으로 회수될 수 있는 것인가. 이 물음에 대한 답을 찾기 위해 1인칭 '나'가 소환되어야 했던 것이다.

28 김미정, 『움직이는 별자리들』, 갈무리, 2019, 89쪽.

다.[29] 여성-재현의 문제성을 지적한 김보경의 다음 글은 이러한 맥락에서 주목된다.

삶은 분절된 형태로 존재하지 않는다. 그런데 스스로를 재현할 기회나 자원이 부족한 존재일수록 이들의 삶과 경험은 비가시화되거나 판독 가능한 형태로 분절되어 재현된다. 여성의 경우도 마찬가지여서 특정한 행위나 경험이 맥락을 잃고 부각됨에 따라 이는 쉽게 통제의 대상이 되거나 페티시화되어왔다. 예컨대 성적 욕망을 추구하는 여성을 성적 욕망을 지닌 대상으로 물화해버릴 때, 우리가 보지 않고 있는 것은 무엇인가. 위의 시에서처럼 섹스하는 여성이 빨래도 하고 다른 여성을 구하기도 하고, 그리고 물론 더 많은 일을 한다는 당연한 사실을 환기해본다. **여성을 물화하는 것은 여성의 삶을 보다 풍부하고 복합적인 재현의 영역으로부터 탈락시키는 가부장제의 기본적인 작동 방식이다.**[30] (강조_인용자)

이원하와 주민현 시에 나타난 수행성에 주목하며 김보경은 이를 '지금-여기'의 문학이 갱신하고 있는 문학성과 관련짓는다. 2015년 이후의 '페미니즘 리부트'가 불러온 여성 청년의 정치적 주체화는 "무력한 청년들의 얼굴이 아닌 설치고 떠들고 생각하고 행동하는 여성 청년들의 얼굴"(103)을 만들어냈고, 이들은 "자신들이 충분히 대의되지 못하고 있다는 사실을 실감하고, 스스로를 대표-재현하는 역량과 열망을 키워왔다". 이러한 맥락에

---

29   황정은, 「가까스로, 인간」, 김애란 외, 『눈먼 자들의 국가』, 문학동네, 2014.

30   김보경, 「'하는' 여자들」, 『문학동네』 2020년 가을호, 120쪽. 이후 본문에 쪽수만 표기.

서 김보경은 이원하와 주민현 시 역시 여성-재현의 관습("통제의 대상이 되거나 페티시화"되는 등)에서 벗어난 것으로 독해하고자 시도하며, 이를 위해서는 비가시적이었던 존재들을 "서둘러 가시적인 장 안으로 편입시키거나 번역하는 것이 아니라 무엇을 볼 수 있고 볼 수 없는지의 기준을 재조정하고 재구축하는 일"(103)이 필요하다고 말한다. 이러한 지적이 의미심장한 것은 2000년대 시에서 정치성을 발견하려는 이들이 그 근거로 주장한 것이 바로 그간 시에서 발언권을 얻지 못했던 성적으로 문란한 소녀나 트랜스젠더와 같은 성소수자, 귀신, 유령 등의 존재를 출현시킴으로써 이들을 가시화했다는 점이기 때문이다.

이 글에서 김보경이 이원하의 시에 대한 신형철과 김행숙의 해석[31]에 의문을 제기한 것 역시 이러한 문제 제기에서 비롯한다. 김보경은 이들이 여성의 욕망을 지워버리거나 시인이 욕망하는 대상화된 여성성을 주체적인 여성성과 대상화된 여성성이라는 이분법적 틀에 집어넣는 등 가부장적 시선에서 여성의 욕망을 물화하고 있다고 비판한다. "여성의 삶을 보다 풍부하고 복합적인 재현의 영역으로부터 탈락시키는 가부장제의 기본적인 작동 방식"에 머물러 이원하 시에 나타난 여성 주체의 욕망을 읽어내는 데 실패했다는 것이다. 이원하 시에 나타난 '제주로 떠나온 혼자 사는 여성'의 욕망을 "자신을 규정하는 나이, 성별, 지역 등의 제약에서 벗어나 스스로를 재현-대표하며 자기 자신의 삶의 방식을 창안하려는"(108) 의미를 지닌다. 서정시의 익숙한 문법을 차용하면서도 욕망하는 여성의 형상을 의도적으로 덧씌움으로써 낯선 재현의 장면들을 만들어낸 것이다. 2010년대 시에

---

31   이원하의 시집 『제주에서 혼자 살고 술은 약해요』(문학동네, 2020)에 실린 신형철의 해설과 김행숙의 계간평(김행숙, 「이 계절의 시집에서 주운 열쇠어들 2」, 『문학동네』 2020년 여름호)을 말한다.

다시 등장한 서정시는 이처럼 "이전과는 다른 감각의 언어"(조대한)를 만들어내기 위한 주체의 욕망과 의지가 적극적으로 드러나고 있다는 점에서 1인칭의 '탈환'[32]이라고 말할 수 있는 지점으로 나아간다.

김보경은 텍스트 바깥의 구조, 즉 대의 불충분성과 대의 불가능성을 만들어내는 구조에 적대의 분할선을 긋는다. 김보경이 여성-재현의 문제성을 재현 자체로 환원시키지 않고 가부장제라는 구조를 문제 삼고 있는 것은 앞서 박상수가 무기력한 주체를 문제 삼으면서도 무엇이 이러한 무기력한 주체를 만들어내고 있는지 그 구조에 대한 '비판'이 빠져 있었던 것과 대조된다. 박상수는 시인들이 처한 현실을 '상승' 혹은 '하강'하는 사회라고 진단하면서 그 구조에 수동적으로 반응할 뿐인 것으로 주체를 포착했다. 이로 인해 그의 글을 읽고 나면 자칫 무기력한 주체를 만들어낸 사회적 구조가 아니라 무기력에 빠져 있다고 진단된 특정 세대에 대한 비판에 함몰될 위험이 있다. 2000년대 한국시에 대한 재현 층위의 변화를 2000년대 한국 민주주의 대의 층위에서의 변화와 관련지은 신형철의 독법에도 마찬가지 맹점이 발견된다. 그의 글은 2000년대 시를 정치성을 읽어내려는 의도가 민주주의의 위기, 즉 구조에 대한 비판보다 앞서 있는 듯한데, 즉 민주주의 위기를 어떻게 돌파해야 할지에 대한 문제의식보다 2000년대 시의 '훌륭함'을 강변하는 데 그치고 만다. 이를 '문학'비평의 한계라고도 항변할 수

<hr />

32   오연경은 비평의 당사자성을 고민하는 최근의 비평적 흐름에 주목하면서 "목격자이자 당사자로서 말하려는, 상처를 동반한 실감으로 텍스트를 겪어내려는, 비평의 플랫폼에서 추방되었던 1인칭을 탈환하려는" 말하기의 중요성을 강조한 바 있다. 이에 따라 오연경은 1인칭의 '역습'이나 '귀환'이 아닌 '탈환'이라는 표현을 사용함으로써 1인칭의 주체성을 보다 강조한다. 이러한 지적에 동의하며 이 글에서도 '탈환'이라는 용어를 사용하게 되었음을 밝혀둔다. 오연경, 「비평의 당사자성, 이토록 말할 수 없는 말하기」, 『모든시』, 2020년 봄호, 83쪽.

있겠지만, 그렇다 하더라도 이러한 분석이 지니는 한계는 분명하다.[33]

시의 수행성에 주목한다는 것은 시를 '재현'이 아니라 '재현-함'으로 읽는다는 것을 의미한다. 삶이 "분절된 형태로 존재하지 않는"(김보경) 것처럼 재현 역시도 그렇다. 2010년대의 시와 비평이 수행성에 주목하게 된 것은 재현하는 주체로서 '나'의 윤리적 책임을 의식하게 되었기 때문으로 보인다. 1인칭의 '나'는 재현을 수행함으로써 재현을 반복하는 한편으로 재현의 경계를 뒤흔들 가능성을 내포한 주체다.[34] 이런 점에서 2010년대 시에 나타난 '나'가 시를 쓰는 시인 자신과 단절된 존재가 아니라는 점을 재음미할 필요가 있다. 이들은 내면 고백의 장르로서의 서정시가 으레 그렇게 치부했듯 '실제 시인'과 동일시된 존재도 아니며, 그렇다고 '실제 시인'과 완전히 분리된 존재도 아니다. 이는 2000년대 시인들의 시에 나타난 이른바 '혼종적 주체'들이 시인 자신과 완전히 분리된 존재였다는 점과 비교된다. 2010년대 시의 주체들은 문학과 삶을 '분절'된 것으로 보는 관점, 그러니까 문학주의 혹은 미학주의라는 이념에서 벗어남으로써 재현 불가능성이라는

◇◇◇◇◇◇◇◇◇◇◇◇◇◇

33 소영현은 이를 1990년대 이후 문학의 자율성이 강화된 경향과 관련지어 비판한 바 있다. 비평의 위기가 도래한 것 역시 비평행위가 문학과 그 바깥에 대한 것으로 분리되고 있는 사정과 관련된다. 그러면서 문학 영역을 벗어나 비평 범주와 기능을 회복하는 일을 '좀비 비평'의 오명을 벗기 위한 비평(가)의 과제로 제시한다. 소영현, 『올빼미의 숲』, 문학과지성사, 2017, 63쪽, 275쪽.

34 버틀러의 젠더 수행성 개념을 전유한 다음의 문장은 2010년대 시의 수행성을 이해하는 데도 적용될 수 있다. "젠더를 뒤흔드는 일은 젠더를 행하는 일을 단호하게 거부하는 데서 오는 것이 아니라 다양한 젠더를 행하는 과정에서, 젠더를 다양하게 조합하는 데서, 젠더를 과잉으로 수행하는 과정에서 온다는 것이다." 이현재, 「포스트모던 도시화와 비체되기 - 젠더 '행하기(doing)'와 젠더 '허물기(undoing)'의 역동」, 『도시인문학연구』9(1), 서울시립대학교 도시인문학연구소, 2017, 153쪽. 양경언은 이러한 맥락에서 한국시의 변화에 주목한 바 있다. 양경언, 「최근 시에 나타난 젠더 '하기'와 '허물기'에 대하여」, 『문학동네』 2017년 여름호.

문제를 넘어서고자 한다.

　쓰는 주체는 쓰기라는 행위를 통해 자기를 구성한다. 당연히 이는 시인에게만 한정되는 문제는 아니다. 2010년대 비평에 '미래'를 투사하거나 과도한 역사적 책임을 부여함으로써 신학적으로 문학을 독해하는 비평의 실패는 비평가가 그 문제에 본인이 어떻게 연루되어있는지를 은폐함으로써 발생한다. 비평가들이 오독 가능성을 경계한다는 명분으로 독자 공동체들이 해석에 참여할 기회를 박탈해버릴 때, 자신의 비평적 견해 역시 하나의 '재현'에 불과함을 수용하지 않을 때 비평은 자신의 공공성을 스스로 걷어차는 결과를 초래할 것이다. 이는 '보편'의 위치에서 텍스트를 심판하는 초월적 위치를 독점했던 비평의 위상에도 변화가 필요함을 암시한다. 최근 "비평의 플랫폼에서 추방되었던 1인칭을 탈환하려는" "비평의 각성"에 의해 "쓰는 자의 사회적 위치와 자기 정체화에 대한 탐구"가 시작되기도 하였거니와,[35] 텍스트에 자신의 신체를 침투시키고 동시에 텍스트에 자신을 노출함으로써 자신의 글이 특정한 편향성을 지닐 수밖에 없다는 사실을 전제로 삼는 비평 쓰기가 시도되고 있다.[36] 이는 비평의 가장 취약한 부분을 노출함으로써 비평이 처한 위기를 돌파하려는 시도로 읽힌다. 비평이 문학을 오독할 수밖에 없는 운명임을 수용하면서 윤리성을 담보하고자 하는 것이다.

35　오연경, 앞의 글, 83쪽.

36　장은정, 「아카이브로서의 시」, 『문학3』 2018년 2월호; 선우은실, 「쓰는 대로 오는 미래: 2020년에 읽는 2010년대 시」, 『현대시』, 2020년 1월호.

4. 미시적인 문학적 실천들 돌아보기

2010년대 들어 이러한 문제의식이 본격화될 수 있었던 데는 일련의 사회적 사건들의 영향이 미쳤음은 분명해 보인다. 2010년대 문학사를 돌아볼 때 유난히 재현의 윤리를 묻게 하는 사건이 많았다. 재현의 한계를 성찰하게 한 2014년 4월 16일 세월호 참사와 문학의 공공성 위기를 체감케 한 2015년 신경숙 표절 논란, 그리고 페미니즘 리부트 이후 이어진 2016년 '문단 내 성폭력' 문제는 당연시되었던 재현의 기율 전반을 재점검하는 계기가 되었다. 아울러 2010년대에 발생한 사건은 아니지만 이와 관련해 2009년 용산 참사의 의미 역시 다시 묻지 않을 수 없다. 이 사건은 '시와 정치' 논쟁의 계기가 되기도 하였지만, 이 사건을 통해 문학 자율성과 '나'-'우리'의 이분법에 대한 문제의식이 한국 문학장에서 본격적으로 문제시되기 시작했기 때문이다.

이러한 흐름은 텍스트로 가시화되지 않은 미시적인 문학적 실천으로 이어졌다. 고봉준이 '용산 참사' 이후 젊은 문학인들이 "과거와 달리 지속적이고 안정적인 '조직'이 아니라 일시적인 결합의 형태"를 취하고 있다는 데 주목한 바 있기도 하지만,[37] 추후 시인들이 결성한 소규모 동인이나 독립출판사 등에 의한 네트워크의 수행적 기능을 이전 시대와 비교해보는 작업은 유의미할 것이다. 느슨하게 접속하고 연대하는 공동체들의 이합집산이 축적됨에 따라 세월호 이후의 '304낭독회'나 '문단 내 성폭력'에 대응하는 작가 및 비평가들의 연대체와 같은 유의미한 모색으로 이어진 것은 아닐까. 신경숙 표절 논란 사건 때 문제시된 '문단 권력'에 대한 비판을 실체 없

---

37   고봉준, 「시 비평의 현재와 '시민성'이라는 문제」, 앞의 글, 101쪽.

는 음모론이라고 치부하기보다 문학 생태계의 다양성이 확보되지 않은 데 따른 결과라고 해석한다면, 이러한 소규모 공동체들이 어떠한 역할을 하였고, 또 앞으로는 무엇을 할 수 있을지에 대한 논의는 긴요하다.

　이 글을 쓰면서도 2010년대 일어난 사건들의 의미를 묻기에 아직 충분한 시간이 흐르지 않았다는 생각이 든다. 2022년이 되었지만, 나 자신 역시 여전히 2010년대가 이어지고 있는 듯한 느낌에서 완전히 벗어나지 못하고 있다. 그런 의미에서 2010년대 초반에 이미 '포스트 미래파'라는 세대론적 호명이 난무하며 2000년대 문학을 성급히 '청산'하려는 움직임이 나타났다는 점은 정말로 기이하게 느껴진다. 2020년대 시를 '포스트-포스트 미래파'라고 부를 수 없는 것처럼, 2010년대 시를 '포스트 미래파'의 시로 단정할 수는 없다. 한국시의 스펙트럼을 조금 더 다양한 층위에서 사유하는 시야가 확보된다면, 2010년대 혹은 최근의 시를 논하면서도 2000년대 시의 의미를 새롭게 이야기할 수 있게 될 것이다.

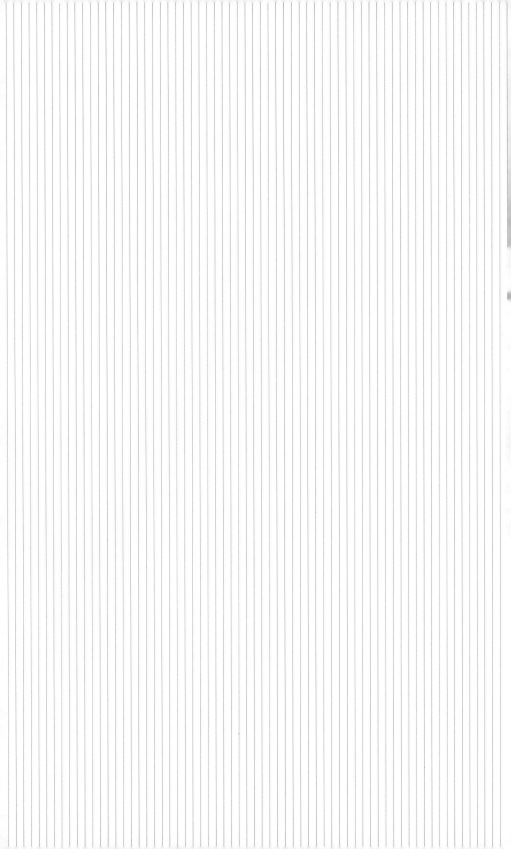

이야기에는 끝이 있지만

—게임적 죽음과 루프적 시간의 리얼리즘

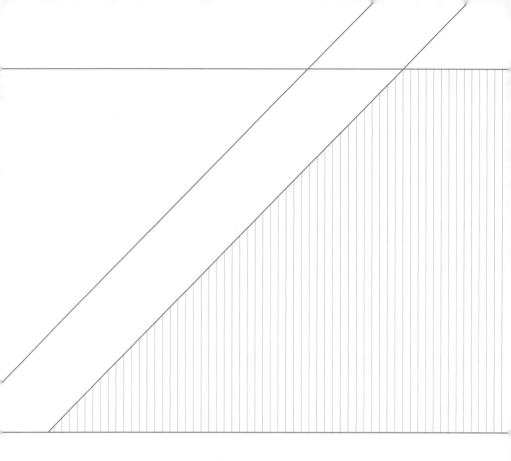

인아영

서울대학교 인류학과, 미학과 졸업.
같은 대학교 국어국문학과 대학원 현대문학전공 박사과정 수료.
2018년 『경향신문』 신춘문예 비평 부문으로 등단.
itwontdo@gmail.com

이야기에는 끝이 있지만

—게임적 죽음과 루프적 시간의 리얼리즘

1. 게임적 리얼리즘의 환생

이듬해인 2023년부터 깐(Cannes) 국제영화제에서 비디오게임 부문 시상식을 개최한다는 소식이 들려온다.[1] 영화제에서 게임 부문을 시상하는 사례가 처음은 아니지만,[2] 선도적인 문화산업으로서뿐 아니라 복합적인 예술 창작물로서 비디오게임의 성취는 앞으로 더 적극적으로 논의되어야 할 것 같다. 이른바 '고티'(GOTY, Game of the year)라고 불리는 게임 시상식들 중 게임의 서사적 완성도를 평가하는 내러티브 부문을 개설한 경우는 이미 적지 않다. 그러나 주류 서사양식이 된 영화 장르에서 열리는 이 제1회 깐 게

1   "First video-game version of the Cannes Film Festival set for Fall 2023," The Brussels Times, 2022.10.14.

2   대표적으로 영국의 가장 권위있는 시상식 중 하나인 '영국 영화 텔레비전 예술 아카데미'(BAFTA, British Academy of Film and Television)는 2003년부터 독립적인 게임 부문 시상식을 개최하고 있다.

이밍 페스티벌(Cannes Gaming Festival)은 게임을 디자인, 음악, 프로그래밍의 종합 산물로서뿐 아니라 이제 하나의 서사예술로서 이해하고 있는 듯 보인다. 국내에서도 얼마 전 『게임 제너레이션』이라는 웹진이 창간되고 게임비평공모전이 열리는 등 게임을 예술비평의 대상으로서 다루는 씬이 확장되고 있다.[3] 더이상 서사와 문학이 등치되지 않는 시대에 서사의 장르적 영역은 어떻게 변화하고 있는 것일까? 그리고 오늘날 소비되고 있는 이야기의 주요한 형태로서 게임서사를 간과할 수 없게 된 시대에 게임서사를 경유하여 문학은 어떻게 논의될 수 있을까?

시간성의 리얼리티는 문학서사와 게임서사의 결정적인 차이점으로 여겨져왔다. '게임 같은 소설'은 다른 소설과 달리 근본적으로 현실과의 관련성을 제대로 모색하지 못하는 한계가 있다고 지적한 사람은 오오쯔까 에이지(大塚英志)였다.[4] 게임은 서사 속 캐릭터의 죽음을 언제나 '리셋(reset) 가능한 것'으로 만들기 때문에 현실의 죽음을 그려낼 수 있는 문학적인 가능성이 없다는 것이다.[5] 플레이어가 죽음을 세이브하고 리셋할 수 있는 한, 시

◇◇◇◇◇◇◇◇◇◇◇◇◇◇

3   『게임 제너레이션』 홈페이지(www.gamegeneration.or.kr) 참조. 『게임 제너레이션』의 이경혁 편집장은 게임을 하는 사람들을 둘러싼 전반적인 환경에 대해 논의하기 위해 "게임을 문화예술로 선언하는 것이 아니라, 게임을 그 자체로 문화로 대우하고, 다루고, 이야기하는 작업"이 필요하다고 강조한다. 다만 사회를 구성하는 문화로서 게임을 이해하는 것과 예술비평의 대상으로서 게임을 분석하는 것은 다른 층위에서 병행될 수도 있을 것이다. 「게임을 하는 건 10대, 지르는 건 30대… 그래서 게이머는 '과정'을 잃었다」, 한국일보 2022.9.24.

4   아즈마 히로키 『게임적 리얼리즘의 탄생』, 장이지 옮김, 현실문화 2012, 92~93쪽.

5   물론 죽었던 자들이 되살아나는 서사는 게임 장르에 국한되는 특징은 아니다. 근대적 시간관 이전의 한국 고전소설에서 이러한 특징이 두드러지는데, '신묘한 약물' 또는 '신성한 공간'이라는 장치를 통해 인물의 환생이 이루어지곤 한다. 예컨대 '바리데기' 신화에서는 바리데기가 가지고 온 약초를 통해 죽었던 부모가 되살아나고, 「심청전」에서 물에 빠진 심청은 연꽃에 실려 돌아온다. 다만 이러한 작품들에서는 환생의 장치가 서사의 현실성

각적인 화면에서 죽음이 아무리 사실적으로 묘사된다고 하더라도 게임은 시간성의 리얼리티를 획득할 수 없다. 즉, 태어난 자에게 주어진 삶의 시간은 유한하며 우리는 모두 언젠가 죽는다는 자명한 현실은 게임상에서 아무런 의미값을 지니지 못한다. 물론 오오쯔까가 말하는 '게임 같은 소설'은 테이블토크 롤플레잉 게임(TRPG)의 원칙을 기초로 삼는 1990년대 일본의 캐릭터 소설에 대해 설명한다는 전제가 붙어 있고, 시간성의 리얼리티를 문학성의 주요한 척도로 삼을 수 있는지에 관해서도 논박의 여지가 있다. 애초에 반박되기 쉬운 주장일 수 있지만,[6] 오오쯔까의 논의는 게임서사의 문학적 가능성, 혹은 게임서사를 경유한 문학서사의 가능성에 관한 질문으로 전환하는 데 좋은 단초를 제공한다. 게임서사나 게임 기법에 기초한 서사는 정말로 죽음을 '리얼'하게 다루지 못하는 것일까? 그리고 리셋 가능성이라는 요소는 리얼리즘적인 서사에 도달하지 못하도록 방해하기만 하는 것일까? 그렇지 않다면 어떤 서사에 어떤 방식으로 기능할까?

2019년 모비우스 디지털이 개발하고 안나푸르나 인터랙티브가 배급하여 2020년 수많은 상을 휩쓴 액션 어드벤처 게임 '아우터 와일즈'(Outer Wilds)는 현시점에서 위 질문에 가장 성실하고도 치열하게 응답하고 있는 게임일지 모른다. 초보 우주비행사인 플레이어가 수십만년 전에 멸종된 노마이족의 흔적을 찾아 우주선을 타고 태양계의 여러 행성을 탐험하는 이

을 판단하는 기준으로 작동하지 않으며 게임처럼 무한하게 반복되는 것도 아니다.

6 오오쯔까의 주장에 대해서는 이미 여러차례 반박이 제출되기도 했다. 이를테면 아즈마는 오오쯔까의 논의에 기대어 라이트노벨 『올 유 니드 이즈 킬』과 같은 루프물이 캐릭터의 메타 이야기적인 상상력을 통해 '게임적 리얼리즘'이라는 독특한 종류의 리얼리즘적 가능성을 열었다고 해석했다. (아즈마 히로키, 앞의 책 122~40쪽) 다만 아즈마의 경우 서사가 소비, 유통되는 환경에서 그 가능성을 타진했다면, 이 글은 서사의 내적인 구조에서 그 가능성을 살펴본다.

게임에서도 죽음은 리셋 가능한 무엇이다. 플레이어는 초신성이 되어 폭발하는 태양에 관한 단서를 하나씩 모아 각 행성의 숨겨진 장소를 찾으면서 연쇄적인 퍼즐을 풀어야만 결말에 이를 수 있는데, 도중에 포기하지만 않는다면 플레이어의 목숨은 무한하게 제공된다. 미세한 우주선 조종에 실패해 뜨거운 태양에 빠지거나, 순식간에 차오르는 모래에 머리끝까지 파묻히거나, 우주복 탱크에 공기가 부족해 숨이 끊어지더라도, 그러니까 죽음에 이르더라도, 플레이어는 잠에서 깨어나 모닥불 앞에서 마시멜로를 구워 먹는 첫 장면으로 되돌아가 고요하고 아름다운 우주를 유영하는 모험을 다시 시작할 수 있다.

그런데 이 게임에서 무한하게 리셋되는 죽음은 독특한 면이 있다. 두가지 의미에서 필연적이기 때문이다.[7] 첫째, 플레이어는 플레이 능력과 무관하게, 죽음에 이를 만한 행동을 하지 않아도 게임이 시작된 후 22분이 지나면 무조건 죽게 되어 있다. 수십만년 전 노마이족이 어마어마한 태양 폭발 에너지를 이용하기 위해 태양을 인공적으로 폭발시킨 뒤, 22분 전의 과거로 돌아가기를 끝없이 되풀이하는 시간 시스템을 구축해두었기 때문이다. 따라서 플레이어는 22분마다 태양의 초신성 폭발을 강제로 목격하며 죽음을 반복적으로 경험해야 한다. 리셋 가능성이 특정한 단위의 시간 안에 갇힌 타임루프인 셈이다. 이를 '루프적 죽음'이라 부르자. 둘째, 게임의 결말에서 우주는 멸망하고 플레이어는 죽게 되어 있다. 플레이어는 무엇을 해야 하는지도 모른 채 모험에 투입되지만, 서사의 경로를 따라가다보면 무한히 반복되는 태양의 초신성 폭발을 멈추고 우주의 멸망을 막으려는 방향으로 추동된다. 그러나 온갖 고생을 통과하고 마침내 결말에 이르러 알게

---

7   이어지는 두 문단에는 아우터 와일즈의 엔딩에 대한 스포일러가 있다.

되는 것은 인공적인 태양 폭발이 아니더라도 우주는 본디 생명을 다해가는 시점이었다는 사실, 즉 플레이어는 단지 우주가 소멸하기 직전의 시대에 태어나는 바람에 이 모든 정황을 목격했을 뿐 어떤 역할도 할 수 없으며 남은 것은 곧 닥쳐올 죽음을 맞이하는 일뿐이라는 허망한 사실이다.[8] 이를 '결말적 죽음'이라 부르자. 루프적 죽음이 죽음의 리셋 가능성을 토대로 작동하는 게임의 일반적인 서사양식이라면, 결말적 죽음은 게임이라는 장르와 무관하게 이야기 내적으로 설계된 엔딩이라고 할 수 있다.

이 두가지 필연적인 죽음은 따로 놓고 보면 심상해 보이지만, 하나의 서사 안에서 결합되었을 때는 특별한 결과를 산출한다. 여타의 게임에서 루프적 죽음이 생명을 연장하는 방식으로 서사의 승리에 가까워지기 위한 도움닫기의 역할을 한다면, 아우터 와일즈에서 루프적 죽음은 결말을 예비하는 방식으로 서사의 패배를 완성하기 위한 과정으로 기능하기 때문이다. 우주의 멸망을 막기 위해 열심히 플레이했는데도 강제로 주어지는 실패 엔딩은 플레이어로서 수용하기 어려울 수 있다. 하지만 태양 폭발을 알리는 음악이 흘러나오는 22분마다 하던 모험을 멈추고 눈앞의 모든 것이 스러져가는 장면을 바라보며 죽음을 기다리는 체험을 수없이 되풀이하다보면, 진짜 죽음을 향한 마지막 여정을 저항 없이 받아들이게 될 뿐만 아니라 심지어는 죽음을 준비하는 과정의 아름다움을 느끼게 된다. 플레이 도중에는 알 수 없지만 '루프적 죽음'은 '결말적 죽음'을, 나아가 태어난 모든 존재는 언젠가는 죽는다는 진실을 결국 이해하고 받아들이게 만드는 반복적 연습인 것이다. 아이러니하게도 시간성의 리얼리티를 제거하는 장치인 리셋 가

◇◇◇◇◇◇◇◇◇◇◇◇◇

8   그런 점에서 아우터 와일즈는 플레이어가 이 광대한 세계의 중심도 주인공도 아니라는 사실, 각 개체는 역사의 키를 쥐고 있는 유일무이한 주체가 아니라 언제든 대체되거나 변경될 수 있는 우연적 산물이라는 사실을 넌지시 우아하게 알려주는 게임이기도 하다.

능성을 활용하여 오히려 죽음에 대한 리얼한 감각의 재현을 성취한 것이라고도 할 수 있다.

그렇다면 게임서사뿐 아니라 문학을 비롯한 서사 장르는 어쩌면 루프적 시간을 통해 어떤 리얼리즘에 도달할 수 있는 가능성을 내재하고 있는 것은 아닐까? 이에 착안하여 이 글은 다음과 같은 질문을 던져보려 한다. 특정한 구간을 반복하는 루프적 시간은 하나의 결말을 가진 소설이라는 서사 장르 안에서 어떻게 죽음이라는 시간의 유한성을 더 리얼하게 인식하거나 감각하게 만드는가? 과거, 현재, 미래를 비직선적이고 비선형적으로 재현하는 서사적 장치는 어떻게 이야기의 질서를 구조화하여 의미를 생성하는가? 그리고 더 나아가 어떻게 이야기의 시간성 자체를 새롭게 사유하게 하는가? 잘 알려져 있듯 타임루프는 독자들 사이에서 일명 '회·빙·환'(회귀·빙의·환생)이라는 줄임말이 통용될 만큼 근래 판타지 장르의 웹소설에서 지배적으로 나타나는 양식이며[9] SF 장르에서도 빈번하게 발견되는 장치이다.[10] 그러나 이 글은 타임루프를 특정한 장르의 계보가 전유해온 하나의 '장르적 패턴'으로 간주하기보다는 특정한 구간을 되풀이하는 시간의 구조라는 의미에서 하나의 '서사적 요소'로 파악하고자 한다. 이에 따라 '타임루프'가 아닌 '루프적 시간'이라는 용어를 사용할 것이다. 구체적으로는 성수나 정영수 김연수의 최근 소설에서 이러한 '루프적 시간'이 다양한 방식으

---

9   안상원은 1990년대 후반부터 웹소설, 판타지소설 등의 한국 장르소설에서 회귀·빙의·환생과 같이 인물이 다른 세계로 이동해 모험을 하는 '차원 이동' 요소가 주요한 모티프로 진화해왔다고 분석한다. 안상원 「한국 장르소설의 마스터플롯 연구: 모험서사의 변이로 본 '차원이동' 연구」, 『국어국문학』, 국어국문학회 2018.

10   한편 박서련의 단편 「고백 루프」(박서련 외 『그래서 우리는 사랑을 하지』, 돌베개 2021)는 웹소설이나 SF는 아니지만 루프적 시간관이 젠더 정체성을 탄력적으로 수행하는 데 기능한 사례다.

로 활용되는 장면에 주목한다. 물론 위 소설들을 모두 SF나 판타지 타임루프물로 분류할 수는 없을 것이다. 다만 게임서사의 장치에서 힌트를 얻어이 소설들, 더 나아가서는 서사 장르에서 이야기와 시간이 맺고 있는 관계에 대해 살펴보고자 한다.

2. 죽음이라는 루프 혹은 형벌

성수나의 「신께서는 아이들을」(『제5회 한국과학문학상 수상작품집』, 허블2022)은 2022년 한국과학문학상 가작을 받으며 알려졌지만, 한 심사위원이말했듯 한편으로는 NPC(Non-Player Character) 같은 주인공을 내세운 "게임적리얼리즘의 세계에서 탄생한 이야기"로도 읽히며,[11] 다른 한편으로는 신의세계에 발을 들인 인간을 그려낸 신화적 이야기로도 보인다. 이 소설의 배경은 차안과 피안, 이승과 저승, 삶과 죽음의 경계에 걸쳐 있는 모호한 시공간이다. 광활한 바다와 여러개의 섬으로 이루어진 고요하고 평온한 이 세계에는 섬마다 반려인과 반려동물이 짝지어 살고 있다. 매 계절 신이 이승을 떠난 어린아이들을 바다 너머 섬으로 보내면 반려인과 반려동물은 이들을 돌본다. 한 계절이 지나면 아이들은 다시 태어날지 태어나지 않을지 스스로 선택한 뒤 섬을 떠나야 하는데, 그때까지 아이들이 최선의 선택을 할수 있도록 돕는 것이다. 화자인 '나'는 반려동물인 개와 함께 아이들이 바다에 빠지지 않도록 보살피며 이들이 죽음을 받아들일 수 있도록 돕는 조력자라고도 할 수 있다. 목소리가 없는 '나'는 입 모양으로 아이들에게 말한

○○○○○○○○○○○○○○

11   김성중 「플래시포워드의 소설」, 『제5회 한국과학문학상 수상작품집』, 368쪽.

다. "너희, 바다, 들어가. 하루, 세 번. 너무, 멀리, 안 돼."(261쪽) 그런 점에서 이 소설의 화자를 플레이어가 직접 조종할 수는 없지만 게임 속에서 캐릭터를 보조하는 역할을 수행하는 NPC의 성격으로 읽어낸 것은 정확한 통찰인 셈이다.

'나'는 계절이라는 단위로 이루어진 루프적 시간에 영원히 갇혀 있는 존재다. 루프적 죽음을 반복적으로 체험해야 하는 것은 아니지만, 1인칭 관찰자의 입장에서 계절마다 타인들의 죽음을 계속 목격해야 하기 때문이다. 한 계절이 지나면 아이들은 환생하거나 바닷속으로 사라지고, '나'는 매번 그것을 목격하면서도 아무것도 하지 못한다. 그렇지만 지난 시간을 기억하지 못한 채 새로운 계절은 시작되며, 이 패턴은 영겁의 시간 동안 되풀이된다. 죽음의 가장 가까운 곳에 머물지만 끝내 죽음에 이르지 않는 존재. 언제나 타인의 죽음을 준비하지만 정작 자신은 죽지 않는 존재. '나'는 죽음의 시간 안에 갇혀 있다. 이것이 '나'에게 주어진 첫번째 형벌이다. 한편 '나'는 계절마다 정든 아이들과 이별해야 하는 끝없는 굴레에 갇힌 외로운 존재이기도 하다. 개와 짝을 지어 아이들을 돌보지만, 개가 아이들과 함께 바다에서 몸을 적시고 그 충만함으로 허기를 해결할 수 있는 것과 달리, '나'는 어쩐 일인지 바다에 들어갈 수가 없다. 그렇기에 다들 바다에서 자유롭게 헤엄치는 동안 혼자서 음식을 먹으며 묘한 부끄러움을 느끼고 계절이 바뀌면 기억을 잃고 다시 혼자가 된다. "늘 나만을 남겨두고 사라지는 그 세계"(279쪽) 안에서 '나'는 영원히 혼자 남겨진다. 이것이 '나'에게 주어진 두 번째 형벌이다. 아즈마 히로끼(東浩紀)가 말했듯, 고독감은 타임루프물에서 흔하게 나타나는 증상이다. 그러나 이 소설에서 루프적 죽음은 되풀이되면서도 결

말적 죽음에 도달하지 않기 때문에 고독감은 끝내 해소되지 않는다.[12]

'나'는 왜 이런 형벌을 받고 있는 것일까? '나'는 입술을 움직여 신에게 묻는다. "내가 지은 죄가 대체 무엇이에요?" "무엇이길래 나만 계속 혼자 남게 되는 거예요?"(280쪽) 사정은 명료하게 드러나지 않지만 이 소설에서 가장 애절하고 인상적인 장면에 그 단초가 있다. 아주아주 옛날에 살았던 어느 섬의 거북이 들려준 이야기. 어느날 멀리서 거북을 향해 달려오며 알 아들을 수 없는 소리로 울부짖는 말(馬)이 있었다. 거북이 겨우 파악한 문장 은 "무서워. 바다가 모조리 데려갔어"(268쪽)로, 이미 제정신이 아닌 듯 보이 는 그 말이 전해준 바는 이렇다. 예전에 한 반려인이 바다를 향해 걸어가는 아이들을 뭍으로 끌어오려 했다는 것. 그 행동이 신의 노여움을 샀다는 것. 결국 거대한 파도 속으로 모두가 끌려 들어갔다는 것.

> "그때 반려인이 바다를 향해 달려가. 말이 그를 말릴 새도 없이 반려
> 인은 바다로 뛰어들어 여섯 번째 아이와 일곱 번째 아이를 껴안아. 반려
> 인은 아이들을 뭍으로 끌고 오려 하고 아이들은 계속해서 앞으로 나아
> 가려 해. 여섯 번째 아이는 이미 반절이 바닷속에서 사라졌고 반려인은
> 아이의 상체를 수면 위로 들어 올려. 말이 바다에 뛰어들었을 때 거대한
> 파도가 나타났고 모두를 덮쳤지. 그리고 말이 다시 정신을 차렸을 땐 해
> 변에 아무도 없어."(269쪽)

그러니까 섬에서 떠나보내야 하는 아이들을 살리려고 했던 인간, 모든 것에는 끝이 있으며 누구도 죽음을 피할 수 없다는 진실을 거스르려고 했

12   아즈마 히로키, 앞의 책, 125~27쪽.

던 인간, 신의 섭리를 의심하고 감히 영원을 꿈꾸었던 인간으로 인해 돌이킬 수 없는 재앙이 일어난 것이다. '나'는 거북의 이야기를 전해 듣고 낯설어한다. 그러나 매번 기억을 잃어버리기 때문에 알아채지 못했을 뿐 어쩌면 신의 심기를 건드린 인간은 '나'인 것처럼 보이기도 한다. 여기에서 루프적 시간은 형벌로서 되풀이되는 시간이다. 시간의 유한성에 저항한 죄로 죽음의 시간을 무한히 반복하라는 형벌, 그 무섭도록 영원한 반복을 통해 시간의 유한성이 지닌 미덕을 깨달으라는 형벌, 죽음 앞에서 혼자가 되어 아무것도 할 수 없다는 깊은 무력감에 직면하라는 형벌이다. 죽음을 반복적으로 목격하는 일은 오히려 죽음에 관한 사유를 무디게 만들거나 죽음을 물화할 수도 있지만, 이 소설에서 '나'는 루프적 시간을 통해 오히려 죽음의 진상에 비로소 가까워진다.

마지막 장면에서 '나'는 루프적 시간의 커다란 한바퀴를 돈 듯 보인다. 반려인이 아니라 이제 막 어느 섬에 도착한 아이가 되어 자신의 얼굴을 핥는 개와 머리가 아주 짧은 여자, 그러니까 또다른 반려견과 반려인 한쌍을 만나게 되기 때문이다. '나'는 어떻게 해도 죽음의 공간으로부터 벗어나지 못하고 반려인 혹은 아이의 운명을 왕복하는 셈이다. 그런데 이 루프적 시간에 처한 운명이 꼭 형벌이기만 할까? 죽음 앞에서 무력감에 휩싸인 인간은 아무것도 할 수 없는 것일까? 그렇다면 영원을 꿈꾸는 인간은 무엇을 할 수 있을까? 여기에서 인간의 절박한 발명품인 이야기가 필요해지는지도 모른다.

3. 이야기로서의 우울

「신께서는 아이들을」에서 신이 내린 형벌, 즉 무력감의 영원한 굴레를 현대사회의 용어로 바꾸면 우울증이 아닐까? 프로이트(S. Freud)는 사랑하는 대상을 상실했을 때 겪는 일반적인 슬픔과 달리 우울증은 외부세계에 대한 반응 능력과 함께 스스로를 사랑하는 능력을 잃어버리게 한다고 말한다.[13] 우울증에 빠진 사람은 애도의 과정을 진행하지 못해서 상실감의 책임을 자신에게 향하게 해 스스로가 쓸모없다고 여기며 깊은 무력감을 느낀다. 이를 시간의 층위에서 설명하면, 사랑하는 대상이 부재하는 현재의 순간을 사는 것이 아니라 사랑하는 대상을 상실하기 이전 혹은 상실한 특정한 구간에 머물며 언제나 그 시간만을 반복하고 있다고도 말할 수 있다. 우울증에 빠진 사람은 상실로부터 벗어나지 못하고 그것을 무한히 반복하는 루프적 시간 안에 갇혀 있는지도 모른다.

정영수의 「일몰을 걷는 일」(『릿터』, 2022년 4/5월호)의 주인공 '그'도 그런 사람이다. 회사원이자 소설가인 그는 "사람이 아니라 걸어 다니는 눈물주머니라고 불러야"(147쪽) 할 정도로 시도 때도 없이 왈칵 눈물을 쏟아내는 남자다. 회의 도중에, 점심 메뉴를 고르다가, 달리기를 하다가, 느닷없이 터지는 울음을 그치지 못한다. 오죽하면 퇴근하는 길에 서너 정거장 먼저 내려 한참을 울면서 걷는 루틴이 생겼을 지경이다. 문제는 그가 눈물을 쏟는 데 특별한 이유가 없다는 것이다. "그는 그냥 울었다."(147쪽) 심리상담 선생님은 그에게 부모에 대한 질문을 던져 우울증처럼 보이는 현상의 근원을

---

13   지그문트 프로이트 「슬픔과 우울증」, 『정신분석학의 근본 개념』, 윤희기·박찬부 옮김, 열린책들 2020 참조.

알아내려 하지만, 그가 자신과 꼭 닮은 어머니와의 관계에 지쳐 있다는 정보 말고는 별다른 소득은 없어 보인다. 그는 그저 자신이 이런 생각으로부터 빠져나갈 수 없다는 사실만을 아는 것 같다. "모든 것이 다 부질없다, 시간이 흐르면 흔적도 없이, 단 한 톨의 의미도 남기지 못한 채 사라져버릴 것들."(158쪽) 해가 저물고 사방이 어두워져 모든 것이 죽음에 가까워지는 듯 보이는 '일몰'의 시간만을, 그는 영원히 되풀이해 걷고 있는 것 같다.

그가 정말 우울증에 빠져 있다면 프로이트의 말대로 사랑하는 대상을 상실했기 때문일까? 그렇다면 그가 상실한 대상은 무엇일까? 과거, 현재, 미래가 매끄럽게 연결되어 흘러가는 직선적인 시간관? 혹은 미래에 무언가 유의미한 일이 일어날 것이라는 기대감? 아니면 미래 그 자체? 모두 얼마간 타당해 보이지만, 그에 못지않게 중요해 보이는 상실의 대상은 이야기, 더 정확히 말하자면 이야기에 대한 믿음이다.

그는 마지막으로 책을 낸 뒤 일년이 넘도록 아무것도 쓰지 못하는 상태다. 이 역시 특별한 계기가 있는 것 같지는 않지만, 그가 더이상 자신의 소설을 견디지 못한다는 사실만은 분명해 보인다. 소설가인 그에게 소설은 곧 삶의 재현이다. 즉 그는 삶을 실재와 동일하게 모방하는 소설만이 유의미하다는 문학관을 가지고 있는데, 어느 순간 자신의 소설이 그러한 종류의 진실을 담고 있다는 믿음을 잃어버린 것이다. 이것은 꼭 자신이 쓴 소설에만 해당하는 회의만은 아니어서, 모종의 필연성, 상징, 개연성이 없는 소설 자체가 가치있는 이야기라고 할 수 있는지에 대한 의문을 떨치지 못한다. 자신이 쓰는 한 문장 한 문장을 믿을 수 없게 된 그에게 이야기를 짓는 일이 마치 지구 반대편에 있는 것처럼 아득하게 느껴지게 된 것이다. 영영 소설을 쓸 수 없게 되었다는 절망에 빠진 소설가는 이제 무엇을 해야 할까.

다행히도 소설이라는 장르에서 막힌 이야기는 다른 출구를 찾는다. 그에게는 연락이 닿지 않은 지 십수년이 지난 친구들에게 문득 편지를 보내는 습관이 있었는데, 글쓰기에 자신을 잃은 뒤 한동안 손을 놓고 있다가 다시 편지를 쓰기 시작한 것이다. 그는 자신이 "언제나 미래보다는 과거로 향하는 사람이"(151쪽)기에 멀어진 친구들에게 편지를 쓴다고 생각하는 것처럼 보이겠지만, 어쩌면 소설을 쓰지 못하게 되면서 억눌린 이야기의 에너지를 편지 쓰기로 분출해야 했는지도 모른다. '이야기에 대한 믿음'은 잃었지만 '이야기'는 잃지 못한 것이다. 특별히 전달하려는 내용이 있거나 풀어야 할 오해가 있는 것은 아니어서 편지는 혼잣말로 주절거리는 "그리움을 담은 애절한 연애 편지처럼 되"(152~53쪽)기도 하고, 상대를 위로하러 간 자리에서 자신의 무기력을 털어놓다가 엉엉 울어버려 상대를 도리어 곤혹스럽게 만들기도 하지만, 그는 거의 본능적으로, 불가피하게, 그리고 끊임없이 친구들에게 말을 걸고 이야기하기를 멈추지 못한다. 그러니까 그가 반복하고 있는 것은 일몰의 시간을 영원히 걷는 일만이 아니라, 깊은 공허로부터 그를 잠시나마 끌어올려주는 이야기 자체이기도 한 것이다.

이 시도는 얼마간 성공한 것처럼 보인다. 결말에 이르러 그는 돌연 "부질없는 실존적 고뇌에 점령되었던 삶을 수복"(162쪽)하는 쪽으로 방향을 튼다. 더이상 알 수 없는 이유로 울음을 터뜨리지도 않고, 어머니나 친구들과 원만한 관계를 유지하며, 무엇보다 글을 다시 쓰기 시작하게 된 것이다. 이제 그는 우울의 루프에서 벗어나 다른 시간으로 진입한 것일까? 아무리 이야기가 주는 치유의 힘이 강하다고 해도 이것은 너무 느닷없는 회복은 아닐까? 무엇보다 그가 겪은 깊은 무력감이 "그리 길지 않은 잠시의 방황"이자 "누추한 자기연민에서 크게 벗어나지 못했던 울음"(162쪽)으로 간단하게 정리되어도 괜찮은 것일까? 그러니까 그는 정말로 치유되었을까?

이 결말은 너무 갑작스러운 탓에 어딘가 미덥지 않고 심지어는 허황되게 느껴지기까지 한다. 이 미덥지 않고 허황된 느낌은 '그'의 이야기를 감싸고 있는 바깥 액자의 화자로 인해 가중된다. 그러니까 이 소설의 첫 문장("이건 들은 얘긴데, 내가 아는 어떤 사람이 언젠가부터 시도 때도 없이 울음이 터져 나와 곤란을 겪게 되었다고 한다." 147쪽)과 마지막 문장("그렇다, 그는 정말로 그렇게 되었다. 나의 바람이 아니라." 162쪽) 정도에만 등장하여 '그'의 이야기를 소개하고 있는 '나'라는 서술자 말이다. '나'가 누구인지, 혹시 '그' 자신은 아닌지, 진실을 말하고 있기는 한지 아무런 정보도 정황도 제시되지 않는다. 이 서술자는 왜 필요한 것일까? 그런데 이 서술자의 역할은 단지 내부 이야기를 감싸는 것만이 아니다. 서술자로 인해 소설은 1인칭 '나'의 진실한 고백이 아니라 3인칭 '그'의 핍진한 이야기가 되기 때문이다. 이 소설이 고백의 진정성으로부터 거리감을 만들고 허구일지도 모르는 이야기가 됨으로써, 초점은 소설가인 '그'를 집요하게 괴롭혔던 문제, 즉 소설이 진실을 담을 수 있는지 여부가 아니라, 본질적으로 허구에 불과한 이야기가 어떻게 삶을 구해낼 수 있느냐 하는 문제가 된다. '그'가 회복에 이르렀는지는 여전히 불분명하나, 분명한 것은 어떤 이야기는 죽음을 받아들이게 하지만 어떤 이야기는 삶을 구해낼 수 있다는 것, 정말로 그런 내용의 이야기가 '쓰였다'는 사실이 되는 것이다.

4. 모든 이야기의 결말은 삶이다

김연수의 「난주의 바다 앞에서」(『이토록 평범한 미래』, 문학동네 2022)의 '정현'도 「일몰을 걷는 일」의 '그'와 비슷한 조건에 처해 있는 것처럼 보인다. 소설가인 정현은 남해의 작은 섬에 있는 중학교로 강연을 가는데, 이틀 먼저 도착하는 바람에 밤새 방 안에서 세찬 눈보라 소리와 함께 내면의 소리를 듣는다. 칠흑 같은 밤과 흩날리는 눈보라에 무서움을 느낀다면 그것은 다름 아닌 자신의 마음 때문일 것이라고, 자신이 정말 두려워하는 것이 있다면 바로 "의미 없는 것들의 무자비함"일 것이라고 말이다. 소설가인 자신이 평생 몰두해온 일의 진상은 "아무런 의미가 없어 무자비할 수밖에 없는 자연에 맞서기 위해 상징을 부여하고 이야기를 만드는 것"(44쪽)이었음을 그는 새삼 깨닫는다. 무력감에 시달리는 상태는 아닐지 몰라도, 삶의 무의미에 대한 두려움과 고요하게 싸우고 있는 그는 서사의 전개상 훌쩍 떠나온 이 섬에서 누군가를 반드시 만나야 했을지도 모른다.

그 사람은 대학교 시절 문학동아리 친구였던 손은정. 어린 아들이 악성 종양으로 인해 세상을 떠나자 깊은 슬픔에 빠진 그녀는 여기저기를 떠돌다가 이 섬에 정착한다. 평범하게 살고 싶다던 이십대 초반의 계획은 폐기되었지만 이곳에 정착한 이후 마을 돌봄센터에서 일하면서 새로운 삶을 살게 된 그녀는 오랜만에 정현과 재회한다. 여기까지는 김연수 작가의 오랜 문학적 테마인 타인에 대한 이해, 더 구체적으로는 죽음 가까이에서 고통이나 슬픔에 빠진 여성의 진실에 다가가기 위해 애쓰는 글 쓰는 남성의 노력이라는 익숙한 서사적 틀에 따르고 있지만, 이 소설에는 무언가 다른 점이 있는 것 같다. 남성이 이해하려 애쓰는 여성이 죽었거나 사라진 사람이 아니라 살아남아 무언가를 계속 이야기하고 있는 사람이기 때문이다.

「난주의 바다 앞에서」에서 그녀는 아예 소설가다. 손은정은 아들이 죽은 후에 소설을 쓰기 시작해 이제는 손유미라는 이름으로 추리소설 작가가 되었다. 그런데 이 소설이 주목하는 그녀의 이야기 짓기는 따로 있다. 바로 조선시대 정약용의 조카로, 천주교 박해 이후 남편이 반역자로 몰려 사지가 찢기는 극형을 당하자 두살배기 아들과 함께 제주도로 유배를 가야 했던 정난주의 삶에 관한 이야기. 정난주에 대한 설명이 적힌 섬의 안내판에 따르면 정난주는 아들이 노비가 되지 않고 새로운 인생을 살 수 있도록 아들을 추자도 갯바위에 내려두고 떠났다고 한다. 하지만 손유미가 정현에게 들려준 이야기는 그와 달랐다. 정난주는 아들과 함께 바다로 뛰어든 것처럼 위장하고 자신만 바다로 뛰어든다. 아들을 잘 보살펴달라는 마지막 기도를 하느님께 남긴 채.

> "그렇게 모든 것이 끝나는가 싶었는데, 하느님이 그런 그녀를 건져 올렸지. (…) 그녀는 곧 마음을 고쳐먹고 기도해. '저를 죽여주십시오, 하느님. 저는 죽어야만 합니다. 제가 죽어야 제 아들이 살 수 있습니다.' 그러자 하느님은 그녀에게 올바르게 기도하는 법을 가르쳐. 따라 해보라시며, '제가 살아야 제 아들이 살 수 있습니다'라고 말해보라시며. 정난주가 머뭇거리며 그래도 되느냐고 묻자, 하느님은 그래야 된다고 말씀하셔. 그녀는 이제 막 말을 배우는 아이처럼 더듬더듬 그 말을 따라 해. '제가 살아야 제 아들이 살 수 있습니다'라고. 그 모습을 보고 하느님은 흡족해하셨지."(65~66쪽)

이 아름다운 장면에서 정난주는 바다로 뛰어들기 직전 자신이 올린 기도에 대한 하느님의 응답을 듣는다. 아들을 살리기 위해서는 자신이 죽어야 한다는 정난주의 단호한 다짐을 들은 하느님은 부드러운 경어로 그녀를 가르친다. 당신이 살아야만 아들이 살 수 있다고, 그래도 되는 것이 아니라 그래야 한다고. 손유미가 손수 다시 지은 이야기에서 정난주는 모성을 위해 스스로의 목숨을 희생한 어머니가 아니라 자신의 존재를 끝까지 쥐고 아들까지 살려낸 여자, 비록 관비가 되었지만 37년을 더 산 여자다. 정현이 찾아본 어느 기록에도 없는 결말, 스스로를 희생하지 않고 끝까지 살아남은 자의 결말을 손유미는 만들어낸 것이다. 난주라는 이름을 자신의 소설 속 주인공에게 붙이면서 그 이야기에 기대어 살아왔을 손유미에게, 이야기는 짓는 자들의 것이며 결말은 만드는 자들의 것이다.

같은 책에 수록된 「진주의 결말」의 유진주도 이야기를 짓는 여자다. 치매에 걸린 아버지를 죽인데다가 둘이서 살던 집까지 방화했다는 혐의를 받고 있는 비혼 여성 유진주. 유진주에 대해 분석하는 내용의 방송을 한 범죄심리학자 '나'가 그녀로부터 메일을 받는 것으로 시작하는 첫 장면에서부터 그녀는 이미 이야기를 짓고 있다. 이야기 속의 그녀는 스스로를 점점 과거로 돌아가는 시간여행자라고 여기며 어떤 일의 결말은 바뀌지 않을지언정 거기에 이르는 중간 과정을 달리하면 자신의 미래를 바꿀 수 있다고 믿는다. 소설가는 아니지만 피의자의 심리를 분석하여 범죄서사를 구성하는 '나'도 일종의 이야기를 짓는 사람이다. '나'는 이야기가 모든 인간이 죽을 수밖에 없다는 사실을 부정하기 위해 고안해낸 헛된 발명품이라고 생각하면서도, 끊임없이 유진주가 아버지를 죽였다는 결말에 맞아떨어지는 그럴듯한 서사를 만들기 위해 애쓴다.

결국 유진주의 아버지의 출혈이 간암에 의한 것임이 밝혀지면서 그녀는 존속상해치사죄 무혐의에 방화죄 집행유예를 선고받고, 유진주가 아버지와의 고립된 삶을 견디지 못하고 살해를 저지른 수동적 희생자일 것이라는 '나'의 서사는 틀렸음이 증명된다. 그러나 여전히 풀리지 않는 의문을 가지고 있었던 '나'는 그녀를 만나기 위해 제주도로 떠나는데, 그녀의 방화 행위가 '억압의 표출'이자 '심리적 정화'일 것이라는 '나'의 정신분석학적 서사와 달리 그녀로부터 뜻밖의 이야기를 듣게 된다. 죽는 것도 죽지 않는 것도 걸맞지 않은 아버지의 이야기에 결말을 짓고 싶었다는 것, 그래서 마치 치매에 걸린 아버지의 마음을 이해한 사람처럼 불을 질렀다는 것, 그 순간 온전한 이해 속에서 "모든 이야기로부터 자유로워"(97쪽)졌다는 것. 언뜻 해방적이고 아름다운 결말처럼 보인다. 그러나 "아빠를 제가 만든 이야기로 바라보고 (…) 그래놓고서 아빠를 이해했다고 말하고 싶지 않았"다면서, 불을 지름으로써 이해에 도달했다고 믿는 것은 모순이 아닌가? 자신에 관해서 어떤 생각을 지우거나 남김으로써 "그럴싸한 이야기"(87쪽)를 지을 수밖에 없다면서, 모든 이야기로부터 자유로워졌다는 것은 비약이 아닌가? 그러니까 이 이야기는 정말 이렇게 끝나도 되는 것일까? 무엇보다 타인을 이해한다는 것이, 이해한다고 믿으면서 혼자 자유로워지는 것이어도 괜찮은 걸까? 이것은 그저 이해와 이야기 둘 모두를 포기하는 것 아닐까?

그럴 수도 있다. 다만 그녀가 돈각하듯 일순간에 타인에 대한 절대적인 깨달음을 얻은 것이 아니라면, 이 결말에서 중요한 것은 아버지에 대한 온전한 이해 여부가 아니라 차라리 유진주가 이야기 속으로 직접 걸어 들어가 스스로 마무리를 지었다는 사실일지 모른다. 아버지에게만은 이해받는다고 느꼈던 유진주는 학창시절 아버지가 했던 말을 고이 기억한다. "마음껏 생각하고 그중에서 가장 좋은 생각을 선택하면 되는 거야. 그리고 그게 너의 미래가 될 거야."(86쪽) 유진주는 아버지로부터 모든 이야기는 혼돈 속에서 채택되며 저마다의 개연성을 가지고 경합한다는 사실을 배웠다. 세상에 완벽하고도 매끄러운 서사는 없으며 모든 서사는 온통 울퉁불퉁하고 여기저기 튀어나오고 서로 부딪친다는 사실을. 그럼에도 불구하고 인간이 이야기에 기대지 않을 수 없다면 그것은 자신이 직접 짓고 지우고 남긴 이야기여야 한다는 사실을. 그러니 유진주는 "우리가 달까지 갈 수는 없지만 갈 수 있다는 듯이 걸어갈 수는 있다"(97쪽)는 '나'의 말을, 타인을 온전히 이해할 수는 없지만 그 불가능한 경지에 도달하기 위해 노력할 수는 있다는 의미가 아니라, 하나의 완전한 서사를 만들어낼 수는 없지만 자신의 힘으로 서사의 결말을 지어냄으로써 미래를 만들어나갈 수는 있다는 의미로 해석한 것이 아닐까.

다시 소설의 첫 장면으로 돌아가보면, 유진주가 자신이 만들어낸 이야기 속에서 스스로를 과거로 돌아가 미래를 바꿀 수 있는 시간여행자라고 여기는 이유를 이제 이해할 수 있다. 김연수의 같은 책에 실린 표제작 「이토록 평범한 미래」에는 한 소설 속에서 사랑의 종말을 앞둔 연인이 시간여행을 하는 대목이 나온다. 현재에서 미래로 흘러가는 원래의 삶을 살다가, 과거의 첫 만남을 향해 되돌아가는 삶을 경험하고, 다시 첫 만남부터 미래를 향해 시작되는 삶을 상상하는 것까지. 이 세번의 삶을 살면서 연인은 가장 좋은 미래를 꿈꾸고 만들어나간다. 특정한 구간을 무한히 반복하는 것은 아니지만, 비선형적으로 흘러가는 과거 또는 미래의 이야기를 당겨와 현재의 이야기를 재구성하는 루프적 시간은 이 책을 관통하는 테마 중 하나다. 정난주 이야기는 그 결말을 새로 짓는 손유미의 이야기로 영원히 반복되고, 유진주의 아버지 이야기는 그 결말을 만들어나가는 유진주의 이야기를 통해 새롭게 태어난다. 모든 이야기의 결말은 삶이라는 것. 이것이 바로 지금 소설이 말하고 있는 시간성의 리얼리티일지 모른다.

선물가게를 지나도 출구가
보이지 않는다면

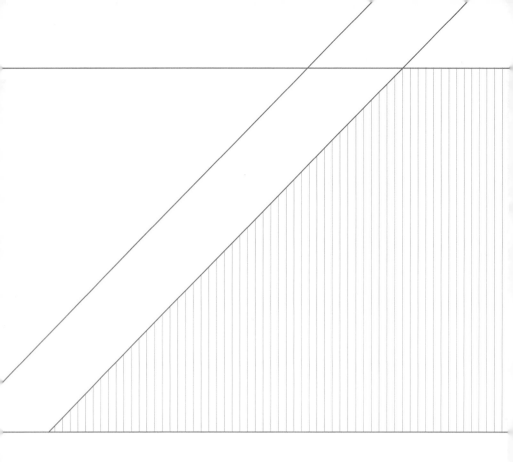

임지훈

한양대학교 국문과 및 동 대학원 졸업.
(「1980년대 최승자, 이성복, 기형도 시 연구」로 박사 학위를 받음)
2020년 『문화일보』, 『서울신문』 신춘문예 평론 부문 당선.
대표 저서로는 공저, 『지구 밖의 사랑』(넥서스, 2023)이 있다.
주요 관심사는 문학과 정신분석학이며,
최근에는 고전 게임, SF 서사, AI 담론 탐색을 취미로 하고 있다.
qkqnqkrtm@naver.com

선물가게를 지나도
출구가 보이지 않는다면

1.

〈선물 가게를 지나야 출구(Exit Through the Gift Shop)〉(뱅크시(Banksy), 2010)는 펑크 이후 가장 거대한 반문화 운동으로 평가되는 거리 예술(Street Art)에 대한 기록영화이다. 이 영화는 거리 예술의 태동기였던 1990년대 후반부터 거리 예술이 예술 사조의 한 부류로 인정받게 되는 2000년대 후반까지의 과정을 다루고 있다. 기성 미술계에서 받아들여질 수 없었던 다양한 형식적 시도와 그것을 타인의 사유지에 무단으로 전시한다는 특성, 그로인해 작업 도중 언제든 연행될 수 있다는 위험성이 결합하면서, 거리 예술은 미술계의 관성과 자본주의 체계에 반대하는 반문화 정치운동으로 자리 잡게 된다. 셰퍼드 페어리의 'Obey!(복종하라!)'에서부터 뱅크시의 '아트 테러리즘'에 이르기까지, 거리 예술은 그 시작에서부터 기성 문화에 대한 저항성, 위험성, 예술성이 공존하는 '테러리즘'[1]적 성격을 지닌 예술운동이었다.

그리고 이 모든 여정의 한가운데에는 '티에리 구에타'라는 남자가 존재한다. 뱅크시에 의해 "거리 예술의 가장 중심에 있는 남자"라고 소개되는 이 남자는, 사실 처음부터 예술가였던 것은 아니다. 그는 개인적인 트라우마로 인해 비디오카메라에 집착하는, 모든 것을 기록해야 한다는 강박을 지닌 특이한 남자였을 따름이다.

티에리는 자신이 거리 예술에 매력을 느끼게 된 것은 전적으로 자신의 사촌이자 거리 예술가였던 '인베이더'의 영향이었노라고 술회한다. 분해한 루빅스 큐브를 재료 삼아 만든 비디오게임 '스페이스 인베이더'의 캐릭터들을 거리 곳곳에 부착하던 인베이더의 작업을 밀착 기록하며, 티에리는 거리 예술의 불온성과 미학성(불온한 아름다움)에 깊이 빠져들게 된다.

이렇게 그의 이름은 차츰차츰 LA 거리 예술계에 퍼져가기 시작한다. 복종하라(Obey!)라는 문구로 유명한 '셰퍼드', 거대한 입술과 이빨 그림을 시그니쳐로 삼는 '스위트 투스 앤 사이클롭스', 시멘트 벽의 질감을 살리기 위해 건물 벽면에 대한 작업을 고집하는 '스운' 등, 이 시기 티에리는 LA를 거점으로 활동하는 다양한 거리 예술가들의 작업을 기록하며 그들과 교류하게 된다.

그런 그가 당대 거리 예술의 아이콘이었던 뱅크시를 만나게 된 건 우연이자 필연이었다고 할 수 있을 것이다. 2000년대 초반 웨스트 뱅크 지역의

---

1   "테러리즘을 원칙적으로 배격하는 사람은-즉, 의지가 굳은 무장 반혁명 세력에게 압박과 위협 조치를 취하는 것을 배격하는 사람은-노동계급이 지닌 최고의 정치적 지위와 노동계급의 혁명적 독재 개념을 부정하는 사람임에 틀림없다. 또한 프롤레타리아 독재를 배격하는 사람은 사회주의 혁명을 배격하는 것이며 사회주의의 무덤을 파는 자이다." L.트로츠키, 『테러리즘과 공산주의』, 노승영 역, 프레시안 북, 2007, 73쪽.

이스라엘-팔레스타인 장벽에 무단으로 작업한 반전주의 벽화로 인해 뱅크시는 이미 스타덤에 올라 있었다. 영국에서 있었던 그의 첫 전시회는 그가 그래피티를 비롯한 불법 행위로 인해 수배 중이라는 이유로 경찰에 의해 이틀 만에 중지되었지만, 그즈음에는 이런 사건마저도 유명세를 더해주는 하나의 에피소드에 불과했다. 뱅크시는 거리 예술의 저항성과 불온성, 미학성을 한눈에 보여주는 일종의 문화적 아이콘이었다.

당시 미국 전시회를 앞두고 현지인의 도움이 필요했던 뱅크시는 여러 루트를 통해 LA의 밤거리를 잘 알고 있는, 자신의 LA 작업과 미국 전시회에 도움을 줄 인물을 찾고 있었다. 이 소식이 이윽고 티에리에게까지 전해지고, 이때 이미 뱅크시에게 완전히 매료되어 있던 티에리는 자신이 할 수 있는 건 뭐든 다 하겠다며 그의 작업에 합류하게 된다. 티에리는 뱅크시의 일거수일투족을 추적하며 그의 작품을 비디오의 형태로 기록한다. 지금은 익히 알려진, 디즈니랜드에서 관타나모 수용자 모양의 풍선을 내걸었던 작업의 비디오 기록 또한 이 시기 티에리에 의해 촬영된 것이다. 이때 티에리는 보안 직원들에게 연행되어 취조를 당하기도 하지만, 뱅크시에 대해 아무것도 진술하지 않은 채 묵비권을 행사한다.

이처럼 티에리는 자신만의 미학과 정치를 실천하고자 거리를 예술 작품으로 채워간 예술가들의 최고의 기록자였다. 돌이켜 생각해보자면 작업 과정까지도 예술의 일부라고 할 수 있을 거리 예술에 있어, 티에리의 기록은 그 자체로 하나의 예술 작품과도 같았다고 말할 수도 있을 것이다. 하지만 불행하게도, 그에게는 감독적 자질이 전혀 없었으며 편집의 재능도 없었다고 한다. 실제로 티에리는 한번 녹화한 비디오를 다시 보거나 편집하는 일 없이 그저 '쳐박아'놨을 뿐이었다. 결국 보다 못한 뱅크시의 권유로 '거리 예술의 모든 과정을 담은' 한 편의 다큐멘터리영화의 편집 작업에 들어가게 되지만, 완성물은 아무런 맥락도 의미도 없이 자르고 붙인 조악한 수준의 물건이었던 것으로 보인다. 뱅크시는 훗날 그 작업물에 대해 심심한 아이가 끊임없이 TV 리모콘으로 채널을 돌려대는 것 같았다는 비아냥에 가까운 평을 남긴다.

결국 뱅크시는 티에리의 작업물을 반려하는 의미에서 "이러지 말고 작은 전시회라도 해보는 게 어때?"라고 말한다. 하지만 이 말을 진지한 작업 권유로 착각한 티에리는 곧 자신이 가진 전 재산을 투자해 스튜디오를 설립하고 그간 자신이 보아온 온갖 예술가들의 스타일을 흉내 내고 뒤섞은 뒤 복제하고 복사하여 전시회를 준비한다. 다른 예술가들이 자신만의 스타일을 가다듬기 위해 수년의 시간을 거리를 헤매었던 것과 달리, 티에리는 그들의 스타일을 조악하게 모방하는 것을 자신의 스타일이라 믿었던 것으로 보인다. 이를 위해 그는 수많은 조각가와 소품 제작자, 미술가와 컴퓨터 전문가 등을 고용한다. 티에리의 작업은 그가 특정 작품을 레퍼런스로 선택해 방향을 지시하면, 고용된 스태프가 레퍼런스에 따라 작업하는 방식으로 이루어졌고, 그렇게 수없이 많은 조악하고 부질없는, 모조품만도 못한 작품들이 완성된다. 하지만 이처럼 작품들이 만들어진다 할지라도, 티에리에게는 전시회에 대한 어떤 계획도 존재하지 않았기에 전시회 준비는 갈수록 더 미궁으로 빠져간다. 그는 단지 뱅크시를 비롯한 일련의 예술가들처럼 전시회를 하고 싶었을 따름이었다고 말한다. 그의 전시는 일당 노동자들이 부지런히 만들고 설치하는 가운데, 평소 친분이 있던 다른 전시회 기획자들의 도움을 받아 개방 두 시간 전 가까스로 전시회의 꼴을 갖추게 된다.

그간 티에리와 친분을 유지해오던 수많은 거리 예술가들이 그의 전시회를 홍보해준 덕에, 티에리의 전시회는 시작도 전부터 LA를 비롯한 미국 전역의 예술 애호가들과 수집가들의 관심을 받게 된다. 그 가운데 사전에 티에리의 작업물을 보거나 확인한 사람은 아무도 없었다. 때문에 그들은 모호하고 직접적이지 않은 문구들로 대중의 호기심을 자극할 수밖에 없었는데, 이와 같은 방식이 오히려 트리거가 된 탓에, 대중은 전시회가 시작하기도 전부터 그에게 열광한다. 결국 그의 작품은 전시회가 시작되기도 전에 수만 달러에 거래되기에 이르고, 이윽고 티에리는 미국 아트 마켓이 가장 주목하는 신예 작가로 거듭나게 된다. 그것이 바로 미스터 브레인워시 (Mr.Brainwash), 수많은 미술 작품을 판매해 수십억의 돈을 벌어들인 거물 작가의 탄생이었다. 그가 하는 일이란 레퍼런스를 정해 일당 노동자에게 보여주고, 만들어진 복제품에 덜떨어진 제목을 붙이는 것뿐이었다.

사실 거리 예술의 말로가 어떻게 될 것인가는 티에리가 전시회를 개최하기 전부터 이미 정해져 있던 것이나 마찬가지였다. 뱅크시를 비롯한 일군의 예술가들의 거리 예술 작품들이 아트 마켓에서 고가에 거래되고 있었기 때문이다. 영화에 등장하는 웬디 에셔의 표현을 빌리자면, 당시의 미국 아트 마켓은 그 시기를 이렇게 감각하고 있었다. "뱅크시의 대형 작품은 LA 전시 때에 구매했어요. 뱅크시를 보고 그가 천재라는 걸 직감했거든요. 제 얘기를 들은 사람들은 모두 뱅크시의 작품을 구매했어요. 피카소와 몬드리안, 파울 클레를 소장한 사람들이죠. 또 뭐가 있더라……. 아무튼 진지한 수집가들이에요." 일군의 거리 예술가들은 이미 '진지한 수집가들'의 눈에 포착된 새로운 유형의 상품이었던 셈이다. 그리고 그런 이들의 눈에 티에리는 좋은 공장을 가진 상품 제작자였을 따름이다. 일군의 미술가들의 보증수표를 작업물을 공개하기도 전에 받아낸 천재적인 제작자.

그간 티에리의 촬영물을 편집하며 거리 예술에 대한 다큐멘터리 작업을 하던 뱅크시는 이 일을 계기로 편집 방향을 바꾼다. 뱅크시의 눈에는 티에리가 미스터 브레인워시가 되는 과정이야말로 거리 예술의 끝을 보여주는 사건처럼 보였던 것 같다. 더 이상 거리 예술에 저항성과 불온성, 미학성은 존재하지 않으며, 이제 그것은 아트 마켓에서 거래되는 상품 목록 가운데 하나에 불과하다는 사실이 미스터 브레인워시의 탄생을 통해 선언된 셈이었다. 그는 거리 예술의 태동기에서부터 그것이 상품으로 입고되는 순간에 이르기까지, 이 모든 사건의 중심에 존재했다. 때문에 뱅크시는 이 영화를 티에리의 근 15년간의 행적을 담은 영화로, 미스터 브레인워시의 탄생과 활약을 그린 다큐멘터리로 편집하며 다음과 같은 제목을 붙인다. 〈선물 가게를 지나야 출구〉라고.

2.

고백하자면, 나는 내가 한국 문학의 경향에 대해 답한다는 것이 어떤 의미인지 잘 모르겠다. 그리고 솔직하게 말하자면, 한국 문학에 어떤 경향이 있는지도 사실은 잘 모르겠다. 물론 몇 가지의 수정주의적이고 대안주의적인 답변을 생각해보기도 했다. 예컨대 아무와도 불화하지 않을 수 있는 답변들. 최근 페미니즘 서사의 플롯과 그것의 급진성에 대해서라거나, 플랫폼 노동의 출현과 새로운 형태의 노동 문학의 발견이라거나, 신자유주의 체계 속 명랑 문학의 탄생이라거나, 퀴어 문학의 발전과 변곡점에 대해서라거나, '포스트 팬데믹' 소설에서 나타나는 징후적 측면에 대해서라거나, 페미니즘 리부트 이후 문학작품에서의 남성성에 대한 고찰이라거나 기후변화에 저항하는 문학이라거나 혹은 근래 있었던 여러 진지한 메타 평론을 묶어 평론의 진화와 수렴을 주제로 써보는 것도 재밌고 의미 있는 일이 되겠다고 생각했다.

하지만 어떤 주제를 고르더라도, 그것을 한국 문학의 경향이라 부르는 것은 어딘가 섣부른 측면이 있다는 생각이 들었다. 그게 정말 지금-여기 한국문학의 하나의 경향이라고 말하는 것도 석연찮거니와, 그 모든 것들에 대해 개별적으로 연구하고 서술한 뒤 종합하여 한 편의 글을 완성하더라도, 그래서 결론은 무엇이냐는 지점에 봉착하게 될 것 같았다. 그러니까, 한국 문학은 변화하고 있다? 그게 아니라면 한국 문학은 변화하고 있는 중인가? 이것도 반쯤 거짓말이다. 나는 이미 한국 문학의 경향성에 대해 여러 편의 글을 써보았다. 위에 언급한 목록은 그것들의 목록이다. 물론 대개가 미발표작이 되었고 앞으로도 발표하는 일 따위 없을 테지만, 각각은 나름 한국 문학의 경향성을 부분적으로나마 톺아볼 수 있는 유의미한 작업이지 않았을까 생각하기도 한다. 예컨대 저것들이 한국 문학의 경향성이 아닌 것은 아니지만, 그것을 전부 모은다 하여도 전체를 구성하진 못할 것이다. 누군가는 그것을 시도하여 실제로 해낼지 몰라도, 적어도 나는 아니다. 나에게 저 목록은 단지 부분에 대한 목록일 뿐이며, 심지어 그 목록의 제목을 한국 문학의 경향성이라고 지을 자신도 갖고 있지 못하다. 어쩌면 전체라는 것도 처음부터 존재하지 않는 허상에 불과한 것인지도 모른다.

내가 저 경향성에 대한 목록의 글을 발표하지 않기로 한 건, 이 작업을 거듭하면서 느낀 묘한 불쾌감 때문이다. 예컨대 이런 것이다. 무언가 빠진 하나가 있다. 그리고 그건 모두가 빠뜨리고 있는 어떤 무엇이다. 내가 저 목록 가운데 하나를 발표하는 대신 이 글을 쓰고 있는 이유는 그 때문이다. 한국 문학에 우리가 생각하는 종류의 일관되고 뚜렷한 경향성은 없다. 그 어느 때보다 다양한 담론이 얽히고설키는 가운데 자신의 진실을 주장하는 '좋은' 문학작품들이 그 어느 때보다 풍부하게 존재하는 곳, 그곳이 바로 지금의 한국 문학이다. 그러니 여기에서는 특정한 경향성에 대한 주창 대신 그와 같은 거대 담론의 성립 불가능성이 지니는 의미에 대해 묻고 답하는 것이 훨씬 진실되고 적확한 평론이지 않을까 생각한다.

다만 그와 같은 진실되고 적확한 평론에 대해서는 다른 이들에게 맡겨두고 싶다. 어차피 세상에는 보다 나은 분석력과 성실함을 갖춘 평론가들이 많으므로, 그리고 그와 같은 부분적인 경향성에 대해서는 나보다도 더 적확하게 이야기할 이들이 많이 있음을 이미 알고 있으므로. 그러니 여기에서 나는 그것들을 모두 조금 에두르는, 또 예전과 같은 비겁한 이야기를 해보고 싶다. 나는 지금의 한국 문학에 어떤 유효한 저항성이 존재하는가에 대해 의구심을 갖고 있기 때문이다. 물론 수많은 작품과 그에 대한 평론을 천천히 톺아보고 있자면, 우리가 다루는 글과 쓰고 있는 글들에는 무수히 많은 가능성의 지점이 존재함을 생각하게 된다. 하지만 그리하여 우리가 우리의 삶을 얼마만큼 더 나은 방향으로 나아가게 만들었는가에 대해서는 쉽사리 확신하지 못하겠다. 우리는 과연 어떤 방향을 향해 얼마만큼의 속도로 나아가고 있는 것일까.

아니, 그보다 먼저 물어야 할 것이 있다. 우리가 지금 존재하는 이곳은 대체 어디인가.

3.

사실 나는 뱅크시의 영화 〈선물 가게를 지나야 출구〉를 굉장히 좋아한다. 열정과 선의가 어처구니없는 시공간에서 조우할 때, 얼마나 황당하고 어이없는 결과를 만들어내는가를 아주 잘 보여주는 작품이기 때문이다. 우리 모두에게는 나름의 열정과 선의가 존재한다. 그 각각의 것이 옳다고 할지라도, 때로 그것들의 조합은 영 좋지 못한 결과를 불러일으키기도 한다. 마치 뱅크시가 티에리와 그의 작품에 대해 시간과 공간을 '잘 만났다'고 말하는 것처럼, 옳은 열정과 선의마저도 단지 적절한 시간과 공간을 만났다는 이유만으로 우리가 전혀 예상하지 못한 방향으로 굴절되어 빠르게 나아가곤 한다. 그리고 그건 거리 예술이라는 정치적이며 미학적 잠재성을 가진 예술 사조가 스스로를 아트 마켓에 투신시키고 다시는 기어 나오지 못하도록 못질까지 하게 만든 원인이기도 하다. 이 모든 것은 단지 서로 다른 각각의 올바른 열정과 선의가 어처구니없는 시공간에서 조우한 결과일 뿐이다. 이제 모든 거리 예술은 그것의 진의와 관계없이 아트 마켓과의 관계를 통해 사유된다. 예술가가 직접적으로 아트 마켓의 응시를 염두에 두고 있든 말든, 그들의 시선에 포착되기를 원하든 원하지 않는, 모든 종류의 거리 예술은 아트 마켓의 응시에 놓여 있다.

그런데 뱅크시의 영화, 〈선물 가게를 지나야 출구〉는 정말로 다큐멘터리일까? 이 영화에 등장하는 장면들은 정말로 그때 작업하던 예술가들의 모습을 촬영한 것일까? 아니면 사실은 이 모든 것이 뱅크시와 티에리에 의해 사후에 촬영되고 편집된 페이크 다큐인 것은 아닐까? 예컨대, 거리 예술이 점차 아트 마켓의 상품 목록에 편입되어가는 과정을 비꼬기 위해 기획된 하나의 농담 같은……. 그렇다면 이건 실패한 농담에 불과하다. 이것이 정말로 농담으로서 성립되려면 기획된 예술가로서의 미스터 브레인워시는 언제고 자신의 정체를 시장의 한가운데에서 스스로 폭로했어야만 했다. 농담이 그 자체에 내장된 최소 차이를 통해 스스로를 우스갯거리로 전락시킴으로써 이를 둘러싼 모든 담론 구조를 일시에 정지시키는 것처럼, 티에리 역시 어떤 방식으로든 아트 마켓의 재생산의 원환을 정지시키기 위한 제스쳐를, 티에리와 미스터 브레인워시에 존재하는 최소차이에 대해 폭로해야만 했다. 그러나 미스터 브레인워시는 여전히 대담하고 혁신적인 시도로 예술계를 뒤흔든, 팝아트 문화에 거대한 파문을 일으킨 거리 예술가로 남아 있다. 그는 아트 마켓의 재생산의 원환을 정지시키는 대신 미스터 브레인워시라는 상징적 인물과 자신을 완전히 동일시하고, 자신을 예술가라 부르는 것을 받아들임으로써 아트 마켓의 한가운데로 들어갔다.[2] 그렇게 그는 '진지한 수집가들'이 열광하는, 뱅크시와 같은 또 한 명의 예술가로 거듭났다.

진지한 수집가들이라니, 얼마나 우스운 멸칭인가. 진지할수록 우스워지는 존재라니.

그런데 나는 내가 저 진지한 수집가들과 그다지 다르지 않다고 생각한다. 더 솔직하게 말하자면, 저 진지한 수집가들이란 자본주의 구조 속에서 그다지 특수한 존재가 아니라고 생각한다. 어떤 상품에 대해, 그것의 가치가 저평가되어 있음을 파악하고 그것이 정상적으로 평가받기 이전에 매수함으로써 이후 차익을 실현하는 존재는 어떤 형태의 상품 시장에든 존재한

---

2   어쩌면 이 모든 과정과 담론들 또한 하나의 상품을 만들기 위한 절차에 불과할지도 모르겠다. 휘슬러 현대 갤러리의 한국어판 사이트에는 미스터 브레인워시에 대해 다음과 같이 소개하고 있다. "Mr. Brainwash라는 예명으로 활동하는 Thierry Guetta는 10년 넘게 현대 미술의 한계를 뛰어넘고 있습니다. 치밀하게 거리 예술과 팝아트를 충돌시켜 둘 사이의 접점을 찾는 예술가이죠. Mr. Brainwash는 큰 찬사를 받은 다큐멘터리 〈선물 가게를 지나야 출구 (Exit Through the Gift Shop)〉에 수록된 획기적인 영상으로 예술가로서 결정적인 순간을 맞이했습니다. 아카데미상 후보로 지명된 이 영화는 뱅크시처럼 예술을 대중에게 친숙하게 만드는 Mr. Brainwash와 함께 거리 예술 운동의 전개를 담아냅니다. 캐나다 브리티시컬럼비아 휘슬러에서 세계 어디로든 확실한 배송을 책임집니다. 전 세계 배송." https://ko.whistlerart.com/브레인워시 혹은 구글에 미스터 브레인워시를 검색했을 때 나오는 광고 페이지를 참조하라.

다. 우린 그들을 주식 거래자니 선물 거래자, 혹은 스카우터나 리셀러, 가상화폐 거래자라고 부르기도 한다. 그러니까 내가 하고 싶은 말은, '진지한 수집가들'이 욕먹을 존재는 결코 아니라는 뜻이다. 오히려 그들은 이 시장이 자본주의적 관점에서 건강하고 정상적으로 기능하고 있음을 보증하는 존재라고까지 칭해주고 싶다.

만약 그들이 미술품과 같은 예술 작품을 그러한 관점에서 바라보고 거래하기 때문에 욕을 먹어야 한다고 생각한다면, 그건 철저하게 잘못된 생각이다. 자본주의 체제 내에서 예술이 존속할 수 있는 방법은 '상품'으로 존재하는 길 외에는 없기 때문이다. 예컨대 거래 가능한 형태가 아닌 모든 예술형식은 이미 사라졌으며 사람들의 뇌리에서도 사라진 지 오래다. 그게 아니라면, 이전처럼 가난하고 괴로운 형태의 작업을 고수하는 수밖에 없다. 예컨대 인디나 언더그라운드 문화처럼, 혹은 이미 사라진 온라인 플랫폼 '던전'이나 『더 멀리』, 혹은 그 밖의 여전히 악전고투하고 있는 수많은 문예지처럼. 그들이 사라지거나 악전고투하고 있는 까닭은 단순하다. 자본주의 구조 속에서 알맞은 형태의 상품으로 제련되지 못했기 때문이다. 그들의 의도가 세련되지 못했다거나 혹은 별다른 가치를 지니지 못했기 때문이 아니다. 그리고 이 말은 반드시 그 역 또한 말해져야 한다. 지금 남아 있는 문예지와 출판사들은 결코 세련되고 멋진 의도를 실현하고 있기 때문에 존속 내지는 부흥한 것이 아니다. 그들은 이 사회에서 알맞은 형태의 상품으로 스스로를 제련하는 것에 성공했을 따름이다.

그럼에도 사람들은 종종 '상품'이라는 단어에 지독한 거부감을 표시한다. 솔직해지자. 당신이 거물 작가인 것은, 당신이 거물 평론가인 것은, 거물 편집자인 것은 스스로를 자본주의 시장 구조에 적합한 형태의 상품으로 가공하는 것에 (어느 순간) 성공한 것일 뿐, 그 외의 모든 스토리는 다만 환상에 불과하다. 혹은 남들보다 먼저 (시장에서) 저평가된 상품을 찾아 그것의 상품 가치를 증명하는 데 성공했을 따름이다. 사람들이 원하는, 모두가 공감하는 작품을 만들었다거나 혹은 찾아냈다거나 혹은 해설해냈다는 생각은 지금 시대에 있어선 단지 환상에 불과하다. 그리고 그건 결코 누군가에 의해 비난당하거나 비판받아야 할 특질이 아니다. 오히려 그건 우리가 지금 이 세계 속에서, 이 세계의 주민으로서, 이 세계가 존속될 수 있도록 충분히 올바른 형태로 기여하고 있음을 나타낸다. 그 모든 시도들이 자본주의 체제 속에서 문학이 공존하고 존속되며 유지될 수 있도록 만들었다. 그러니 이 모든 사람들이 없었다면, 문학은 일찌감치 사멸하거나 혹은 특정한 소수에 의해서만 향유되는 소수의 취향에 불과했을 것이다. 문학은 예술로서도 남지 못했을 것이다.

그럼에도 우리는 우리가 시장에 종사하는 노동자라는 사실을 자주, 의도적으로 망각한다. 지금 우리가 속해 있는 문학 시장의 경향성이란 이런 것이다. 스스로의 작업물에 대해 상품이라 이름 붙이기를 꺼려 하며 그와 같은 이야기들을 천박한 세속주의적 비난이라고 평가절하 하길 꺼리지 않는다. 그럼에도 불구하고 모든 작업물에는 일련의 숫자 코드와 바코드, 소비자 가격이 새겨진다. 이제 문학작품을 완성하는 것은 더 이상 작가도 평론가도 아니다. 일련의 미술 회화가 작가의 시그니처 사인을 통해 완성이 선포되었던 것처럼, 이제 문학작품은 ISBN과 바코드와 권장 소비자가가 새겨짐으로써 완성된다. 그럼에도 불구하고 우리는 상품이 아니라고 말할 수 있을까? 문학은 자본의 논리를 벗어나 있다고 말할 수 있을까? ISBN과 바코드와 권장 소비자가가 없는 문학에 대해서는 어떠한 상상도 불허된 이 세계 속에서?

4.

그럼에도 우리는 거듭해서 스스로가 노동자라는 사실을, 우리의 작업물이 하나의 상품이라는 사실을, 우리의 모든 작업이 문학 '시장'과 자본주의 체제의 재생산에 기여하는 결과로 이어진다는 사실을 애써 외면한다. 당신이 무엇을 다루고 무엇에 대해 이야기하느냐는 중요하지 않다. 문제는 그것이 다루어지는 형식에 있는 것이니 말이다. 그러니 지금 여기에, 문학 '시장'의 경향성에 대해 누군가 묻는다면, 그것은 "물론 나도 이 모든 게 상품이라는 건 알아, 하지만 이 모든 걸 상품이라고 생각하진 않아"라고 말하는, 물신주의적 부인에 빠진 자들의 가장무도회라고 답변하고 싶다.

우리는 흔히 팔기 위해 쓰는 작가를 비웃고 욕하지만, 팔리지 않는 작가를 딱히 기억하려고 애쓰지도 않는다. 많이 팔리고 그것이 대중적이라고 느껴질수록, 우리는 진정성이라는 허구의 개념을 등장시켜 작품의 가치를 평가절하 한다. 예컨대 우리에게 있어 진정성이란 내가 연루된 상품보다 많이 팔리는 상품의 가치를 떨어뜨리기 위해 조직되는 하나의 루머에 지나지 않는다. 아니, 말을 조금 수정하자. 지금 우리가 살고 있는 시대는 진정성이라는 것이 하나의 루머에 불과해져버린 시대이다. 지금 우리가 사용하는 진정성이라는 용어는 이 모든 사태를 스스로에게 납득시키기 위한 방편에 지나지 않는다.

비약을 거쳐 묻자면, 그리하여 문학은 얼마만큼 우리의 삶을 나은 방향으로, 얼마만큼의 속도로 이끌어가고 있는가. 아니, 그 이전에 우리가 나아가고 있는 이곳은 대체 어디인가. 우리는 모두 시장의 테두리 안에서 허락된 방향을 향해 허락된 속도로 나아가고 있을 뿐이지 않나. 다만 스스로를 시장과 별 상관없는 존재라 생각하며, 이 모든 세상이 잘못되어 가고 있다

선부르게 진단하고 판단하며 비웃을 뿐인 '아름다운 영혼'에 불과한 모습으로. 만약 문학이 세상을 바꿀 힘을 여전히 가지고 있다고 생각한다면, 나는 그와 같은 믿음이 바로 문학이라는 상품의 효과라고 말하며 거부하고 싶다. 예컨대, 우리가 속해 있는 이 시장에서 거래되는 것은 바로 그와 같은 믿음이며, 문학이란 그와 같은 믿음을 알맞게 조리한 하나의 상품 형식이라고 말이다.

조금 다른 이야기를 해보자. 나는 멜론이나 애플뮤직을 비롯한 음원 스트리밍 사이트를 극도로 혐오한다. 차트의 형태로 음악을 줄 세우는 방식에서부터 메인 화면의 음원 추천, 특정한 아티스트에 대한 의도적인 노출 방식에 이르기까지, 이 모든 것이 지독한 농담처럼 느껴진다. 왜냐하면 이 모든 방식에 덧붙여진 글에는 '마음', '사람', '사랑', '진심', '창조', '비판', '내면', '진실', '위로', 심지어는 '진리' 따위의 단어들이 수식되어 있기 때문이다. 예컨대 이들은 그와 같은 단어들을 차용하고 일정한 형태로 조합함으로써 자신들이 음악을 상품으로 거래하고 있다는 사실을 숨기고, 구매자로 하여금 자신이 예술 작품을 상품으로써 다루고 있다는 사실을 망각하게 만들려 노력하는 것처럼 보인다. 이미 예술이 상품이 되어버린 시대 속에서, 이와 같은 형태는 그 자체로 기만적이다. 흡사 이들은 특정한 예술 형식의 존속을 위해 애쓰는 주체적 생산자처럼 보이기까지 한다.

하지만 생각해보자면 예술이란 그 등장에서부터 거대 자본에 우호적이었다. 모든 예술 형식이 당대의 체제나 구조, 혹은 권력 집단과 불화하며 성장해온 것은 아니다. 중세 시대만 보더라도 알 수 있듯, 권력자나 자본가의 금전적 후원은 예술이라는 형식을 지탱해온 큰 줄기 가운데 하나였다. 그럼에도 지금 시대에 이와 같은 스트리밍 사이트들이 스스로의 존재 방식을 감추고 기만하며 속이는 까닭은 자신들이 다루는 상품의 특징을 아주 잘 알고 있다는 반증이다. 예컨대, 이 시장의 구매자들은 이것을 상품으로 알고 거래하기를 원하지 않는다. 그들이 원하는 것은 상품이라는 태그를 지운 상품, 마치 아직 상품화되지 않은 상품처럼, 혹은 다른 누군가가 아직 미처 소지하거나 그 가치를 인지하지 못한 상품이라는 것을 아주 잘 알고 있다. 그렇기에 이들은 직접적으로 금전적 비유를 통해 홍보하지 않으며, 그것을 제외한 나머지 모든 가치를 총동원해 홍보에 나선다. 스트리밍 사이트의 구매자는 이와 같은 홍보를 통해 상품을 접하며, 동일한 가치를 지닌 다른 대상에 비해 자신의 만족에 더 큰 기여를 할 것이라 생각하며 대상을 선택한다.

이와 같은 방식을 우리는 가장 자본주의적이라고 생각되는 가상 화폐 시장에서도 유사하게 확인할 수 있다. 가상 화폐 시장은 물리적 실체를 소유하지 않은, 오직 상징적 가치만을 가질 뿐인 대상을 상품으로 취급한다는 점에서 환율 시장만큼이나 가장 자본주의적인 시장이다. 그럼에도 불구하고 이 시장에서는 결코 자신들의 가치를 금전적인 방식을 통해 제시하거나 과시하지 않는다. 이들이 내세우는 마케팅 방식 역시 금전적 가치를 제외한 나머지 모든 가치에 대해 고려하게 만드는 것이다. 그 가운데 이들이 대표적으로 내세우는 것은 기술의 현실적인 응용 가능성과 미래에 대한 가치이다. 이 두 가지를 결합함으로써 판매자들은 구매자들에게 자신의 구매 행위를 투자로 인식하게 만드는 환상을 제공한다. 마치 음원 시장의 구매자가 자신이 행한 것이 상품에 대한 구매가 아닌 해당 뮤지션과 장르에 대한 투자라고 착각하게 만드는 것과 동일한 방식으로 말이다. 여기에는 특수하면서도 보편적인 구매 심리가 작동한다. 그것은 시장에 참여하는 절대다수가 그 가치를 미처 파악하기 전에 자신이 그것의 가치를 선점했다고 생각하는 인식이다. 이 인식의 이면에는 어떤 형태로든 차익을 실현시키겠다는 자본주의적 의식이 전제되어 있다. 비록 그것이 취향의 문제라 할지라도, 그와 같은 취향 역시 차후 대중의 반응을 통해 그 차익이 실현되는 자본주의적 형태로 구성되어 있음을 인지해야 한다.

그와 같은 관점을 알라딘, 교보문고, 예스24를 비롯한 대형 온라인 서점 사이트에 적용해보자. 이 사이트들은 과연 빗썸, 업비트, 바이낸스를 비롯한 대형 온라인 가상화폐 거래 사이트와 무엇이 얼마만큼 다른가. 직관적으로 구현된 메인 화면에서부터 일간, 주간, 월간, 연간으로 구성된 판매 차트에 이르기까지. 솔직하게 말하자면, 나는 대형 온라인 서점 사이트의 판매 순위 차트가 가상화폐 구매 사이트의 차트보다 훨씬 더 악질이라고 말하고 싶다. 왜냐하면 이와 같은 사이트에서는 직접적인 판매량을 보여주는 것이 아니라 자신들의 자체 집계에 따라 순위를 매기고, 여기에서 더 나아가 '세일즈 포인트'로 대표되는 이해할 수 없는 계산 방식을 해당 작품에 대한 일종의 지표로 활용하기 때문이다. 이들은 그것을 상대적으로 덜 직관적인 숫자의 형태로 늘 노출시키지만, 결코 그것을 주식이나 가상 화폐 거래 사이트에서와 같은 직관적인 형태의 그래프 형태로는 보여주지 않는다. 이 직관성을 둘러싼 가림막으로 인해 우리는 지금 우리 앞에 노출된 작품이 과연 시장에서 상품으로서 얼마만큼의 실질적 가치를 가지고 있으며 어떤 효과를 발생시키고 있는지 유추할 수 없으면서도, 불필요한 오해를 통해 상품의 구매 의사에 영향을 받게 된다. 이와 같은 구조는 심지어 상품의 제작자인 작가마저도, 자신의 작품이 해당 사이트를 통해 얼마만큼 판매되고 있는지 알 수 없게끔 구성되어 있다. 우리가 보고 느끼는 것이란 사이트 운영자와 MD라 이름 붙여진 대리자에 의해 구성된 환상에 불과하다. 구태여 지록위마와 같은 사자성어를 사용하지 않더라도, 주요 일간지를 통한 보도 자료 배포와 온라인 서점 사이트의 메인 노출만으로도 우리는 얼마든지 위대한 예술가를 창조할 수 있는 시대에 살고 있다.

독서 계층의 절대다수가 온라인 서점 사이트를 통해 책을 구매하게 된 현실 속에서, 우리가 구매 전 상품에 대해 보고 느끼는 것이란 과연 무엇일까. 우리는 이와 같은 선택의 과정을 유튜브의 알고리즘보다 낫고 투명하며 양심적이라고 말할 수 있을까? 시장에 속한 거대 자본의 대리자가 상품을 고르고 선택하여 우리의 눈앞에 펼쳐두고, 각 상품의 비교 우위를 불투명한 방식으로 제시하는 이 시장이 스트리밍 서비스나 유튜브와 같은 콘텐츠 플랫폼보다 훨씬 나쁜 상황인 것은 아닐까? 그리고 이와 같은 시장의 현 상황이 미스터 브레인워시를 둘러싸고 벌어진 미국 아트 마켓의 촌극과 다르다고 말할 수 있을까. 아니, 더 나쁘지 않다고 말할 수나 있을까?

5.

지금 이 시장에 전과 같은 의미에서의 평론가는 없다. 단지 상품 소개 페이지의 문구를 작성하는 독서 애호가만이 존재할 뿐이다. 자조 섞인 발언이 아니라 사실이 그렇다. 우리는 그저 그런 온라인 판매 사이트의 상품 소개자에 불과할 따름이며, 이 시장 내에서 나름의 발언권과 팔로워를 가졌다는 허상에 기대어 사실을 외면하고 있을 따름인 가장무도회의 참석자에 불과하다. 그 허상을 걷어냈을 때 그 자리에 남아 있는 것은 윤리, 욕망, 신뢰, 믿음, 사랑, 진실, 진리와 같은 키워드를 활용해 일련의 문구를 만들어내는, 어쩌면 AI에 의해 금방이라도 밀려나고 말 카드 문구 제작자들이라는 초라하고 왜소한 모습에 불과하다.

어쩌다 사태가 이렇게 되었을까? 그건 문학이 더 이상 문화로 남아 있지 못하게 되었기 때문이다. 문학이 문화였던 시대로부터, 그 모든 가치와 권리를 시장에 일임하며 다만 쓰는 자로 전락함과 동시에 그 모든 권리를 포기했기 때문이다. 다만 누군가 읽어주기를, 다만 누군가 나의 글을 독자들에게 매개해주기를 바라는 순간 이 모든 운명은 이미 결정된 것이나 다름없다. 우리는 끊임없이 게을렀고 부지런히 스스로의 권리를 포기했다. 그렇기에 문학은 더 이상 문화가 아닌, 상품 시장에 불과해져버렸다. ISBN과 바코드, 소비자가 작가의 사인 대신 기입되어 작품의 완성을 알리는 시대에 마치 불시착한 것 같은 표정으로 자신의 무죄를 항변하고 있을 뿐이다.

어쩌면 우리가 밟아온 그 수십 년의 과정 역시 〈선물 가게를 지나야 출구〉의 여정과 별반 다르지 않을지도 모르겠다. 저항성과 위험성과 미학성을 담지하고 있던 언어들은 어느새 시장의 응시를 의식하며 알고리즘에 의해 선택받길 바라는 CP의 언어로 변질되고 말았다. 하지만 생각해보면 그건 자본주의의 당연한 작용이다. 자본주의는 자신을 향한 저항을 불허하지 않는다. 자본주의는 자신을 향한 저항을 상품의 형태로 뒤바꿈으로써 변이시킨다. 그러곤 다음과 같이 말한다. "당신이 진정으로 윤리적인 사람이라면, 이 상품을 구매하고 소비함으로써 자신의 윤리를 증명하라!" 체 게바라가 그렇고, 성 정체성이 그렇고, 페미니즘이 그러하며, 심지어는 공산주의마저도, 그리하여 월가 시위까지도, 자본주의는 별반 다르지 않은 시선으로 바라본다. 그 모든 가능성이 현실화되기도 전에 자본주의 체제는 빠르게 그것들을 상품의 형식으로 번역하여 자신들의 목록에 추가시킨다. 우리가 가진 티셔츠와 에코 백은 죽고 사멸해버린 모든 혁명적 시도들의 목록이자 묘비명이다.

그러니 지금 여기에서 우리에게 필요한 건 문학 시장의 어떤 경향성을 확인하고 그것이 주류가 되었다고 승인하는 일이 아니다. 그와 같은 행동은 단지 자신이 '진지한 수집가들'의 한 부류임을 시인하는 행동에 불과해져버리고 말았다. 지금 우리가 해야 할 일은, 문학이 더 이상 문화가 아니게 되었음을, 시장에서 거래되는 상품의 한 종류에 불과하게 되었음을 시인하는 일이다. 그리고 바로 그 자리, 문화가 사멸해버린 그 폐허로부터 다시금 문학을 문화로 만들기 위한 새로운 시도에 대해 상상해야 한다. ISBN과 바코드와 권장 소비자가에 승인받지 않는 문학의 형태에 대해 고심해야 한다. 지금 우리가 속한 문학에 존재하는 유일한 경향성이란 문학이 더 이상 문화가 아니게 되었다는 사실 하나뿐이기 때문이다.

6.

우리에겐 이와 같은 시도를 상상하고 실현에 옮길 순간이 2000년 이후에도 여러 번 존재했다. 독립 문예지에서부터 새로운 출판사의 출현과 새로운 형태의 문예지의 창간, 심지어는 미래파에 대한 담론의 형성과 세월호 이후의 윤리에 대한 탐색, 페미니즘 리부트, 비거니즘, 퀴어를 비롯한 성 정체성에 대한 담론, 기후변화에 대한 실천의 모색, 그리고 그 외의 모든 일탈적이고 파괴적인 시도들과 담론의 구성에 이르기까지. 이 모든 사건과 담론들은 그 자체로 우리가 자본을 벗어난 문학에 대해 상상하고 시도해 볼 수 있는 하나의 계기였다. 그러나 그 모든 시도들은 미스터 브레인워시가 태어나는 결과만을 낳았을 뿐이다. 우리는 그때마다 해당 시기의 해당 담론에 대한 대표적인 작가만을 만들었을 뿐, 우리만의 독자적인 문화를 만드는 것에 실패했다. 모든 것을 시장을 매개로 하는 소비 형태의 한 종류로 편입시키는 것에 급급했고, 그것을 성공이라고, 문화의 지속이라고 에두르기 바빴다. 그리고 그곳에 선 모든 이들 또한 거대 자본 속으로 편입되기를 기피하지 않았다. 그 결과로 우리는 고유한 문화를 가지지 못한, 단지 자본의 응시를 의식하면서도 애써 부인함으로써 지속되는 가면무도회의 참여자로 전락하고 말았다. 더 이상 문학은 시대 의식을 대변하지 않는다. 문학이 대변하는 것은 시장의 소비 형태의 추이일 따름이다. 그것이 바로 '지금-여기' 문학의 경향성이다.

알라딘을 통해 책을 구매할 때면, '이 주문에 포함된 사은품'이라는 페이지가 뜬다. 구매 금액에 해당하는 마일리지로 받을 수 있는 상품들을 보여주는 것인데, 대부분의 상품은 달력이나 머그잔, 문구류, 책갈피 따위에 지나지 않는 것들임에도 시중의 상품보다 더 비싼 가격이 책정되어 있다. 이들이 물건을 이와 같은 방식으로 판매할 수 있는 까닭은 단지 이 상품들에 특정한 작가, 특정한 작품의 글귀가 새겨져 있기 때문이다. 예컨대 그 가운데 한 상품을 훑어보자면 '2022 플래너'라 새겨진 상품에는 한강의 『작별하지 않는다』와 동일한 표지 디자인, 심지어 작가의 이름까지 들어가 있다. 그들은 이것을 적게는 10만 원에서 많게는 30만 원 어치의 상품을 구매해야 주어지는 3,000마일리지에 판매하고 있다. 나는 이것이 〈선물 가게를 지나야 출구〉라는 말보다 더욱 고약한 농담이라고 생각한다.

아니, 사실을 말하자면 상황은 더욱 심각하다. 여기에서 '다음 단계'를 클릭하면, 그때서야 내가 선택한 상품에 대한 구매 절차를 안내하는 페이지가 뜬다. 그러니까 현실은 〈선물 가게를 지나야 출구〉가 아니라, 선물 가게를 빠져나와서야 가까스로 선물 가게 앞에 서는 셈이 아닐까? 우리는 선물 가게를 지나면 당연히 출구를 마주하게 되리라 생각하지만, 정작 전시회장을 빠져나와도 마주하는 것은 더욱 거대하고 화려한 선물 가게이다.

하지만 우리는 생각하는 것이다. 선물 가게를 빠져나왔으니 이곳은 전시회장 바깥이라고. 마치, 디즈니랜드를 빠져나왔으니 세계는 디즈니랜드가 아니라고 믿는 순진하고 고약한 사람들처럼. 그들은 우리를 향해 소리칠 것이다. "여긴 더 이상 디즈니랜드가 아냐! 이젠 디즈니랜드를 위해 성실하게 살 차례야!"

나는 이것이 문학이 처한 상황에 대한 일종의 고매한 알레고리가 아닌가 생각한다. 우리는 종종 문학 안에서 탈출구를 모색하고, 문학이 세계를 바꿀 수 있을 것이라 생각한다. 그렇기에 우리는 특정한 문학작품이 세계의 질서를 교란시키고 오염시킨다는 표현을 서슴치 않는다. 이와 같은 표현은 그 자체로 문제적이다. 자본주의 체제는 그와 같은 교란과 오염을 새로운 상품의 출현으로 뒤바꾼다는 사실을 은폐시키기 때문이다. 즉, 그와 같은 표현은 저항을 새로운 상품의 형식으로 뒤바꾸는 자본주의 자체의 형식을 은폐시킨다는 점에서 더욱 문제적이다. 우리가 어떤 특정한 것을 오염 내지는 교란이라 지칭하는 순간, 자본주의는 다음과 같이 반응한다. "좋아, 이번에 티셔츠에 새길 문구는 저게 좋겠어." 그리고 그 위에 다음과 같이 새겨 넣는 것이다. '한정판. 마감 임박. 담론이 끝나기 전에 구매하세요!'

세계는 이미 스트리밍 서비스와 컨텐츠 플랫폼 사이트의 알고리즘이 빅 브라더로 군림하고 있다. 그들은 우리에게 보여줘야 할 것과 보여주지 말아야 할 것을 자신들의 논리로 선택한다. 그리고 그 논리에 대해서는 기업 기밀이라는 이름으로 결코 공개하지 않는다. 그와 같은 논리를 구성하는 방식 자체가 일종의 기업 경쟁력이라는 이름으로 통용되는 것이 바로 세계의 경향성이다. 예컨대, 자신들만의 빅브라더를 건조하는 것, 그리고 그 속에서 일련의 윤리적 담론을 통해 매개된 감정을 챌린지라는 이름으로 판매할 것. 팬데믹으로 앞당겨진 언택트 시대의 도래와 뉴 노멀의 진정한 의미란 이런 것이다. 네가 무엇을 볼지, 무엇을 느낄지, 무엇을 생각할지는 알고리즘이 정해준다. 너는 알고리즘 내에서 선택을 하면 된다. 너의 선택을 끝없이 지켜보며 알고리즘은 너를 학습할 것이고, 계속해서 네가 좋아할 것들을 골라줄 것이다. 그렇게 당신이 하나의 작품을 구경하고 나면, 그 아래에는 구글의 광고가 그와 연관된 광고를 보여준다. 심지어 이들은 당신조차 모르는 당신의 성적 취향마저 알고 있으며, 그것을 계도하는 것이 아니라 은밀하게 이끌어간다. 그리고 이 모든 취향과 선택은 윤리라는 이름으로 빅 브라더에 의해 승인된다. 당신이 할 수 없는 것은 애당초 선택지에 추가되지 않는다. 빅 브라더는 진심으로 당신의 안전한 쇠락을 기원한다.

알라딘, 교보문고, 예스 24와 같은 대형 온라인 서점도 이와 다르지 않다. 그들은 우리에게 우선적으로 보여줘야 할 상품을 선택하고 당신이 불쾌해하지 않을 알맞은 형태로 진열한다. 우리가 한 권의 책을 클릭하면 알고리즘은 그만큼 우리에 대해 학습해 우리가 선택할 다음 책을 우리보다 한발 앞서 선택한다. 판매량조차 투명하게 공개하지 않는다는 점에서 이 알고리즘의 규칙성은 유튜브의 알고리즘보다도 더 악질적이다. 그 속에서 우리에게 주어지는 것은 알고리즘이 허락한 내에서의 선택뿐이다. 의미는 MD가 규정할 것이며, 우리의 독서는 자주 그와 같은 의미를 재생산하는 것에 그치고 말 것이다. 그리고 이건 창작자 또한 마찬가지이다. 당신의 작품은 더 이상 완성도나 의미를 기준으로 판단되지 않을 것이다. 표지 디자인과 MD의 눈길에 선택되느냐 아니냐로 규정될 것이다. 그리고 MD의 선택 또한 일정한 가이드 속에서 이루어진다는 점에서, 우리는 모두 알고리즘 속에 갇혀 있다 할 수 있을 것이다.

우리는 이미 통 속의 뇌다. 알고리즘이라는 최첨단 자본주의에 의해 분비되는 신경 물질을 먹고 사는 통 속의 뇌. 새로운 좌절과 실패의 가능성이 모두 거세된, 단지 서서히 퇴락하는 것만이 예정된 존재들. 그 속에서, 알고리즘은 우리를 새로운 실패의 활로 대신 다정한 퇴락의 길로 안내할 것이다. 당신의 취향을 더욱 편향된 방향으로 확증시켜가면서, 당신은 결코 틀리지 않았다고 속삭여주면서, 당신과 같은 생각을 하는 친구들이 이렇게나 많다는 사실을 거듭 보여주면서, 당신이 세계에 맞서 진실로 실패할 기회를 박탈함으로써.

이것은 특정한 기업 내지는 특정한 형태의 알고리즘에 대한 비판이 아니다. 알고리즘 그 자체에 대한 비판이다. 이 모든 이야기가 새로울 것 없는 낡고 비루한 것이라 생각한다면, 그건 내가 처음부터 이들 가운데 가장 어리고 늙은 평론가로 태어났기 때문이다. 나는 이들 가운데 가장 어리고 늙은 평론가로 평생을 늙어갈 것이다. 그렇기에 나는 한국 문학의 경향에 대해 이 이상의 답변을 내놓기 어렵다. 이제는 모든 구매와 독서, 그에 따른 재생산에 어떠한 독립적인 경향성도 존재한다고 확신하지 않는다.

그렇기에 조금 비유적으로 말하자면, 나는 지금의 문학이라는 것이 '출구'라는 이름의 선물 가게에 지나지 않는다고 생각한다. 그리고 이 선물 가게에서 조금 벗어난 곳에는 또 다른 선물 가게가 위치하고 있을 것이며, 이 선물 가게의 바깥에는 보다 큰 규모의 선물 가게가 존재하고 있을 것이다. 이 세계에 더 이상 선물 가게 바깥은 없다. 여기에는 무수히 많은 교란과 오염이 판매되고 있지만, 그것은 모두 시장의 허락을 받은 상품에 지나지 않는다. 우리가 정해진 틀 안에서 할 수 있는 일이라곤 그와 같은 상품을 판매하고 소비하며 세상에 기여하고 있다는 최소한의 도덕적 양심을 손에 넣는 것이다. 이 시장에서는 도덕적 양심이 최고의 베스트셀러이자 흥행이 보장된 기획인 것이다. 그래서 나는 이 시장이 오직 금전적 이익만을 목적으로 하는 시장보다 더 기형적이고 비틀린 것은 아닐지 생각하게 된다.

7.

나는 지금 우리에게 필요한 행동이 정해진 프레임 내에서 하나의 돌출된 성향에 대해 그것을 한국 문학의 경향이라 승인하는 일 뿐이라고는 생각하지 않는다. 물론 그것은 여전히 충분한 가치를 지닌 행동이며, 누군가에 의해서는 계속적으로 이루어져야 하는 과정이기도 하다. 하지만 지금 이 시간 속에서, 문학평론가가 할 수 있는 일이 그것뿐이라고는 생각하지 않는다. 지금 우리에게 요구되는, 문학평론가가 해야 하는 일에는 거대 자본의 매개로부터 벗어난 새로운 형태의 문학에 대해 상상하는 일 또한 추가되어야 한다고 생각한다. 우리가 문학작품을 전시하고 그것에 대해 이야기를 나누는 방식이 대형 출판사와 대형 문예지, 대형 유통업체를 통하는 길뿐이라고는 생각하지 않는다. 어쩌면 우리가 문학을 전시하는 방식이 오직 책의 형태일 뿐이라는 생각도 시장이 만들어낸 환상의 일부일지도 모른다고 의심해야 한다고 생각한다. 만약 우리가 책의 형태를 포기하게 된다면, 대형 문예지의 매개를 포기하게 된다면, 대형 출판사의 매개와 대형 온라인 서점의 유통을 포기하게 된다면, 우리는 역설적으로 더 다양한 방식의 '새로운' 형식의 문학을 시도할 수 있게 될지도 모른다. 비록 이 모든 상상이 그것을 통한 금전적 보상을 포기하는 것을 전제로 한다는 점에서 허무맹랑하게 들릴 위험성을 내포하고 있다고 할지라도 말이다.

2023년 제24회 젊은평론가상 수상작품집

그런데 문화란 그런 것이지 않은가? 모든 문화는 금전적 보상을 매개로 하는 것을 포기하는 것에서부터 시작하지 않았는가? 단지 재밌기 때문에, 필요하기 때문에, 저항할 필요가 있기 때문에 그것을 시작하고, 그런 사람들이 하나둘 모여 단체를 이루고 공간을 점유하며, 그리하여 또 하나의 문화로 거듭나지 않았던가. 지금의 홍대, 이태원, 북촌, 충무로, 문래동을 비롯한 여러 공간 또한 그렇게 시작되었으되, 다만 지금에 와서는 자본에 의해 점차 침식됨으로써 본래의 문화적 특질을 상실해가고 있을 따름인 것처럼 말이다. 예컨대, 처음부터 자본에 의해 기획되고 형성된 문화는 없다. 모든 문화는 형성 및 성립 이후 그것의 시장에서의 가능성으로 말미암아 침식되고 만 것이지, 처음부터 금전적 보상을 전제로 하여 만들어지는 새로운 문화는 존재하지 않는다. 대중은 바보가 아니기에, 그것을 누구보다 빨리 알아차린다. 그러한 의미에서, 자본주의가 할 수 없는 유일한 일은 문화를 새롭게 형성하는 일이고, 문학이 자본주의로부터 벗어날 수 있는 유일한 방법은 스스로 새로운 문화를 형성하고자 노력하는 것이다. 오직 문학에 의한, 문학만을 위한, 문학에 의한 새로운 문화의 형성. 창의성이란, 독립성이란, 저항성이란, 불온함이란, 그리하여 미학이란 금전적 보상을 전제로 하는 것이 아닌 쓰는 자, 읽는 자, 만드는 자의 자체적인 목적을 유일한 목표로 할 때 성립된다. 그리고 이 모든 것은 자본주의의 응시와 그로부터 구성되는 환상의 영역을 개의치 않고 정면으로 걸어 나갈 때, 비로소 가능해진다.

앞서 나는 거리 예술에 대해 다음과 같이 정의한 바 있다. 기성 미술계에서 받아들여질 수 없었던 다양한 형식적 시도와 그것을 타인의 사유지에 무단으로 전시한다는 불법성, 그로 인해 작업 도중 언제든 연행될 수 있다는 위험성. 예컨대 저항성, 위험성, 예술성의 공존이 거리 예술의 미학적 가치를 형성했다고 말이다. 그에 비춰 생각해보자면, 지금 우리의 문학은 너무나 안전하고, 너무나 위험하지 않다. 오직 다른 모든 것들이 아닌 문학을 선택했다는 위험성 외에는 어떠한 위험도 존재하지 않는다. 하지만 이 정도의 위험성은 자본주의 체제 내에서 다른 어떠한 선택에 대해서도 존재한다. 따라서, 만약 우리가 문학을 하나의 문화로 만들고자 한다면, 그것은 단지 우리가 다른 모든 것이 아닌 문학을 선택했다는 것 하나만으로는 이루어지지 않는다. 우리는 문학이 어떻게 다시금 저항적이고 위험하며 예술적인 것이 될 수 있을지, 어떻게 해야 특유의 불온성을 재구성할 수 있을지에 대해 고민해야 한다. 예컨대 사포가 사랑에 대해 말하기 위해 문학을 선택했던 것처럼. 지금 우리에게는 문학 내에서의 고민이 아니라, 문학을 제외한 세계 일반에 대해 어떻게 문학을 재구성하고 의미화할 수 있을지에 대한 영구적인 고민을 떠맡는 제스처가 필요하다.

당연하겠지만 이 모든 제스처의 시발점은 기성의 문학적 형식과의 완전한 단절이다. 기성 문학작품에 대한 테러리즘으로서의 문학. 위에 거론한 ISBN 없는 문학은 그 가운데 하나의 예시에 불과하다. 모든 문학작품이 소비자가를 통해 시장을 거쳐 거래된다면, 테러리즘으로서의 문학은 비매품의 형태로 지하로부터 불온하게 퍼져 나가 서서히 확산되어야 한다. 기존의 문학작품이 문예지를 비롯한 시장의 허락된 지면을 통해 전시되어 왔다면, 테러리즘으로서의 문학은 그와는 다른 활로이자 절대다수의 시민들이 마주칠 수밖에 없는 공공의 장소에 허락되지 않은 시간에 전시되어야 한다. 기존의 문학작품이 기성 권력의 견인하에 새로운 세대로 호명받으며 양지로 끌어올려졌다면, 테러리즘으로서의 문학은 어떠한 작가의 이름도 없는 무명의 작품으로서 존재해야 한다. 기존의 문학이 구매 절차를 통해 시장이 허락한 시공간 속에 노출되어 왔다면, 테러리즘으로서의 문학은 부지불식간에 시장의 한가운데에 거래 불가능한 증여물로서 놓여 있어야 한다. 그리고 이 모든 것을 공유하고 함께하기 위한 다수의 소규모 공동체가 조직되어야만 한다. 예컨대 조합, 혹은 노조, 혹은 두레, 혹은 동아리, 혹은 테러리즘 단체로 스스로를 자임해야 한다.

만약 그것이 힘들다면 다음과 같은 사례가 하나의 예시가 될 수도 있을 것이다. 자본주의의 시스템과 민주주의 시스템을 누구보다 진심으로 믿어라. 그리하여 그와 같은 제도를 끝까지 밀고 나가 제도 자체가 파열할 때까지 믿음을 견지해라. 가령 레딧을 중심으로 대형 헤지펀드의 공매도 포지션에 대항한 게임스탑 주식 폭등 사건처럼. 혹은 2009년 영국의 크리스마스 시즌 오디션 프로그램 엑스팩터의 차트 독점을 막기 위해 RATM의 'Killing In The Name'이 차트 1위를 석권한 사건처럼. 그 모든 자본주의 체제를 일시에 정지시킬 불쾌한 농담을 상상하라.

그것도 아니라면 대형 온라인 서점의 판매량 차트를 도무지 믿을 수 없는 것으로 만들어라. 온갖 알고리즘이 우리의 성향을 학습할 수 없도록 잘못된 선택과 불필요한 선택을 반복하라. 이 모든 교란과 오염이 상품화되지 않도록 새로운 형식을 거듭 고안하라. 그리하여 그것이 상품이 되었을 때, 이미 낡고 촌스러운 것이 되게끔 만들어라. 그 누구보다 힙스터가 되어서 자본주의 체제가 차마 따라올 수 없게끔 스스로를 조직하라. 대형 출판사의 이름으로 출간된 모든 도서보다 나은 한 권의 책을 발견하라. 자신만의 책을 만들고 그것을 소유하고 판매하라. 큰돈을 벌고, 그것을 쓸모없이 탕진하라. 이 모든 문예지가 갖는 권위와 위신에 대해 비판적 태도를 견지하라. 심지어는 이 글조차도 부인하고 부정해라. 그리하여 모든 문학적 테러리즘의 시도가 실패로 돌아갔을 때, 그와 같은 시도를 다시금 '문학' 속에서 반복하라.

나는 이와 같은 행동을 다음과 같이 비유하고 싶다.

선물 가게를 지나도 출구가 보이지 않는다면 선물 가게를 부숴라.

돌봄의 상상력과 평등의 꼬뮌

— 강지혜 이근화 김선우의 시를 중심으로

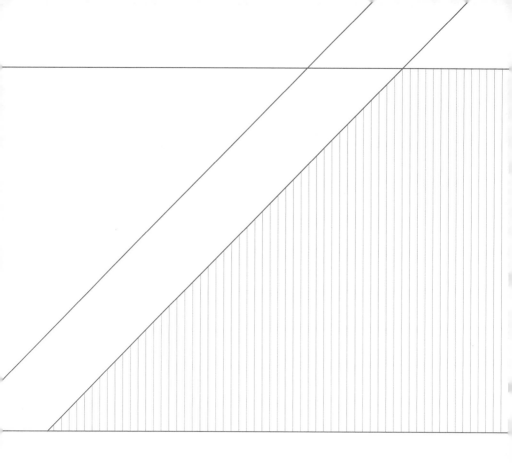

장은영

경희대학교 국문과 및 동 대학원 졸업.
『세계일보』 신춘문예로 등단
현재 조선대학교 자유전공학부 교수.
대표 저서로는 『슬픔의 연대와 비평의 몫』, 공저 『한국문학사와 동인
지문학』 등이 있다.
주요 관심사는 한국전쟁기 문학장과 전쟁기 여성의 글쓰기이다.
pome01@hanmail.net

돌봄의 상상력과 평등의 꼬뮌
—강지혜 이근화 김선우의 시를 중심으로

돌봄의 위기와 문학

통계와 수치로 고조되었던 코로나 시대의 수사학은 일순 달아올랐다가 급격히 힘이 빠진 듯하다. 팬데믹의 종식이 모든 위기를 해소하리라 단정 짓거나 팬데믹에 따른 위험을 개인이 책임져야 할 일상적 재난으로 떠넘기는 무책임을 경계하는 지혜가 필요한 때다. 무엇보다 한 인류학자의 말처럼 "코로나19라고 명명된 존재의 고유한 특성에 의해 현재의 위기가 결정되어 있지 않다"는 앎이 중요한데, 그 이유는 "우리가 이 새로운 존재의 도래를 (…) 어떻게 언어화하는지, 또 어떻게 다루는지에 따라서 이것이 무엇인지가 달라지며, 그에 따른 대응 역시 달라"[1]질 수 있기 때문이다. 팬데믹 시대의 고통을, 다시 말해 누가 어떤 고통에 처했는가에 주목하는 일군의

---

1   서보경, 「서둘러 떠나지 않는다면: 코로나19와 아직 도래하지 않은 돌봄의 생명정치」, 『문학과사회 하이픈』 2020년 가을호, 25쪽.

학자들과 활동가들이 지금 드러난 삶의 위기를 기존의 시스템을 극복하는 전환의 계기로 삼아야 한다고 주장하는 것도 이런 맥락에 있다. 최근 우리 사회에서 확산되고 있는 돌봄, 기후정의, 생태, 탈성장론과 같은 키워드의 부상 역시 팬데믹에 대한 성찰이 자본주의체제의 위기에 대한 근본적 반성과 대안 모색으로 이어지고 있음을 방증한다.

문학도 돌봄위기나 기후위기에 대한 관심을 드러내며 문학적 상상력을 확장해나가고 있다. 하지만 사회 담론을 그대로 재생산하는 역할이 예술 장르로서의 문학에 요청되는 바는 아니기에 문학은 나름의 고민을 넓히며 돌파구를 찾아나가는 중이다. 돌봄을 다루는 문학은 돌봄위기에 대한 사회정치학적 대응과 대안이 문학에 그대로 기입되는 것을 경계해야 하는 한편, 문학이 "사회적인 유용성이나 실천적 가치를 자신의 내부에서 배제함으로써 자기를 다른 기술과 구별하고, 그 자체로 존립하는 영역으로 자율화한"[2] 근대적 예술의 소산으로 남는 것 역시 지양해야 하는 과제를 안고 있다. 돌봄의 가치와 문학의 연결 지점을 탐색한 한 비평가는 현실과 예술의 접점을 조심스럽게 짚으면서 현재의 위기를 극복하기 위해 우리 시가 지향할 마음가짐이란 미래의 존재와 연결된 삶의 자세여야 한다고 제안한 바 있다.[3] 문학이 할 수 있는 일이 삶의 연결망을 상상하고 돌봄의 가치를 확장하는 것이라는 비평적 발언 이면에는 돌봄이라는 화두가 정형화된 주제에 머물러서는 안 된다는 우려도 있지만, 돌봄의 상상력이 필요한 근본적 이유는 돌봄이 지속될 수 있는 대안적 관계성을 발견하고 다양한 형태의 연결망을 사유해보는 데 있음을 기억해야 한다.

2   오타베 다네히사 『예술의 조건』, 신나경 옮김, 돌베개 2012, 41쪽.

3   송종원 「돌봄은 어떻게 문학이 되는가」, 『창작과비평』 2022년 여름호, 17~38쪽 참조.

돌봄위기에 대한 대안을 찾는 단체 '더 케어 컬렉티브'는 돌봄이 혈연적 가족을 넘어서서 우리와 타자를 구분 짓는 배타적인 경계를 해체할 때, 서로 돌보는 관계의 연결망이 인간과 비인간의 경계마저도 넘어서려는 운동성을 지니게 된다는 가능성을 시사했다.[4] 문학의 영역에서 돌봄을 화두로 삼을 때 필요한 전제도 돌봄의 확장성과 운동성에 관한 상상력일 것이다. 이 글에서는 강지혜 이근화 김선우의 시를 중심으로 돌봄위기를 포착하고 서로 돌보는 관계의 연결망을 넓히려는 상상력을 살펴보려고 한다. 세 시인들이 보여주는 서로 다른 층위의 발화와 상상력을 관통하는 것은, 생명의 취약성을 직접 목격하며 말 그대로 "운 좋게 오늘까지 살아 있"는 것을 요행으로 여겨야 하는 팬데믹 시대 삶과 생명의 취약성이다. "아주 조금씩 움직인다"(강지혜 「민달팽이」, 『이건 우리만의 비밀이지?』, 민음사 2022)는 믿음을 잃지 않는 동시에, 자멸하지 않는 생명의 품위를 소중히 지키면서 돌봄위기를 견디는 시적 상상력은 삶을 지지하는 사유 공간이 될 수 있을 것 같다. 우리가 서로의 삶을 지지하는 존재라는 믿음이 필요하다면 그곳이 돌봄의 상상력이 요청되는 자리일지도 모른다.

마더링을 전유하기

강지혜는 두번째 시집 『이건 우리만의 비밀이지?』(민음사 2022)에서 출산·육아·가사와 같은 재생산노동에 주목한다. 가정에서 재생산노동을 담당하는 여성 주체의 경험을 드러내는 시적 발화는 근대 핵가족에 기반한

---

4   더 케어 컬렉티브 『돌봄선언』, 정소영 옮김, 니케북스 2021, 79~80쪽 참조.

가족제도가 직면한 재생산노동의 모순과 위기를 긴장감 있게 그려낸다. 특히 불안과 긴장이 고조되는 지점은 육아의 경험을 다룬 마더링(mothering)의 영역이다. 근대 이후 가족이데올로기는 마더링을 본능적이고 자연적인 여성의 의무로 간주하며 모성을 제도화해왔다. 제도로서의 모성을 비판하는 에이드리언 리치(Adrienne Rich)는 가정과 공적 영역은 분리되어 있으며 여성은 어머니 역할에 전념해야 한다는 식의 19세기, 20세기의 이상이 가정을 고립시키고 여성을 공적 영역에서 배제했다고 비판했다. 뿐만 아니라 가부장적 이데올로기는 여성이 어머니의 책임을 다하지 못한 경우에는 여성으로서의 지위 자체를 위협하며 여성을 통제해왔다.[5] 이와 같은 제2세대 페미니즘의 문제의식은 안타깝게도 지금까지 유효하다. 경제활동 등의 이유로 출산한 여성이 직접 육아를 할 수 없는 경우에도 마더링의 총책임은 어머니에게 맡겨지고 가정은 외부와 단절된 돌봄의 유일한 장소로 여겨진다. 마더링에 대한 강지혜의 시적 발화가 강렬한 파열음을 내는 이유는 가부장적 질서 아래 제도화된 모성을 비판하고 거부하는 데서 비롯하지만, 여기서 한걸음 더 내딛는 강지혜의 시는 육아의 경험을 드러내며 마더링의 관습적 의미를 해체하고 돌봄의 장소인 가정을 균열시키는 데 집중한다. 집이 "매 시 매 분 매 초마다 좌절"(「신혼」)을 맛보는 장소이자 결코 화해하지 못하는 감정들이 "끓고 있"(「행주를 삶는다」)는 곳이며 "극악무도"하고 "자비가 없는" "가장 위험한 곳"(「가정」)으로 그려지는 이유는 집이 돌봄을 위해 고립된 가정을 상징하기 때문이다. 「육아 일지」 연작에서 나타나듯이 출산 후 화자는 "사랑의 시작이며 저주의 처음인/육아"(「육아 일지 ―소금밭」)를 수행하는 육체의 감각에 집중한다. 생명의 탄생이라는 환희에 가려진 출산의

<hr />

5 에이드리언 리치, 『더이상 어머니는 없다』, 김인성 옮김, 평민사 1995 참조.

고통을 흔쾌히 삼키지 못하는 화자가 포착하는 것은 자신의 육체로 감각되고 그후엔 마음으로 이어지는 마더링의 고통이다.

생살을 찢고 나왔으니
나와 너
우리의 고향은 차가운 칼이다

(……)

외로운 수술대 위에서
하나였던 인간이 둘이 되었고
다시 눈을 떴을 때

너는 형벌처럼 나타났다

떨림을 멈출 수 없었다

너를 살리는 것은 나의 벌

나를 살리는 것은 너의 죄

—「제왕절개」 부분

오열하는 오른 가슴을 퍽퍽 내리치며
왼 가슴으로 너에게 젖을 물리는
달빛조차 없는 밤

너의 목덜미에
잔인하고 거룩한 송곳니를 내리꽂지

나는 뱀파이어야
네 피를 마시며
이 고통을 견뎌 낼 거야

나는 갈증으로 죽고
네 피로 되살아난다
너는 허기로 나를 먹고
나에게 네 피를 준다

(······)

너를 죽이고 너를 살리며
너를 먹이고 너를 죽이며
나의 어머니와 나에게서 나와 내 딸에게로 전해지는
저주받은 영생

—「뱀파이어」 부분

출산이 몸에 일으키는 변화들이 모성의 증거로 연결될 때 출산은 여성을 어머니로 규정하는 계기가 되고, 출산과 함께 출현하는 모성은 생명의 경이로 신비화된다. 하지만 「제왕절개」에서 화자는 "칼" "형벌" "죄"와 같은 시어로 표현함으로써 출산에 대한 신비화된 관념을 제거해버린다. 화자에게 출산은 죽음에 대한 불안으로 이어지는 육체적, 심리적 고통이 넘치고 자신과 분리된 취약한 생명을 돌보아야 하는 불안과 책임에 직면하는 사건이다. 생각해보면 출산은 죽음을 환기할 만큼 어머니와 자녀 모두의 취약성이 극대화되는 시간이고, 이제 막 태어난 아이를 돌보는 일은 생명의 취약성에서 오는 불안까지 동반하는 복합적 노동일 수밖에 없다. 「뱀파이어」에서 출산한 지 얼마 되지 않은 화자는 아기에게 젖을 먹이는 경험에서 죽음에 대한 불안을 포착하고 그 순간의 육체적 감각을 가감 없이 표출한다. 아이의 "목덜미"에 내리꽂는 "잔인하고 거룩한 송곳니"를 통해 화자가 드러내는 폭력성은 아기가 젖을 물때 엄마가 느끼는 고통과 같이 마더링에 동반되는 부정적인 경험들을 상징적으로 표출한다. 여기서 좀 더 주목할 문제는 살에 파고드는 "송곳니"가 전달하는 육체적 감각인데, 살이 찢어지는 감각은 육체적 파동으로 이어지고 감정과 사유를 촉발시키며 온화한 표정으로 젖을 먹이는 전형적인 어머니의 형상을 파괴하는 데까지 이른다. "송곳니"는 제도로서의 모성이 은폐했던 돌봄의 부정적 측면을 폭로하는 장치인 것이다.

취약한 생명을 돌보는 일은 대상에게 삶의 활기를 불어넣는 가치를 지니지만 동시에 배설물을 치우고 씻기는 등 비천한 육체를 마주해야 하는 양면성을 지닌다.[6] 그러나 마더링에서 후자는 누락되어 왔고, 제도로서의

◇◇◇◇◇◇◇◇◇◇◇◇

6   같은 책, 57~58쪽 참조.

모성은 아기의 배설물마저도 사랑스럽다고 여기도록 어머니의 사랑을 미화해왔다. 어머니가 돌봄노동의 육체적 고통과 함께 심리적 부담을 그리고 돌봄의 불평등에 대한 분노를 느끼더라도 돌봄의 양면성을 드러내고 인정하기란 쉽지 않다. 사회적으로 허용되지 않을 뿐 아니라 모성의 윤리와 상충하기 때문이다. 결국 마더링에 동반되는 부정적 감정은 어머니 개인의 몫이나 가정의 책임으로 남겨지고 사회는 이를 방관하며 마더링을 사적인 것으로 영역화해왔다. 재클린 로즈(Jacqueline Rose)는 "새로운 생명을 잉태했음을 알게 된 순간부터 어머니는 보호와 위로와 지지를 필요로" 하지만 오히려 사회는 엄마가 된 여성을 달가워하지 않는다고 지적하기도 한다.[7] '노키즈 존'이나 '키즈 카페' 같은 장소들이 말해주듯 어머니와 아이들을 공적 영역에서 격리시키는 사회에서 마더링은 게토화된 노동이 되어버렸다.

그래서 "나는 뱀파이어야"라는 자기선언적 진술은 모성을 공적 영역과 분리시키고 게토화하며 심지어 혐오의 대상으로 전락시키는 사회의 무지와 잔인함에 응답하는 시적 전략으로도 읽히기도 한다. 살아있는 동시에 죽어있는 '뱀파이어'는 "너를 죽이고 너를 살리며/너를 먹이고 너를 죽이"는 모순적 행위를 보여주는데, 이는 삶과 죽음을 동시에 끌어안아야 하는 돌봄의 양면성을 상징하는 데서 나아가 돌봄 주체의 능동성을 발산한다. 사랑과 희생의 현신(現身)인 어머니 대신 힘껏 젖을 빠는 아이와 마찬가지로 자신의 삶을 강렬하게 욕망하는 주체인 '뱀파이어'는, 마더링을 돌봄 주체와 대상의 욕망이 부딪치고 길항하는 과정으로 전유하는 존재이다.

제도화된 모성에 대한 비판의 맥락에서 강지혜가 들려주는 육체적 감각에 대한 시적 형상과 파열음적 발화는 마더링을 능동적으로 전유하는

---

7   재클린 로즈 『숭배와 혐오』, 김영아 옮김, 창비 2020, 38쪽 참조.

시도라는 점에서 의미를 지닌다. 강지혜는 이 시집을 통해 마더링을 대체하는 '엄마 됨(motherhood)'이란 무엇인가를 묻는다. 시를 통해 추측할 수 있는 '엄마 됨'은 능동적인 욕망의 주체로서 자신을 긍정하는 데서 가능한 것이고, 사랑스러운 생명이 "괴물"(「육아 일지 ─불타는 일가」)처럼 '나'를 위협하고 '나'와 불화할 수밖에 없는 타자적 존재임을 인정하면서 상충하는 감정이 돌봄의 필연적인 양면성임을 받아들이는 돌봄 관계의 한 과정이다. '엄마 됨'은 완성되지 않은 상태로 남아 있는데, 이 시집의 마지막 시 '너를 기다리며'는 '엄마 됨'이 가정 아닌 공적 영역으로 돌봄을 넓히기 위한 시도이자 '잠재적 관계로서의 모성'[8]에 대한 가능성임을 엿보게 한다. '너'는 부재하지만 '나'는 "여전히 이어져 있다는 믿음"을 잃지 않고 네가 올 미래를 준비한다. 하지만 이 시는 '너'를 만나는 것으로 마무리되지 않는다. '나'는 "살아 있는 존재가 가질 수 있는 최고의 마음"으로 '너'를 기다리는 중이고, 손을 잡고 함께 밥을 나누어 먹고 감각을 공유하며 서로에게 기댈 수 있는 '우리'는 완성되지 않은 채로 연기된다. '엄마 됨'도 우리가 연결된 존재라는 믿음에서 출발하는 것이라면 그것이 반드시 모성적 관계일 필요는 없다. 미래로 연기된 '우리'는 혈연적 가족관계를 넘어서서 '인간 공동의 것'으로 확대되는 돌봄의 연대라고 기대해볼 수도 있다.

◇◇◇◇◇◇◇◇◇◇◇◇◇

8   에이드리언 리치는 가부장적 사회질서에서 규범화된 모성에 대한 인식과 지식 등 여성의 육체를 통제하는 장치가 제도로서의 모성이라면, 이와 달리 잠재적 관계로서의 모성은 어머니가 지닌 "부드러움, 열정, 본능에 대한 신뢰, 있는 줄도 몰랐던 용기를 불러내는 것, 타인에 대한 세심한 배려, 인생의 대가와 변덕스러움에 대한 명료한 깨달음"과 같은 것을 의미한다고 보았다. 어머니가 자신의 아이를 위하여 벌이는 가난·질병·전쟁 등 모든 착취에 대한 투쟁은 인간 공동의 것이 되어야 하고, 이를 위해서는 모성이라는 제도가 사라져야 한다는 리치의 주장은 공적 영역으로 확장되는 돌봄의 연대를 상상하게 한다. 에이드리언 리치, 앞의 책 352쪽 참조.

불평등을 넘어서서

어머니의 입장에서 느끼는 죽음의 공포와 불안은 이근화의 시에서도 나타난다. 여섯번째 시집 『나의 차가운 발을 덮어줘』(현대문학 2022)에 실린 「딸의 꿈속에서 나는 죽고」는 아이들을 향한 엄마의 발화로 서술되는 시이다. 보통의 가정에서 있을 법한 상황이지만 눈여겨볼 점은 이근화의 시에서 종종 사용되는 괄호가 만드는 효과이다. 괄호 안과 밖에서 화자의 목소리는 두겹으로 발화된다.

> 한밤중에 깨어난 딸아 울지 마라(울고 싶은 건 나인데)
> 큰 눈에서 주르륵 흐르는 눈물아(맑은 콧물아)
> 한밤중 세차게 들리는 빗소리
> 목련 큰 꽃잎 다 떨어지겠다(도망가는 봄이여)
>
> 엄마 아직 안 죽었다(정말 살아 있나)
> 진짜인 줄 알고 깜짝 놀란 딸아(놀랄 일들은 따로 있지)
> 살아 있는 엄마를 깨우는 딸아(건성으로 달래본다)
> 가능하면 봄 말고 한겨울에 죽었으면(그게 소원이니)
> ──「딸의 꿈속에서 나는 죽고」 부분

표면적인 내용을 따라가면 이 시의 화자는 아이들을 돌보면서 자신의 고통은 "나 몰라라 살아가"는 전형적인 어머니의 표상과 닮아 있다. 화자의 고통을 증명하는 것은 "녹고" "구부러지고" "하염없이 죽어가"는 몸이다. 몸은 돌봄이 무엇보다 육체를 고갈시키는 노동이라는 것을 확인시켜준다.

그런데 괄호에 주목할 때 우리는 화자의 목소리에 좀더 집중해볼 수 있다. 둘 다 화자의 진심을 담은 말이지만 괄호 밖이 어머니로서의 발화라면 괄호 안은 '나'로서의 발화이다. 방백과도 같은 괄호 안의 말은 화자가 독자에게 직접적으로 말을 걸어오는 듯한 효과를 지닌다. 괄호는 표면적으로 돌봄의 수행에 길들지 않은 '나'의 말을 보호하기 위한 방어책이지만, 괄호의 효과는 육아에 지친 어머니의 발화를 풍자적인 모노드라마로 만들며 숨겨진 화자의 진짜 속마음에 귀를 기울이게 하는 데 있다. 이때 독자가 비로소 알 수 있는 것은, 괄호가 화자로 하여금 돌봄의 주체로서 감당해야 하는 요구들에 매몰되지 않고 일상을 견디게 하는 발화의 공간이자 사유의 공간이라는 사실이다

> 주말 목장 체험을 떠난 평화로운 가족들 가운데 "조용히 해 미친 양아"라고 혼잣말로 나직이 중얼거리는 아내/엄마의 자리를 나는 안다. 가장 평화로운 풍경 속에서 의심과 회의가 고개를 들고, 침묵과 고요의 시간 위에 불안과 공포가 스멀스멀 올라오는 삶 말이다. 주인공으로 살 수 없는 내가, 나의 주인으로서 살지 못하는 나를, 평화롭고 안정되게 꾸리기 위해 무엇을 해야 하는 것일까.[9]

"조용히 해 미친 양아"를 중얼거리는 여성의 발화를 정신분석학에 기대 히스테리 증상으로 읽어내는 독법은 20세기 중반 이래 계속되어왔다. 이러한 진단을 가능하게 한 가부장제는 한 주체로서 여성의 목소리를 듣는 대

9   이근화 「이제 돌아가는 건 글렀지만」, 『아주 작은 인간들이 말할 때』, 마음산책 2020, 64쪽.

신 여성을 모성으로 규정했고 그것을 거부하는 여성들을 비정상으로 간주해왔다. 그러나 "아내/엄마의 자리"를 순순히 받아들이는지 그렇지 않은지에 따라 주체를 정상과 비정상으로 진단하는 시선은 재생산노동을 여성에게 부과하기 위해 가내 여성성을 이상형으로 신비화하며 여성을 종속화한 근대적 질서의 산물에 불과하다.[10] 이 글에서 이근화는 이상화된 가내 여성성에 수긍할 수 없는 자아의 괴로움을 내비치지만 이근화의 고민이 "가장 평화로운 풍경 속에서 의심과 회의가 고개"를 들 때 평화로운 풍경에 자신을 맡길 것인가, 의심과 회의로 가득 찬 마음에 귀를 기울일 것인가에 있지는 않다. "아내/엄마의 자리"에 대한 이근화의 고민은 후자를 포기하지 않으면서 '아내/엄마'로서의 자신을 '나'의 일부로 받아들이는 동시에 가족 구성원들과 '나' 모두가 자유로워지는 관계를 만드는 일에 있다.

돌봄의 가치와 중요성은 재론할 필요가 없지만 그것을 누가 수행하는가에 대해서 논의가 필요한 이유는 바로 이 때문이다. 마더링을 비롯한 돌봄노동과 가사 등 재생산노동이 '아내/엄마'에게 집중될 때 돌봄은 상호의존적 관계성을 상실하고, 돌봄노동을 담당하는 여성을 전적인 책임자이자 수행자로 지목할 뿐 아니라 돌보는 자로서의 역할을 유일하거나 우선적인 정체성으로 삼게 한다. 결과적으로 '아내'이거나 '엄마'인 '나'는 제도화된 모성적 주체에 수렴되거나 스스로 통합할 수 없는 분열된 상태에 빠지고 만다. '아내/엄마'로서의 주체가 자기 삶에 대한 선택과 통제권을 잃을지도 모르는 위기 앞에서 이근화의 시는 그 위기에 대응하는 사유의 힘을 상상적 이미지로 펼쳐낸다. 이근화는 시를 빌려 독립된 주체로서 '나'는 무

◇◇◇◇◇◇◇◇◇◇◇◇◇◇

10   낸시 프레이저 「자본과 돌봄의 모순」, 문현아 옮김, 『창작과비평』 2017년 봄호 333~334쪽 참조.

엇인지 상기시킨다. "말하지 못했어//내 목구멍 속에는 귀신과 아이와 요정이 살거든/어젯밤에는 싸웠는데/오늘은 고요하게 낮잠을 자네//(…)//다 어디로 갔니?"(「입안에 쌀 한 톨을 물고」) '나'는 서로 다른 목소리들이 자유롭게 드나드는 육체가 곧 '나' 자신임을 받아들이면서 "나라는 무한한 형식으로"(「투명한 목구멍」) 타인과 만나고 사랑을 나누는 자유로운 존재여야 하지 않는가. 이 평범한 사실이 '아내/엄마'에게는 왜 불가능한가?

아버지의 경우와 비교해보자. 「스낵」에는 돌봄노동의 고통과 부담을 경험하는 어머니와 달리 "명랑한 아버지들"이 등장한다. "내게 과자를 사준적이 없"는 아버지, "나를 안아준 적이 없"는 아버지는 '스낵'처럼 경쾌하고 명랑한 존재다. "주머니"에 넣어둔 것처럼 볼 수도 만질 수도 없는 아버지의 "사랑"은 스낵 봉지를 빵빵하게 부풀린 "질소"와도 같아서 봉지를 뜯자마자 사라지고 만다. 스낵처럼 가볍고 경쾌한 문체로 부성을 풍자하는 이 시는 아버지들이 누려온 '특권적 무책임'[11]을 지적한다. 누군가를 돌보는 일보다 더 중요하고 가치있는 일을 수행하느라 스스로 돌봄 책임에서 면제되었던 아버지들의 사랑이 부풀려진 스낵 봉지 같다는 비유는 통쾌하지만 슬프기도 하다. 생계를 부양하는 일이 곧 가족에 대한 돌봄이라고 생각했던 아버지들. 그들의 사랑은 주머니 속 귀중품처럼 아버지 혼자만 간직한, 아버지 자신도 잘 모르는 감정이라는 사실을 아버지들은 정말 몰랐던 것일까? "명랑한 아버지들"은 "주머니 같은" 자신의 사랑을 의심하는 "부정 불량한 감정을 지우고" 자신을 위해 과자 봉지를 뜯는다. 아버지들이 간과한

---

11 '특권적 무책임(privileged irresponsibility)'은 노동 분업과 기존의 사회적 가치가 생계부양자의 역할을 하는 일부 개인으로 하여금 자신들이 좀더 중요한 일을 수행하기 때문에 기본적인 돌봄 책임에서 자신을 면제하게 하는 방식을 지칭한다. 조안 C. 트론토 『돌봄 민주주의』, 김희강·나상원 옮김, 아포리아 2014, 206~207쪽 참조.

점은 성별분업사회에서 위계적 우위에 있던 자신들의 특권이 결국 자신의 허기조차 스스로 돌보지 못하는 무능력함에 빠지게 만들었다는 것과 자신의 위대한 사랑은 여전히 주머니 속에 있다고 믿는 것이다.

"아내/엄마의 자리"를 벗어나지 못하고 돌봄의 책임을 떠맡은 어머니도, 돌봄의 책임에서 스스로 자유로워지고자 했던 아버지도 자유롭고 독립적인 삶의 주체로서 가족들과 관계를 맺는 데는 실패한 것 같다. 가족이라는 질서 안에서 각자가 자유로운 존재로서 상호적인 돌봄의 관계를 형성하고 서로의 삶을 지지하기 위해서 필요한 것은 불평등을 간과하지 않으며 평등한 관계를 사유하는 일이다. 이근화는 「자기소개서」나 「성숙이」 같은 시에서 젠더적 위계와 차별에 대한 비판을 자조적, 풍자적으로 보여줌으로써 젠더적 불평등이 돌봄노동의 불평등으로 이어지고 있음을 환기한다. 시인이 지금 이곳의 삶에서 "언제 깨질지 모르는 컵으로 물을 마"(「화해와 불평등」)시는 것 같은 불안과 위태로움을 감지하는 이유도 정체성과 관련한 차별이 돌봄의 불평등을 정당화하는 악순환이 계속되고 있기 때문이다.

그럼에도 이근화의 자세는 좀처럼 흐트러지지도 파열음을 내지도 않는다. "돋아날 것 없는 희망에 베이는 날들"이 계속되더라도 "크고 환한 별이 뜬다면 내 머리 위의 일은 아닐 것이지만/어떤 기다림 위에 명랑할 것, 지치지 말 것"이라며 "지키지 못할 약속을 중얼거"(「물방울처럼」, 『뜨거운 입김으로 구성된 미래』, 창비 2021)렸던 화자의 모습처럼 이근화의 시는 우리가 자유롭고 평등한 존재여야 한다는 '희망'을 '계속' 이야기한다. 돌봄위기를 실감하는 현실에서 우리가 말하는 희망은 돌봄 주체의 지위와 정체성과 관련한 돌봄의 불평등을 해소하는 일이다. '나'와 타인이 서로 돌보는 주체로서 만나기 위해서 우리는 제각기 자유롭고 독립적인 존재임을 인정받아야 하고, 선택의 자율성과 자기 삶에 대한 통제권을 존중받아야 한다. 그러나 평등의 성취는 선택의 자유 그 이상을 요구한다. 트론토(J. C. Tronto)가 주장하는 바처럼 돌봄의 평등은 성(性)과 계급, 계층만이 아니라 연령, 장애 등의 차이를 고려한 동등한 지위가 충족되어야 가능하다. 예컨대 아이와 어른의 의존성이 다르고 노인과 장애인의 참여와 발언을 위해 필요한 배려와 환경이 다르듯[12] 동등한 지위를 나눠 갖는 평등은 누구에게나 적용되는 하나의 기준으로 실현되지 않는다. 평등은 정치적이고 논쟁적인 문제이다. 상호적인 돌봄이 가능한 평등한 관계란 "인생과 인삼과 인성을 한꺼번에 사유"하며 차이를 발견하는 과정처럼 사유와 토론을 거쳐서 조금씩 다가가게 될 것이다. 이근화는 이번 시집에서도 "파다 보면 나오겠지 중얼거렸어요"(「파다 보면」)라고 고백한다. 지금은 희망을 중얼거리는 시간, 조급해하지 않고 거듭 사유의 폭을 넓혀가면서 우리가 도달해야 할 "평등한 세계"(「화해와 불평등」)에 대한 지평을 펼쳐보아야 하는 시간이다.

'유령'과 함께

돌봄이라는 따뜻하고 온화한 말 이면에는 자본의 교환체제에서 배제된 재생산노동에 대한 착취와 억압이 있다. 그리고 재생산노동이 여성의 자연스러운 일로 여겨질 수 있었던 통념의 배경에는 성별화된 노동을 이상화한 자본의 기획이 있다. 팬데믹 이후 대두된 삶의 위기란 결국 자본주의화된 삶의 증상이자 자본에 의해 물화된 관계의 위기임을 부인할 수 없다. 김선우의 여섯번째 시집 『내 따스한 유령들』(창비 2021)은 인류가 처한 생명의 위

---

12 돌봄의 불평등과 평등에 대해서는 조안 C. 트론토의 앞의 책 210~214쪽 참조.

기와 훼손된 삶의 연결망 그리고 탈인간화를 통한 인간성의 전환이라는 포괄적 상상력을 분출하는 동시에 서정과 리얼리티를 넘나들며 자본의 무한 증식이 불러온 과도한 욕망과 그것이 야기하는 파국을 경고하고 있다. 팬데믹 시대의 암울한 풍경과 인류에 대한 경고의 메시지를 전하는 14편의 「마스크에 쓴 시」 연작시가 그렇듯이 김선우의 이번 시집은 역사적 맥락에 위치한 텍스트로서 시의 자리를 분명히 표명하고 있다. 리치의 말을 빌리자면 김선우의 시는 "시 텍스트가 세계를 살아가는 시인의 일상과 분리된 채 읽혀야 한다는 지배적인 비평의 생각을 거부하는 행위이자 시를 역사적인 연속체 안에 위치시킨 일종의 선언"[13]처럼 들린다.

> 어쩌자고 인간은 이토록 악착같이 지구를 착취해 얻은 것들을 풍요
> 라 부르게 되었나?
>
> —「마스크에 쓴 시 2」 부분

> 더 오래 멈춰야 해.
> 그래야 살아.
> 너희만 빼고 다 아는 사실이야.
>
> (……)
>
> 너희는 스스로 감금되었어.

---

13 에이드리언 리치, 「피, 빵, 그리고 시」, 에이드리언 리치, 이주혜 옮김, 『우리 죽은 자들이 깨어날 때』, 바다출판사 2020, 347~348쪽.

속도에,

자본에,

자본의 속도에

　　　　　　　　　　　　—「마스크에 쓴 시 7」 부분

지구 거주민 인류가 다다른 최상급 진보;

무엇을 하지 않을 것인가?

　　　　　　　　　　　　—「마스크에 쓴 시 10」 부분

아니, 내가 화를 내는 건 바이러스가 아니에요. 그때의 독감과 COVID-19 사이 백년이 흐르는 동안 누적된 감염의 실타래가 끔찍한 겁니다. 자본, 자본, 자본을 움직이는 그들, 자본, 자본 자본이 움직이는 세상,

　　　　　　　　　　　　—「마스크에 쓴 시 11」 부분

　메시지를 전달하기 위해 입을 가로막은 마스크에 시를 쓰는 행위는 말하기와 쓰기의 차이를 드러내는데, 말하기가 멈출 수 없는 욕망의 언어라면 쓰기는 욕망을 제어하고 성찰의 대상으로 삼으려는 반성적 언어에 가깝다. 인간의 욕망에 대한 반성적 메시지로서 '마스크에 쓴'이 시들이 전달하는 바는 말 그대로 '식인 자본주의'(cannibal capitalism)[14]의 재앙이다. 코로나 바

<hr />

14　낸시 프레이저·마르띤 모스께라 대담 「'식인 자본주의'의 부상」, 이정진 옮김, 『창작과비

이러스가 일깨운 것은 인간이 성장시킨 자본이 삶의 모든 영역에 침범하여 인간의 생존 조건을 파괴하고, 마침내 자본주의체제를 유지하는 핵심 장기까지 스스로 먹어치우는 자멸의 시스템이라는 것이었다. 김선우가 묘사한 "자본이 움직이는 세상"에서 이윤을 향한 욕망에 감염되어버린 "구십구 퍼센트 중에서도 딱 평균인 나 같은 인간"(「마스크에 쓴 시 11」) 또는 "다른 존재들을 멸종시키면서 스스로 멸종위기종이 되어가는"(「마스크에 쓴 시 12」) 인간은 인류의 출현 이래 가장 진보한 시대를 살아가는 우리의 자화상이다. 김선우는 이를 마주하며 인간에 대한 회의를 시도하는 것처럼 보이기도 한다. 시를 매개로 한 회의는 인간의 본성을 묻는 철학의 전통과는 다른 층위에 있다. 인간의 경계를 넘어서기 위한 방법론으로서 회의는 탈인간중심적 사유로 나아가기도 한다. "국가니 국민이니 인종이니 민족이니 난민이니" 하는 "인간 내부의 경계"를 넘어서야 "공멸"에서 살아남을 수 있듯이(「지구주민평의회가 만들어진다면」) 근대 이래 구분된 인간과 비인간, 주체와 객체로서의 경계마저도 넘어설 때 자본의 재앙으로 황폐해진 인간의 삶과 '생물학적 전멸'[15]에 임박한 생태계의 위기를 조금이라도 지연시킬 수 있지 않을까라는 시인의 실험적 사유가 엿보이기도 한다.

김선우가 '유령'이라는 존재를 불러들이는 이유 역시 인류의 파멸과 생태계 위기를 방관하지 않겠다는 의지와 무관하지 않다. 이 시집에서 '유령'은 인간이 아닌 자연물을 포함한 모든 존재의 가능성이자 비인간을 대표

평」 2021년 겨울호 367~369쪽.

15 제이슨 히켈에 따르면 "『미국국립과학원회보』에 실린 최근 연구결과에서는 멸종위기를 '생물학적 전멸(biological annihilation)'이라고 표현하면서 멸종위기가 '인류 문명의 기반을 위협하는 공격'이라고 결론지었"다. 제이슨 히켈 『적을수록 풍요롭다』, 김현우·민정희 옮김, 창비 2021, 32쪽.

하는 (비)존재이다. 인간과 비인간을 나누는 경계 한쪽에 '자본에 감염된 인간' 형상이 있고 다른 쪽에는 비인간인 '유령'의 형상이 있다. "지금의 몸을 고집하지 않"고 "이 몸에서 저 몸으로 스미는 일에/머뭇거림이 없"(「편히 잠들려면 몸을 바꿔야만 해―구름에게 배운 것」)는 '유령'은 고정된 자아가 없으며 무엇이 되고자 하는 목적과 지향도 갖지 않는다. 짐작하듯 유령은 실체를 파악할 수 없지만 감각적으로 포착되는 존재이다. 다른 점이 있다면 김선우의 '유령'은 한없이 부드럽고 다정하게 출몰한다는 것이다.

> 아주 많은 찰나에 사는 따스한 유령들을 지금부터 하나하나 말해보려 합니다 차고 습한 유령만 기억하면 다른 유령들이 외로울 테니까요 몸으로부터 왔으니 몸이 아니랄 수도 딱히 몸이라고 할 수도 없는 (……)
> (염려 말아요 오늘은 비…… 비 냄새 냠냠냠……) 비 묻은 몸을 터는 강아지들 코끝에서 따스한 유령들이 강아지 따라 통통통 몸을 턴다
> ―「내 따스한 유령들」 부분

'유령'이 자유롭게 이것이 되었다가 저것이 되는 존재라고 해도 인간을 규정하는 인식의 틀이었던 인간과 비인간의 경계마저 넘어설 수 있을까? 이 경계 앞에 선 김선우가 '몸'을 경유하고 있다는 점에 주목해보자. 세계와 분리된 인간의 정신과 달리 물질적 환경 속에서 숨 쉬고, 먹고, 움직이는 몸은 세계를 감각하는 접촉면으로서 세계와 직접적인 영향을 주고받는다. 그러므로 몸은 우리가 대상을 판단하거나 인식하기 전에 타인을 감지하고 접촉하는 관계의 출발점이기도 하다. 세계와 접촉하는 몸의 감각을 중심에 두면, 바람이 불고 구름이 흘러가는 것을 느끼는 몸이야말로 세계가 거쳐가는 통로이자 세계의 일부임을 알게 된다. "고통도 허기도 늘 새롭게 당

도"하는 장소이자 "아직도 새로 도착하는 낯선 것들이 여전히 있"어 "궁금"한 장소인(「몸이라 불리는 장소에 관하여」) 몸은 물리적 법칙을 따르는 물질이나 신이 만든 기계가 아니라, 외부의 변화에 따라 함께 변화하는 능동적인 물질로서의 자기 자신인 것이다. 김선우가 초기 시에서부터 줄곧 몸에 관심을 기울이며 몸-자연-세계와의 연결성을 중요하게 여겼던 이유 역시 감각의 언어인 시가 사실상 몸의 언어임을 받아들였기 때문이다. 김선우의 경우처럼 몸을 사고와 언어에 선행하는 자리에 두면, 지금껏 우리가 믿었던 앎과 인식에는 균열이 일어나고 사고의 주체와 대상의 위계적 관계에도 변화가 일어난다. 이성적 사고의 우위가 인정되지 않을 때 비로소 각 존재들을 연결하는 원리는 지배와 피지배가 아닌 상호의존성이라는 점이 드러나는 것이다. 김선우가 시를 통해 말하는 몸으로의 관점 이동과 인간과 세계 간 관계의 전환은 단지 시적 상상의 소산만이 아니라 비가시적인 존재들을 발견하는 과학계에서 일어나는 관점의 변화이기도 하다.[16]

다시 「내 따스한 유령들」로 돌아가보자. "몸이 아니랄 수도 딱히 몸이라고 할 수도 없는" 존재에 관심을 기울여보면, '유령'은 "강아지 따라 통통통 몸을" 털 때는 강아지일 수도 있고 또다른 대상으로 옮겨가면 그것이 되기도 하며 비나 바람처럼 자연현상일 수도 있다. 비인간 존재라면 무엇이든 될 수 있는 '유령'은 '나'를 둘러싼 세계에 대한 환유로서 몸의 감각으로 경험되는 세계를 환기한다. 그런데 '나'는 '유령'이 "미래에서 온 키스를 나눠가"진 존재이며 시종일관 '나'의 주변에서 "숨결"이나 "온기"로 포착되는 연인 같은 존재라고 진술한다. 이처럼 인간이 아닌 비인간 존재를 삶에 대

16　미생물이나 박테리아에 관한 과학계의 연구는 상호의존의 원리가 전체 지구시스템 과정에서 행성적 수준으로 작동한다는 증거들을 밝혀내고 있다. 제이슨 히켈, 앞의 책 358~69쪽 참조.

한 능동성을 가진 행위자로 인정할 경우, '나'와 세계가 맺는 관계는 지금과 달리 상호적인 관계성의 측면에서 다시 서술될 수 있다. '나'와 '유령'의 관계를 빌려 김선우가 말하는 것은, 몸을 통해 감각되는 인간과 비인간 존재들의 상호적인 연결망이야말로 삶이 펼쳐지는 실제의 장소라는 사실이다.

초기의 시집에서 에코페미니즘적 정동을 보여주었던 김선우의 시가 이번 시집을 통해 한걸음 더 나아가는 지점은 '유령'의 등장이 환기하는 비인간 영역의 확장이다. 생태 그물망이나 생명에 대한 인식의 한계가 자연을 수동적 대상으로 보는 인간중심적 시각에 있었다면, '유령'은 인간중심성을 극복하는 매개로 등장한다. '유령'은 비가시적 존재이지만 적극적인 행위자의 역할을 하며 인간인 '나'의 주체성을 나누어 가진다. 주체인 자신을 비인간 존재들과 함께하는 풍경 속에 나란히 기입해 넣으며 "내가 돌본 줄 알았는데/나를 돌본 게 당신들"(「개와 고양이와 화분과 인간이 있는 풍경」)이라고 말하는 시인은 인간과 비인간 존재들이 얽혀 있는 상호의존적인 연결망을 감각적으로 이미지화하는 데서 한걸음 더 전진하여 그것이 포스트 자본주의 시대의 정치적 원리이자 혁명의 원리가 되어야 한다고 주장하는 지점까지 나아가고 있다. "들판의 정치가 시작될 때까지/나는 꽃에게 투표할래요"(「투표 인증 숏을 보내온 벗에게」)라는 시인의 말은 목가적인 아름다움을 풍기지만, 시인으로서 김선우가 자본의 독재를 거부하는 꼬뮌주의자였음을 기억한다면, 그 아름다움이 이제껏 배제당했던 비인간 행위자들과 자신의 정치적 권리를 나누며, 평등한 공동체로서의 꼬뮌을 희망하는 정치적 상상력에서 비롯된다는 걸 알아차릴 수 있을 것이다.

시와 꼬뮌

"정의롭고 지속가능한 세상을 위한 현재의 투쟁에서 돌봄은 핵심적인 쟁점이며, 돌봄 문제를 해결하다 보면 결국 생태환경 및 자연자원의 관리 문제와도 만나게"[17] 된다는 문제 설정은 비단 사회학자들만의 입장일 수 없다. 문학 역시 돌봄위기가 인간과 인간 주변의 환경을 넘어서서 지구생물권 전체로 확장되고 있음을 감지하며, 돌봄의 상상력을 인간의 경계 너머로 확장하고 있다. 돌봄을 공적 영역으로 확장시키고, 평등의 문제를 사유하며, 정치적 권력을 나누는 꼬뮌을 이야기하는 세 시인이 보여준 것처럼 실제로 돌봄의 위기 속에서 쓰인 시가 희망하는 것은 자유롭고 평등한 관계 속에서 서로를 돌보는 공동체의 회복이다. 가족과 이웃, 인간을 넘어서 비인간 존재들까지 포괄하는 혼종적 삶의 연결망으로서 이 공동체가 발산하는 아름다움은 정체성을 차별의 근거로 삼는 지금의 현실을 비판하게 하고 더 나은 삶의 가능성을 찾게 만든다는 점에 있다. 그러나 돌봄과 연대가 사람들을 매혹시키는 이상주의적인 출구가 아니라 '시작하는 상상력' '이루어지는 움직임'이 되어야 한다는[18] 비평의 제언을 되새길 때, 인간과 비인간 모두 동등한 정치적 주체가 되는 꼬뮌처럼 이상적인 공동체에 대한 시적 상상력이 돌봄위기에 대한 직접적 대안이라고 믿는 것은 오히려 시의 역할을 후퇴시킬 수도 있음을 기억해야 한다. 빠리 꼬뮌이 수많은 죽음 위에서 등장했고, 죽음과 함께 끝났듯이 꼬뮌은 완성태로 실현되는 것이라기

17 백영경 「커먼즈와 복지: 사회재생산 위기에 대한 통합적 접근을 위한 시론」, 『ECO』 제21권 1호, 한국환경사회학회 2017, 117쪽.

18 백지연 「삶의 전환을 꿈꾸는 돌봄의 상상력」, 『창작과비평』 2021년 여름호, 33쪽.

보다 "아주 잠시 경험했으나 곧 사라져버"리는 "아름다움"(김선우 「오늘 만난 시집의 가제를 「평의회의 아름다움」이라고 적어두었다」)으로 남는, 공동체 아닌 공동체로 존재하는 것인지도 모른다. 현실적 위기를 해결하기 위해 이상적인 공동체를 건설하는 일이 시와 예술의 궁극적 목표는 아니라는 것이다. 지금 필요한 시의 역할은 돌봄이 실현되는 다양한 방식의 공동체와 삶의 연결망을 만들고 부수기를 반복하면서 돌봄의 상상력을 더없이 증폭시켜보는 데 있다. 시민들의 삶을 연결시키고 취약계층을 보호하는 돌봄의 공동체를 실현해나가는 것은 사회적 영역의 문제라 하더라도, 그것을 위한 실천은 꼬뮌의 아름다움을 상상할 수 있는 마음으로부터 출발한다.

통증과 회복의 인간학

— 양자역학으로 읽는 한강

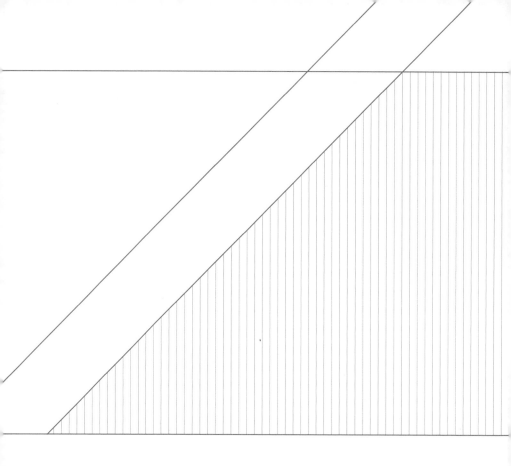

## 전승민

서강대학교 영어영문학과 졸업 및 현재 동 대학원 석사 과정에 재학 중.
2021년 『서울신문』 신춘문예, 제19회 대산대학문학상 평론 부문으로
등단. 주요 관심사는 영미 모더니즘 문학 및 퀴어 페미니즘이다.
nrz5haeyo@naver.com

통증과 회복의 인간학

—양자역학으로 읽는 한강

이영 눈이 하영 와부난……[1]

1. 감정과 감각의 양자 얽힘

아픔은 양자적quantum 상태다. 그것은 관찰에 따라 감정의 차원일 수도 있고, 감각의 차원일 수도 있다.[2] 그 관찰을 가능케 하는 '시선'이 물리학에서 대상에 빛을 쪼는 일이라면 문학에서 그것은 바로 활자로 기록하는 일일 것이다. 관찰하고 기록하는 사람에 따라 아픔은 감정이라는 파동—여러

---

1 한강, 『작별하지 않는다』, 문학동네, 2021, 99쪽. 이 글은 『작별하지 않는다』와 더불어 한강의 다음 작품을 주로 다룬다. 「노랑무늬영원」 「회복하는 인간」(『노랑무늬영원』, 문학과지성사, 2012). 이하 인용 시 본문에 쪽수만 표시한다.

2 양자역학의 세계에서 대상을 파동과 입자의 불확정적인 두 상태 중 '이곳'의 입자로 고정시키는 힘은 관측자의 관찰, 즉 시선이다. 이렇게 시선(관측)에 의해 대상의 상태가 결정되는 것을 양자 얽힘(quantum entanglement)이라고 한다.

사람들 사이를 흐르는 정동affect이 되거나 혹은 한 인간이라는 닫힌 단위의 몸과 정신 내부에서만 유동하는 통증이라는 입자particle로 감각될 것이다. 그렇다면 그 아픔의 상태로부터 나아가는 회복 또한 양자적인 상태이리라 추론할 수 있을까. 정동의 층위에서 집단의 아픔은 슬픔의 전염과 공유를 통한 극복을 필요로 하며, 통증의 차원에서 그것은 몸의 증상에 대한 치료를 필요로 할 것이다. 정동적 차원에서의 회복이 감정의 공유와 전염을 막지 않고 당사자성의 자리로까지 나아가는 일이라면, 통증의 차원에서 회복은 무엇일까?

『소년이 온다』(창비, 2014)는 역사적 비극의 아픔을 공동의 영역으로 확장하여 그 기억을 정동적으로 재현한다. 이때 독자에게 확산되는 당사자성은 경험의 유무로 결정되는 판별식을 벗어난다.[3] 『소년이 온다』가 당사자의 자리에 있다면, 제주 4·3사건을 다룬 『작별하지 않는다』는 관찰자의 자리에 있다. 독자는 초점 인물(경하)과 함께 관찰자의 자리에서 개인이 역사적 고통의 정동을 분유分有하는 시민-당사자로 거듭나기 전의 과정, 그 직전의 풍경이 '통증'이라는 언어로 어떻게 드러나는지 보게 된다.

아픔이 감정의 차원에 있을 때 우리는 타인의 고통 안으로 자연스럽게 스며든다. 그러나 그것이 통증일 때, 즉 '나'의 외부가 아니라 안을 향하는 구심력으로 작용할 때 우리는 그곳에서 '나'를 본다. '우리'의 트라우마는 '나'의 트라우마에서 출발한다는 것을 한강은 안다. '나'가 '우리'로 나아가

3   오혜진은 오카 마리의 연구를 언급하며 당사자성이 행위-경험의 주체에 국한되는 것이 아니라 그들의 고통이라는 감정과 긴밀하게 연루되어 '목격한 증인'이 됨으로써 그것을 나누어 갖는 당사자성이 발생한다고 말한다. 오혜진, 「불투명한 언어로 말하기—포스트페미니즘 시대의 소수자정치와 재현」, 김성익 외, 『연구자의 탄생—포스트-포스트 시대의 지식 생산과 글쓰기』, 돌베개, 2022, 98~99쪽.

기 위한 전제적 조건은 '나' 스스로를 관찰하고 진단하는 '회복하는 인간'
이 되는 일이라는 것을 그는 안다. 회복은 타자를 향해 건너갈 수 있게 하
는 인간의 조건이다. 『작별하지 않는다』와 그의 다른 소설 「노랑무늬영원」
(2003) 그리고 「회복하는 인간」(2011)을 통해 우리는 회복의 의미와 조건, 그
리고 그것의 기원을 깨달아가는 한 사람을 목도할 것이다.

한강에게 회복은 '봉합'이다. 절단된 부분을 이어붙이는 일이다. 이는
아물지 않은 자리를 억지로 닫거나 그 봉합선을 깨끗하게 지우는 일이 아
니다. 오히려 피 흐르는 상처의 자리를 계속 열어두고 지켜보는 일, 고통의
소거가 아니라 그것을 상처의 안으로 들여와 새로운 신체로 돋아나게 하
는 일이다. 회복은 고통이 '나'의 몸안으로 들어와 확률적인 공존을 이루며
양자적인 상태로서 거주하게 하는 일이다. 그래서 한강에게 회복은 언제나
진행중인 시간의 덩어리, 회복'기'로서만 온다. 경하는 그 회복의 접경지대
를 향해 힘겹게 접근하고 있지만 '아직' 그 사실을 자각하지 못한 사람이다.
맨눈으로 관찰하기 어려운 이 미시적 점근의 양상을 짚어보는 데에 몇 개
의 좌표—질문들이 도움이 될 것이다. 하나, 이 소설은 '작별하지 않는다'고
말하면서 왜 경하로 하여금 모든 타자들과 이별하게 할까? 다시 말해, 왜
그녀가 붙잡으려는 모든 구원의 행위는 실패할까?(새 '아마'는 끝내 죽고 인선
의 '불빛' 역시 끝내 어둠 속으로 사라지고, 정심은 치매를 앓다가 죽는다.) 둘, 검은 나
무들의 프로젝트에 대한 확신을 인선은 왜 얻을 수 있었으며 경하는 왜 얻
지 못하였나? 셋, 이곳에는 왜 이토록 많은 눈이 내리는가? 마지막으로 넷,
인선은 왜 검은 나무들을 실제 사람들의 크기보다 더 키운 걸까? 무사?

*

한강의 고통은 언제나 신체적 통증에서 시작한다. 한강의 통증 묘사는 매우 적나라하면서도 절제되어 있고 과잉되지 않아서 은유와 상징의 차원을 넘어 그 자체로 하나의 실존적 양태가 된다. 아픔이라는 감정과 고통이라는 관념 그 이전에 자리한, 이해와 부정 모두가 불가능한 절대적 통각—인간의 피부 아래와 근육, 뼈, 그리고 내장을 관통하는 바로 그 감각을 통해 '나'와 세계 그리고 그 관계를 인식한다. 그래서 통증은 중간태. 중간태는 행위가 그 대상뿐만 아니라 역으로 그 행위자에게도 재귀적 영향을 미치는 동사의 양태다.[4] 그것은 의학 담론에서 환자가 통증과 맺는 일방향적인 주체-객체의 관계와 다르다. 치료 대상으로서 통증은 신체로부터 축출되어야 할 유독한 세력, '나'의 영역에 들어와서는 안 될 적대자다. 그러나 한강의 세계에서 통증은 세계를 합치고 분할하는 '나'의 또다른 감각, '나'의 살아 있는 또다른 신체다.

경하의 편두통은 곳곳에 편재하며 불시에 그녀를 침범한다. 그것이 이 세계에 실재하는 것은 경하가 그것을 말하고 쓰기 때문이다. 기록되기 전까지 타인의 모든 통증은 우리에게 부재한다. 그러나 "인생과 화해하지 않았지만 다시 살아야 했다"(15쪽)라고 읊조리는 그녀는 왜 자신이 다시 삶으로 들어왔는지 알지 못한다. 무엇이 회복이고 그것이 어떻게 찾아오는지 그리고 자신이 왜 이 이야기를 쓰고 있는지 그녀는 '아직' 모른다. 모르기

◇◇◇◇◇◇◇◇◇◇◇◇◇◇

4   장편소설 『희랍어 시간』(문학동네, 2011)에는 고대 그리스어에 제3의 태인 중간태가 있다고 말하는 대목이 있다. "'사랑하다'는 동사에 중간태를 쓰면, 무엇인가를 사랑해서 그것이 나에게 영향을 미쳤다는 뜻이 됩니다."(19쪽) 작품에서 중간태는 파동으로 '너'와 '나' 모두에게 접촉하는 언어를 뜻한다. 그것은 인간의 언어가 가진 번역의 한계를 넘어서며, 발화될 때 유실되는 의미와 비-의미를 전하는 언어. 통증도 마찬가지다. 한강에게 언어는 곧 통증이기도 하다. 전승민, 「만질 수 없음을 만지는 언어: 촉각의 소노그래피—한강의 『희랍어 시간』」, 서울신문, 2021. 1. 1 참조.

때문에 쓴다("어디서부터 모든 게 부스러지기 시작했는지./언제가 갈림길이었는지./어느 틈과 마디가 임계점이었는지", 17쪽). 기록을 통해 몸이 통증을 어떤 모습으로 감각하고 받아들이고 거부하게 되는지, 그리고 그러한 반응이 통증으로 하여금 몸과 맺는 관계를 어떻게 변화시키는지 알아간다(그래서 경하는 껌과 죽, 뜨거운 차의 소용을 발견할 수 있었을 테다). 쓰는 행위를 거치면서 통증은 객관의 층위에서 대화 가능한 상호주체적 실존, 또다른 '나'가 된다.

안구 안쪽에서 시작해 목덜미를 지나 딱딱한 어깨와 위장으로 연결되는 **통각의 선**이 작동되기 시작한다.(114쪽, 이하 강조는 인용자)

무딘 칼로 안구 안쪽을 도려내는 것 같은 통증을 견디며 나는 차가운 차창에 머리를 기댄다. 언제나 그렇듯 통증은 나를 고립시킨다. (……) **통증이 시작되기 전까지의 시간으로부터, 아프지 않은 사람들의 세계로부터 떨어져나온다.**(120~121쪽)

통증(감각)과 아픔(감정)의 핵심적인 차이는 유형력에 있다. 통증은 몸의 경계를 구획하고 '나'를 둘러싼 세계를 분할하거나 합칠 수 있다. 감정은 그 이후의 단계에서 가능하다. 그러니까, 『소년이 온다』가 슬픔과 아픔의 연대라면 『작별하지 않는다』는 그것이 발생하기 이전의 세계다. 역사에서 누락된 진실과 비극을 알지 못하던 이가 그것을 알게 되는 순간, 그가 그 빛을 어떻게 받아들이게 되는지에 관해 집요하고 끈질기게, 그래서 더디게 접근하는 소설이다. 느리기 때문에, 소설은 많은 것을 말하지 않는다. 가령, "내 인생이 원래 무엇이었는지 더이상 알 수 없게 되었"(317쪽)다고 절망하던 인선이 어찌하여 "심장이 쪼개질 것같이 격렬하고 기이한 기쁨 속"(318쪽)으로 들어갈 수 있게 되었는지, 그 회복의 과정을 소설은 직접 말하고 있지 않다. 그 여백을 채우기 위해 우리는 한강의 다른 소설들—다른 통증 기록가들의 이야기를 참조해야 한다. 그들은 그저 자신이 몸으로 살아낸 것들을 낱낱이 기록할 뿐이다. 그 자료들을 자르고, 잇고, 언어와 해석의 구슬로 꿰어내는 일은 읽는 이의 몫이다.

2. 회복의 둥근 빛, '노랑무늬영원'

「노랑무늬영원」은 교통사고로 두 손을 거의 못 쓰게 된 화가 현영이 삶의 의미를 완전히 상실한 후 회복의 '노란' '영원'의 빛 속에 다시 서는 이야기다. 이 작품에는 한강이 바라보는 회복의 정의와 그것이 마련될 수 있는 계기, 그리고 통증이 개인의 세계를 변화시키는 양상이 모두 담겨 있다. 현영은 최초의 통증 기록자이자 스스로 회복에 성공하는 인간이다. 통증은 아픈 주체로 하여금 삶의 당위들을 발굴해내게 하고 그것들의 세부는 기록자의 진단diagnosis으로 남겨진다(『작별하지 않는다』와 「노랑무늬영원」의 문형이 대부분 '나는 ~라고 생각한다'를 취하는 것은 이 때문이다). 통증 기록가는 통증과 조우하는 몸과 그를 둘러싼 세계를 객관적으로 기록하면서 스스로를 치료하는 행위자로 거듭나고, 그러므로 회복은 자기 구원일 수밖에 없다.[5]

---

5   황정아는 『작별하지 않는다』를 두고 일인칭-감정의 센티멘털리즘이 역사적 비극이라는
     공동의 영역을 사유화해버렸다고 비판하고 문학의 '자기 돌봄'을 강조한다. 돌봄은 '나'와
     '너'의 관계성을 전제할 때 성립하며, 그래서 아픔을 감정과 정동의 차원에서 바라보게 한
     다. 그러나 한강의 회복하는 인간들은 엄습하는 통증을 남김없이 받아 적고 그 속에서 생
     의 의미를 발견하며 스스로의 실존과 본질을 이전과 완전히 다른 차원으로 구성해나간
     다. 돌봄이 통증, 고통을 대상으로 다루어 그 강도를 감소시킨다면, 구원은 아픔 그 자체

거의 반영구적인 그 손상은 현영의 삶을 두 부분으로 절단한다. 그림을 그리던 '예전의 나'와 도저히 쓸 수 없는 손으로 얼마나 남았는지도 모를 무자비한 삶을 살아가야만 하는 '나'로. 생zoe 자체가 사라진 것은 아니다("전부라고 믿었던 것을 잃고도 살아갈 수 있다", 222쪽). 문제는 현영이 그녀 자신이 아니라 환자로서 '생존'하고 있다는 것이다. 그녀는 손의 근육과 신경, 뼈의 유연한 활동을 복구하는 것을 '회복'이라고 여기지만 그것이 틀린 접근임을 깨닫는다("재활 치료에 지나치게 열심이었던 것, 빠른 회복에 집착했던 것, 그래서 마치 회복된 사람처럼 행동했던 것", 217쪽). 현영 역시 경하처럼 무엇이 진짜 회복인지, 절단된 삶을 어떻게 봉합할 수 있는지, 아니 과연 할 수 있기나 한지 알지 못한다. 그러나 그녀는 그러한 생의 절단과 대결한다("나에게는 집이 없다. 이 삶은 나의 삶이 아니다", 232쪽).

그 잔인한 대면 끝에 그녀가 다시 손을 뻗는 곳은 '서랍'이다.[6] 이 년 전 사고 직전에 들고 나섰던 시계와 지갑을 찾기 위해서다. 그녀는 그것들을 찾아야 그 시간과의 화해, 그리고 봉합이 가능하다고 믿는다. 잘린 인선의 손가락처럼, 예전 삶의 파편들이 그 서랍 안에 있다고 생각한다. 결국 시계와 지갑은 그녀의 손에 들어오는데, 그것은 서랍이 아닌 남편의 방 창고에서 발견된다. 남편(으로 상징되는 구속력)이 과거의 '나'를 그곳에 가둬두고 있

◇◇◇◇◇◇◇◇◇◇◇◇◇

를 '회복'이라는 질적으로 다른 차원으로 이동시킨다. 이는 '너'와 '나'의 관계성 바깥의 절대적 개인인 '나'의 차원에서만 포착된다. 황정아, 「'문학의 정치'를 다시 생각한다」, 『창작과비평』 2021년 겨울호, 21~35쪽.

6   그의 '서랍'에는 인물의 회복에 필요한 것, 죽음에서 삶으로 방향을 전환하는 데에 꼭 필요한 것이 들어 있다. 『작별하지 않는다』에서 죽은 새를 묻을 때 그 몸을 감싼 하얀 손수건— 수의가 들어 있고(150쪽), 경하의 극심한 편두통을 다스릴 수 있는 유일한 약봉지가 그 안에 있다(166쪽). 서랍에 있어야 할 것이 남편의 방에 있었다는 것은 회복에 필요한 무언가를 빼앗는 어떤 힘이 존재하기도 한다는 말이다. 그러나 회복을 향하는 인간은 그것을 회수해올 수 있다.

었던 셈이다. 현영은 자신이 멈춰 있었다고 생각한 이 년 동안에도 계속 돌아가고 있던 시계를 발견해내면서 잃어버렸던 '나'를 받아든다. 회복으로 나아가는 첫 단계다. '나'의 일부분이 잘려나갔다는 사실을—있는 그대로의 고통을 최대한으로 가장 객관적으로 응시하는 것이다. 그러자 또다른 파편이 돌출한다. 친구 소진에게서 걸려온 전화 한 통으로 인해 현영은 잊고 살던 또다른 '나'를 발견한다. 최인성이 찍어준 사진이 그것이다. 그리고 두 손(발)이 잘렸지만 다시 투명한 새 손이 돋아나고 있는 도마뱀 '영원'을 만난다. 그때 문득, 삶 속으로 회복이 도래한다. 노장 화가 Q의 그림과 최인성이 찍은 사진이 무의식과 의식 속에서 강렬하게 얽히면서, 절단되었던 삶의 두 부분은 봉합을 향해 가까스로 꿈틀거린다.

우거진 나무를 올려다보다가 나는 문득 놀란다. **역광을 받은 나뭇잎들의 형상**이 낯익게 느껴졌기 때문이다. 무수한, 어두운 초록빛 동그라미들 틈으로 비쳐 나오는 **햇빛**.
좀더 걸어가다가 나는 흠칫 깨닫는다.
Q가 그린 것, 저것이었나. 저 **노랑**이었나.
세 모자와 작별하고 마침내 집으로 돌아가는 버스에서 나는 계속해서 가로수들을 올려다본다. 따가운 햇빛을 역광으로 받은, 반짝이는 잎사귀, 잎사귀의 동그라미들.(283~284쪽)

'영원'의 투명한 두 손과 만난 후 현영의 눈에 들어온 나뭇잎의 동그란 무늬들과 그 사이로 비치는 햇빛, 그리고 Q의 노랑은(그래서 소설의 제목 '노랑무늬영원'은 띄어쓰기 없이 연결되어야만 한다) 그녀를 곧장 회복의 의미 한가운데로 데려간다.

만일 내가 이 세상에서, 사랑을 가진 인간으로서 다시 살아나가야 한다면, 내 안의 죽은 부분을 되살려서 그렇게 되는 것이 아니라는 것을. 그 부분은 영원히 죽었으므로. 그것을 송두리째 새로 태어나게 해야 하는 것이다. 처음부터 다시 배워야 하는 것이다.(285쪽)

한강의 회복은 '너'의 죽음과 상실을, 바로 그 과거의 자리를 안아 드는 것에서부터 시작한다. 그러므로 회복은 '예전'으로의 회귀가 아니라("그러나 어떤 유명한 의사도 내 손을 치료하지 못했다", 287쪽) 잃어버렸다고 생각하거나 부정했던 과거의 파편을 포함한 새로운 이후의 시간을 만들어가는 것이며, 그것은 다시 사는 삶이 아니라 태어나서 처음 살게 되는 최초의 삶이다. 그래서 회복은 차라리 섭생攝生에 가깝다. 절단된 과거를 지금-이곳의 안으로, 그 상흔을 지우지 않은 채로 울퉁불퉁하게 봉합하는 일이다. 꿰맨 부위는 "무수한 빛의 동그라미들"(294쪽)의 모양으로 남는다. 현영은 소설의 끝에서 비로소 Q의 목소리를 이해하게 된다. "아니요, 잃은 것은 없습니다. 여기 다 들어 있어요."(293쪽)

한편으로 현영이 맞이하는 이러한 우연한 조우들은 어떠한 인과나 계기를 통해서 닥치지 않는다. 그것은 차라리 자신의 내부에 자리하고 있는 '씨앗'을 발견하는 것에 가깝다("그것이 못이나 씨앗처럼 몸안에 박히기도 한다는 것을 알았기 때문이다", 282쪽). 회복—자기 구원의 단초가 되는 '씨앗'은 타인과 외부 세계로부터 온다. 그렇게 '너'는 '나'의 안에 구원의 씨앗들을 심을 수는 있지만 그것을 틔워낼 수 있는 것은 오직 '나'뿐이다. 이 지점에서 우리는 구원의 배타성과 직면한다. **한 인간은 다른 인간을 직접 구원할 수 없다.** 타인의 고통을 직접 손에 쥘 수 없다. '너'를 구할 수 있는 것은 오직 '너'일 뿐이다. 그렇다면, 현영이 삶의 방향을 회복으로 전환하는 자리에서 최인성이 꼭 이 년 전에 죽었다는 소식을 듣는 것은 구원의 실패일까? 그를 그리워하던 현영은 왜, 오히려, 그의 죽음을 듣고서 살고 싶다는 강력한 마음을 불현듯 느끼는 걸까?("어디서 이 마음—살고 싶다는, 살아야겠다는 생각이 울려오는 건가", 292쪽)

여기서 우리는 다시 『작별하지 않는다』로 돌아간다.

3. 회복의 조건, 등지고 갈 것

파도가 휩쓸어가버린 저 아래의 뼈들을 **등지고 가야 한다.** (……) 더 늦기 전에 능선으로. 아무것도 기다리지 말고, 누구의 도움도 믿지 말고, 망설이지 말고 등성이 끝까지. 거기, 가장 높은 곳에 박힌 나무들 위로 부스러지는 흰 결정들이 보일 때까지.

시간이 없으니까.
단지 그것밖엔 길이 없으니까, 그러니까
계속하길 원한다면.
삶을.(26~27쪽)

『작별하지 않는다』의 1부 1장은 위처럼 끝난다. 바닷물이 곧 들어찰 것이므로 뼈들을 저 위쪽으로 옮겨야 하는데 시간은 없고, 삽도 없고, 도와줄 다른 누구도 없다는 이 상황적 조건의 긴박함이 '등지고 가야 한다'는 결정 decision을 내리게 한다(1장의 제목은 '결정結晶'이지만 경하의 결정決定을 보여주는 장이기도 하다). 이 불가항력적인 다급함이 인선의 새를 구하러 나서게끔 하는 동력이 된다. 그런데 이러한 결단에도 불구하고 경하는 새를 살리지 못한다. 경하를 둘러싼 모든 타자들은 죽는다. 타자를 향한 구원은 더더욱 좌절된다. 한강의 윤리는 인간의 윤리성 그 자체에 대한 과신이 아니라 오히려그 직접적인 한계, 타자를 향한 직접적인 구원의 불가능성을 납득하는 데에서 출발한다.

이 '등지고 나아감'(『소년이 온다』가 가리키는 '꽃핀 쪽'과 같은 방향인)이 대상으로 하는 목적어는 자기 연민이다. 경하의 악몽은 "그 도시의 학살"(11쪽)과 긴밀히 연루되어 있지만 동시에 그녀의 사적 고통과 자살에 대한 욕망과도 결코 무관하지 않다. 이 자기 연민에 대한 두 예술가의 서로 다른 태도가 프로젝트에 대한 판단 차이를 낳는다. 그러니까 자기 연민을 등진 자와(아직) 그렇지 않은 자, 다시 말해 회복의 빛에 노출된 적이 있는 자와 (아직)그렇지 못한 자의 차이이다.

그건 하지 않기로 했잖아, 인선아. (……) 그때 말했잖아, 처음부터 내가 틀렸던 거라고. 너무 단순하게 생각했었다고. (……) 꿈이란 건 무서운 거야. (……) 아니, 수치스러운 거야. 자신도 모르게 모든 것을 폭로하니까. (……) 밤마다 악몽이 내 생명을 도굴해간 걸 말이야. **살아 있는 누구도 더이상 곁에 남지 않은 걸 말이야.**

아닌데, 하고 인선이 내 말을 끊고 들어온다.

아무도 남지 않은 게 아니야, 너한테 지금.

그녀의 어조가 단호해서 마치 화가 난 것 같았는데, 물기 어린 눈이 돌연히 번쩍이며 내 눈을 꿰뚫는다.

……내가 있잖아.(237~238쪽)

자살을 욕망하는 인간은 그것이 자신에게 새로운 현실감각을 부여하리라 기대하며 병적인 자기 연민으로의 함몰을 끊어내기 위한 수단으로 자살을 욕망한다. 따라서 유서를 쓰는 이 사람을 생으로 끌어올릴 방법은 그 구심력의 강도를 낮추는 것이다. 내면으로부터 눈을 돌려 바깥 세계를 바라볼 수 있을 때 그는 유서 작성을 중단한다. 현영이 회복의 씨앗을 자신 안에서 발견하는 계기도, 경하의 유서 작성을 미루게 한 '미지의 수신인'도 '나' 아닌 타인과 외부 세계다. 그러나 경하는 모른다. 곁에 아무도 남지 않았다고, 주변을 둘러보아도 아무도 발견할 수 없는 자기소외와 고립의 상태에 머물러 있는 경하는, 아직은 모른다.

반면 인선은 안다. 돌이 된 여자의 이야기는 그것의 표지다. 천재지변을 피해 산을 오르면 결코 뒤돌아보지 말라는 금언, 노인이 알려준 생의 당위를 여자는 알고 있으면서도 끝내 돌이 된다. '돌아본 여자'는 '등지지 못한' 여자와 다름없다. 흥미로운 것은 이 일화에 대한 두 사람의 사뭇 다른 반응이다. 경하는 여자가 붙들린 바로 그 지점, 마을에서 "가장 수난받던 여자들이 뒤돌아보아 변했다는"(240쪽) 돌의 시점에 붙들려 있다("무엇을 보았기에? 무엇이 거기 있기에 계속 돌아보았나", 241쪽). 반면, 인선은 그 돌의 시점을 '등지고' 나아간다. 돌이 된 것은 어쩔 도리가 없다. 그러나 "돌이 됐다고 했지, 죽었다는 건 아니잖아요?"(같은 쪽)

그때 안 죽었는지도 모르잖아요. 저건 그러니까…… 돌로 된 허물 같은 거죠.

(……)

허물을 벗어놓고, 여자는 간 거야!

아이처럼 만세 부르듯 두 손을 치켜든 인선을 향해 나도 웃으며 말을 놓았다.

어디로?

그건 뭐 그 사람 맘이지. 산을 넘어가서 새 삶을 살았거나, 거꾸로
물속으로 뛰어들었거나……

그 순간 이후 우리는 다시 서로에게 경어를 쓰지 않았다.

물속으로?

응, 잠수하는 거지.

왜?

건지고 싶은 사람이 있었을 거 아니야. 그래서 돌아본 거 아니야?

(241~242쪽)

인선은 보이지 않는 '저쪽'에서 여자가 자유로워진 것이라고 본다. 심지
어 그 자유는 물속에 잠긴 누군가를 구해내기 위해 발휘되었을 수도 있다
고, 어쩌면 그래서 일부러 돌이 된 것일 수도 있다고 말이다. 인선의 세계에
서 여자는 자신의 고난에 속박되지 않고 해방되며, 거기에 머무르지 않고
타인의 구출을 향해 나아가는 사람—사랑하는 사람을 구해내기 위해 돌이
된 인간이다. 회복은 결국 통증으로부터의 자유이기도 하다. 통증의 완전한
소거를 말하는 것이 아니다. 아픔이 통증의 차원으로 발현되지 않고 그래
서 신체로 감각되지 않는다 하더라도, 그것은 몸속 어딘 가에서 숨죽이고
인간과 함께 같은 시간을 살아간다. 회복은 환자가 오직 자신의 몸, 자기 자
신만을 신경쓰고 집착하게 하는 상태로부터 빠져나오는 것이다. 그리하여
'나' 아닌 '너'들의 몸을 제대로 보고, 듣고, 만지고 감각할 수 있게 하는 것
이다. 그것이 자유가 아니면 무엇이라 불릴 수 있을까.

타인을 향해 그렇게 나아가 씨앗을 뿌릴 수 있는 것은 오직 자기 연민

을 등진 사람뿐이다. 「노랑무늬영원」의 최인성 역시도 그러하다. 그 또한 통증 기록자였으리라. 그는 "오랫동안 어떤 중심에서 비껴 서서 살아온 사람"(260쪽)이면서(그 중심은 "건강한 육체를 가진 삶"(269쪽)이다), 그러나 자기 연민에 빠지지 않고 "자신의 목소리를 들으며 말하는 사람의 목소리"(260쪽)를 지닌 사람이다. 통증을 기록한다는 것은 그런 것이다. 베이고 찔리는, 불타는 듯한, 얼음처럼 날카롭게 몸을 관통하는 그 통각이 센티멘털리즘으로 확대되지 않도록 그 비약을 막아서는 일. '아픔'이라는 양자적 상태를 관측과 기록을 통해 감정이 아닌 감각의 상태로 획정하는 행위다. 그러므로 잘린 두 손가락과 함께 트럭 짐칸에 실려가던 인선이 경하의 책에 나온 이들의 고통을 떠올리는 그 장면도 충분히 개연적이고 핍진하다. 신체가 절단되는 극한의 고통은 곧장 타인의 고통과 연결된다. 아니, 되'는' 것이 아니라 이미 되어 '있'다. 자기를 제발 좀 구해달라는 정심의 애원 어린 목소리("도와주라. 잠들지 말앙. 나 도와주라 인선아", 312쪽) 앞에서 그녀를 구해낼 수 없는 인선은 절망한다("내가 어떻게. 어떻게 당신을 내가 구해./사실은 죽고 싶었다. 한동안은 정말 죽어야겠다는 생각뿐이었어. (……) 아무도 구하러 오지 않는다", 313쪽). 그러나 정심이 죽은 후, 그녀가 4·3에 관해 남긴 자료들의 공백을 찾아 그것을 메우는 작업을 계속하면서 인선은 깨닫는다. '회복'의 의미를 말이다. 정심의 죽음이 인선의 삶의 봉합선 안으로 기워지고, 그녀는 '노랑무늬영원'을 본다.

그게 엄마가 다녀온 곳이란 걸 나는 알았어. (……) 믿을 수 없는 건 날마다 **햇빛**이 돌아온다는 거였어. 꿈의 잔상 속에 숲으로 걸어나가면, 잔혹할 만큼 아름다운 **빛이 나뭇잎들 사이로** 파고들며 **수천수만의 빛점**을 만들고 있었어. 뼈들의 형상이 그 **동그라미들** 위로 어른거렸어. 활

주로 아래 구덩이 속에서 무릎을 구부린 키 작은 사람을, 그 사람뿐 아
니라 그 곁에 누운 모든 사람들이 **살과 얼굴을 입는 환영을** 그 빛 속에
서 봤어.(316~317쪽)

사랑하는 이의 죽음 뒤로 그것을 '등지고' 나아가는 생래적 힘을 각성한
그녀는 이제 회복할 수 있다. '저곳'의 병실에서 삼 분마다 바늘에 찔리며
회복을 도모하고 있는 그녀는 '이곳'에서 "수천 개 투명한 바늘이 온몸에
꽂힌 것처럼, 그걸 타고 수혈처럼 생명이 흘러들어오는 걸 느끼면서"(318쪽)
생명을 건네받는다. 밀물과 검은 나무들과 봉분들, 그리고 뼈들이 '삶을 도
굴해갔다'고 두려워하던 경하는, 더는 두렵지 않게 됐다는 인선의 이 말 앞
에서 무엇을 느끼고 있을까. 소설의 거의 최후에 이르러 절정처럼 당도하
는 이 '회복하는 인간'의 열정적인 탄성은 말하지 않는 경하 대신, 눈송이들
이 받아든다("인선의 목소리 쪽으로 고개를 돌리자, 두터운 눈의 격벽에서 스며 나온
빛이 음음하게 내 얼굴을 밝혔다", 319쪽).

4. 회복의 기후, 눈雪

한강의 세계에는 언제나 눈이 내린다. 눈은 회복기에 접어든 세계의 증
상이다. 증상이니 발현의 기원이 있을 테다. 눈보라 속을 헤치고 다음 정류
장을 향해 힘겹게 나아가면서 경하는 눈의 발생지를 본다. "회백색 허공에
서 한계 없이 눈송이들이 생겨나고 있는 것 같다."(93쪽) 눈雪은 병소에서 태
어난다. 회복은 병illness을 전제한다. 피부와 근육을 관통하여 '회백색' 물질
이 보이는 작은 구멍, 뼈의 옆자리─「회복하는 인간」의 첫 문장에서 눈은

연유한다("당신은 직경 일 센티미터 남짓한 구멍들을 보고 있다", 41쪽). 이곳에서도 삶은 죽음의 끝에서 다가온다. 암 투병중이던 언니가 죽고 죄책감에 괴로워하는 '당신'은 자기 의지와 무관한 삶의 회복력에 저항한다. 그래서 회복은 유례없이 더디다("정말 더디네요. 이렇게 더딘 것도 드문 케이스인데요", 60쪽). 그러므로 한강의 회복은 언제나 회복'기'convalescence다.[7] 그는 인간에 내재한 더딘 회복력을 믿는다.

발목을 다친 여자는 한의원에서 뜸 치료를 받다가 화상으로 발목에 작은 '구멍'이 생긴다. 이 부상이 그녀에게 치명적인 이유는 그로 인해 자전거를 탈 수 없게 되기 때문이다. 현영이 붓을 드는 것처럼, 인선의 목공 일처럼, 경하의 소설쓰기처럼 그녀에게 자전거 타기는 자아를 망각하고 순수한 기쁨에 몰두하는 예술가의 작업과도 같다. 그 순간만큼은 생에 대한 열패감도, 고립과 소외에서 비롯한 자기 연민도 물리칠 수 있다. 문제는, 앞에서 다른 작품들이 그러한 것처럼, 여자가 그 어느 때보다 생생한 삶의 활기 속으로 나아갈 바로 그때, 다른 누군가는 꼭 그만큼 죽음 쪽으로 나아간다는 사실이다. '당신'은 그 무서운 진실의 한가운데서 드러나는 회복력이 결코 기쁘지 않다. 언니를 사랑하기 때문이다. 한강에게 최대의 통증은 가장 사랑하는 곳에서 연유한다. "사랑이 얼마나 무서운 고통인지"(『작별하지 않는다』, 311쪽) 그는 안다('가장 수난받은 여자들'이 곧 '가장 사랑을 행하던 여자들'이 되는 것도 이 때문이다). 죄의식으로 회복에 저항하는 자의 세계에서 눈은 날리지 않거나("막 눈발이 쏟아질 것 같던 하늘은 아직 한 점의 눈송이도 뱉어내지 않았

<hr />

7   실제로 「회복하는 인간」의 영어판 제목이기도 한 convalescence는 회복에 필요한 어느 정도의 기간을 뜻하는 것으로, 신체 기능의 회복이나 상태의 원상 복귀를 의미하는 재활(rehabilitation)이나 체력이나 신체의 건강을 회복하는 국면의 상태를 지칭하는 회복(recovery)과는 구별된다.

다", 50쪽) 내리더라도 관찰을 거부당한다("날개를 편 것처럼 천천히 골목에 내리는 눈을 더 보지 않기 위해 당신이 커튼으로 창을 가리리라는 것을 모른다", 63쪽). 세계가 고통, 죽음, 상실, 그리고 절망에 휩싸인다 하더라도, 아니, 오히려 그럴 때마다 반드시 내리는 눈은 삶의 거스를 수 없는 회복의 진행을 알리는 기후적·물질적 징후다.

인선이 회복을 이미 경험한 현재완료형, 경하가 아직 그 접경지대로 들어서지 못한 미래완료형이라면 '당신'은 현재진행형이다. 죄책감과 그로 인한 자기 연민의 억울함("나도 앞이 보이지 않아. 항상 앞이 보이지 않았어. 버텼을 뿐이야", 같은 쪽)이 회복에 맞선다 할지라도 그것은 끝내 온다. '당신'은 '자전거 타기'에서 오는 생의 활기를 이미 체득한 사람이기 때문이다. 더딘 회복의 속도가 갑자기 빨라지는 것은 그녀가 아픈 발목으로도 자전거를 타고 난 후부터다. 그녀는 여름이 발산하는 회복의 열기 속에서 땀을 뻘뻘 흘리며 녹는다("당신은 살아 있었다. 생생하게 살아서 그 무더운 공기를 가르고 있었다", 59쪽).[8] 언뜻 보기에 내리는 눈과 한여름의 열기는 서로를 배반하는 것 같지만 그렇지 않다. 오히려 이 열기 때문에 한강의 눈은 얼지 않고 녹는 것이다 (내리는 눈만이 녹는다).[9] 언 눈은 한강에게 실존적 위기, 사랑의 중단이자 죽음이다.[10] 언니를 사랑하지 않기 위해 '당신'이 "마음을 최대한 차갑게, 더

◇◇◇◇◇◇◇◇◇◇◇◇

8   현영이 작업실 문을 다시 열기 위해 나서던 계절 역시 태양이 이글거리는 뜨거운 8월이었다. "팔월의 강렬한 햇볕이 내 얼굴에 묻어 있던 어둠을 휘발시킨다."(「노랑무늬영원」, 250쪽)

9   현영에게 '씨앗'을 심어준 최인성과의 만남도 '봄눈'이 내린 직후에 일어난다(「노랑무늬영원」, 256쪽). 현영은 녹은 눈길에서 다리를 삐어 다치지만 그 때문에 최인성에게 업혀 산을 내려온다. 녹은 눈은 육체와 육체의 접촉─자아가 침잠한 내면에서 올라와 타자와 직접적으로 조우하는 회복의 계기를 필연적으로 만든다.

10   한강의 단편소설 「작별」(2017)은 인물이 어느 날 갑자기 눈사람으로 변해 사랑하는 사람들과 '작별'하는 이야기다. 온기가 사라지고 신체가 얼어버린 눈으로 변하는 것은 한강에게 죽음 그 자체다. 『작별하지 않는다』에도 그 소설에 대한 언급이 등장한다("이후의 진짜

단단하게 얼리기 위해 애썼다"(53쪽)고 한 것처럼, 정심이 꿈에서 본 가출한 인선의 얼굴 위에 쌓인 눈을 슬퍼한 것처럼 말이다("죽으면 사람의 몸이 차가워진다는 걸. 맨뺨에 눈이 쌓이고 피 어린 살얼음이 낀다는 걸", 『작별하지 않는다』, 84쪽). 녹는 눈은 살아 있는 것의 신체와 맞닿아 있다. 내리는 눈이 곧장 녹는 것은 온기와 접촉할 때뿐이다("우리는 따뜻한 얼굴을 가졌으므로 그 눈송이들은 곧 녹았고, 그 젖은 자리 위로 다시 새로운 눈송이가 선득하게 내려앉았다", 『작별하지 않는다』, 83쪽). 눈이 품는 온기는 '새'를 통해 더욱 도드라진다. 눈송이가 손등에 내려앉을 때 느껴지는 그 미세한 압력과 부드러움은 '아마'의 발이 피부에 닿는 느낌과 동기화된다("손바닥 위에 놓인 눈이 새털처럼 가벼웠다", 186쪽). 그런데 경하가 이 놀라운 부드러움을 결코 잊지 않겠다고 다짐하는 순간, 온기는 증발하고 차가워진다. 경하는 현영과 '당신'이 온몸으로 흘린 8월의 땀, 그 회복의 열기를 '아직' 모른다.[11]

> 잊지 않을 거라고 나는 생각했다. 이 부드러움을 잊지 않겠다.
> 그러나 이내 견딜 수 없이 차가워져 나는 손을 털었다. 흠뻑 젖은 손바닥을 코트 앞자락에 문질러 닦았다. 삽시간에 딱딱해진 손을 남은 손에 비볐다. 열기가 지펴지지 않았다. 몸속 온기가 모두 손을 통해 빠져나간 듯 가슴이 떨려왔다.(『작별하지 않는다』, 186쪽)

◇◇◇◇◇◇◇◇◇◇◇◇◇◇

작별들이 아직 전조에 불과했던 시기에 '작별'이란 제목의 소설을 썼다. 진눈깨비 속에 녹아서 사라지는 눈-여자의 이야기였다. 하지만 그게 정말 마지막 인사일 순 없다", 25쪽).

11　『작별하지 않는다』에서 여름은 한강의 다른 소설과 달리 찰나의 시절로만 잠깐 언급된다. 죽음이 알 수 없는 이유로 자신을 비껴갔다고 인선이 짧게 회고하는 1부 1장의 열대야가 그것이다.

「회복하는 인간」에서 '당신은 모른다'라는 문형이 빈번히 등장하는 대목이 바로 여자의 상처가 나아가는 장면이라는 것도 이와 무관하지 않다. 인간은 자신의 몸안에서 어떤 일이 벌어지고 있는지 시시각각 감각할 수 없다. 경하는 "그 어떤 것도 모르는 채"(60쪽) "그 모든 것을 아직 알지 못한 채"(64쪽) 갈대밭 가장자리에 누워 있는 이 '당신'과도 같다.

어떻게 악몽들이 나를 떠났는지 알 수 없었다. 그들과 싸워 이긴 건지, 그들이 나를 다 으깨고 지나간 건지 분명하지 않았다. 언젠가부터 눈꺼풀 안쪽으로 눈이 내렸을 뿐이다. 흩뿌리고 쌓이고 얼어붙었을 뿐이다.

눈꺼풀로 스며드는 회청색 빛 속에 나는 누워 있었다.(『작별하지 않는다』, 177쪽)

무엇을 계기로 언제, 어떻게 회복되는지 전혀 알지 못하지만 경하는 감각의 전부를 다가오는 회복에게 붙들린다("열이 내려 있었다. 두통도, 구역질도 사라졌다. 마치 진경제를 주사 맞은 듯 몸의 모든 근육들이 이완되어 있었다. 눈 아래 찔린 자리가 더이상 욱신거리지 않았다", 『작별하지 않는다』, 178쪽). 그러니 『작별하지 않는다』에서 눈은 처음부터 끝까지, 계속해서 내릴 수밖에. 눈 속에서의 고난이 실은 회복기의 임박을 알리는 징후임을 그녀는 깨달아야 한다.

5. 회복 이후의 빛, 그리고 그림자

경하는 어느 순간 두려워하던 악몽이 사라졌다고 말하는데, 그 이유에 대해서는 그 누구도(심지어 소설도) 직접 말해주지 않는다. 흥미롭게도 악몽에 관한 이 물음은 앞에서 그녀가 이미 제기했던 어떤 질문과 실상 동일한 질문이다.

> 내가 꿈에서 본 검은 나무들은 등신대의 크기였다고 인선에게 말했다. 그런데 **왜 비례를 키운 걸까?**(144쪽)

소설에서 가장 해결되지 않는 의문은 아마도 2부에 등장하는 (이미 죽은) '아마'와 (서울의 병원에서 바늘에 손을 찔리고 있는) 인선이 마치 혼이나 귀신처럼 경하 앞에 나타나는 대목일 테다. 그러나 이를 단지 경하의 환각illusion이나 꿈, 혹은 상상으로만 보는 독해 역시 개연적이라 하기 어려운데, 그녀가 분명하고 또렷한 현실감각 속에서 상황을 파악해나가고 있기 때문이다. 그녀는 "새가 돌아오는 것은 불가능했다"(180쪽)거나 "죽어도 다시 잠드는 게 있나"(201쪽)라며 계속 의심하고, '혼'에 대해서도 완전히 믿지 않는다("인선이 혼으로 찾아왔다면 나는 살아 있고, 인선이 살아 있다면 내가 혼으로 찾아온 것일 텐데. 이 뜨거움이 동시에 우리 몸속에 번질 수 있나", 194쪽).

여기서부터 우리는 빛과 그림자에 본격적으로 주목해야 한다. 『작별하지 않는다』는 양자적 세계다. 가령, 앞서 말한 '돌이 된 여자'의 이야기는 사실 경하의 또다른 가능세계다("바다가 빠져나가고 있었다. (……) 나는 뒤를 돌아보았다", 175쪽; "경하씨라면 어떻게 하겠어요?" (……) "경하씨가 그 여자라면요", 239쪽). 이 세계가 그러하다면 경하가 현재 보고 있는 '이곳'의 인선, 두 손이 모두 말끔한 인선과 대화하는 것 역시 가능하다. 그렇다고 해서 서울의 병실에서 바늘에 찔리고 있을 '저곳'의 인선이 죽어야만 하는 것은 아니다. 양자역학의 세계에서 대상의 위치는 고정되어 있지 않고, 그것이 고정될 때는 관측자가 대상을 관측할 때뿐이다. 전자electron가 진행하는 파동이면서 동시에 관측당하는 입자일 수 있는 것처럼, 이곳 제주에서 인선의 손은 회복중인 것이면서 동시에 회복 이후의 손일 수도 있다.

이곳의 어둠 속에는 두 종류의 광원이 있다. 경하가 손에 들고 있던 손전등과 인선이 건네주는 촛불이 그것이다. 그림자는 빛의 조사projection에 의해 생긴다. 경하가 손전등을 켜자 갑자기 어둠 속에서 나타난 인선은 그림자다. 경하가 든 손전등의 끝에서 인선의 그림자가 솟고, 인선의 촛불 끝에서는 새 '아마'의 그림자가 솟는다.

> 나는 손전등을 켰다. (……) 작업대에 가까워졌을 때, 거무스름한 사람의 형체 같은 게 보여 얼어붙듯 멈춰 섰다.
> 검고 둥근 그 형상이 흔들리며 길어졌다. (……)
> ……경하야.(186~187쪽)

> 새 그림자가 흰 벽 위로 소리 없이 날고 있었다. 예닐곱 살 아이의 몸피만큼 커진 그림자였다. (……) 이 집에 존재하는 광원은 내 앞의 촛불뿐이었다. 저 그림자가 생기려면 촛불과 벽 사이로 새가 날고 있어야 한다.(203쪽)

그림자가 생기려면 대상인 새가 실재해야 하지만 새는 '여기'에 없다. 그러니 그것은 혼도 귀신도 아닌, '이곳'이 아닌 '저곳'의 평행 우주, 회복의 세계에서 살아가는 그림자다. 그래서 인선의 손은 다친 데 하나 없이 멀쩡하다. 혹자는 깨끗한 손이 혹시 사고 이전의 것이 아니냐고 반문할 수도 있겠다. 그러나 인선의 그림자 역시도 알고 있다. 이미 사고는 일어났고 그것은 돌이킬 수 없음을("인선은 자신의 눈앞으로 두 손을 들어올렸다. 미처 발견 못한 상처나 흉터가 있는지 살피려는 듯 뒤집어가며 찬찬히 들여다보았다", 210쪽). 그녀의 얼굴은 분명 회복한 자의 것이다("그녀의 얼굴이 미묘하게 달라져 있는 것을 나는 알아차렸다. 지난 이십 년 동안 나에게 아껴뒀던 따스함이 한꺼번에 흘러나온 듯, 조용히 물기를 머금고 빛나는 눈이었다", 188쪽). 그림자에 의해서 새 '아마'는 인선의 또다른 부분이 된다. 갓등 위에 앉아 그네를 타는 새의 모습(185쪽)은 작업대에 앉아 작게 발을 흔드는 인선의 모습(190쪽)과 쉽게, 마치 벽에 연필을 대고 그린 것처럼 겹쳐진다. 그러므로 새를 구하러 가는 일은 곧 제주의 인선을 구하러 가는 일이었음이 드러난다. 그러나 타자의 손끝에서 이루어지는 직접적인 구원은 매번 실패할 운명이다. 경하는 새가 흰 천을 찢고 다시 땅에서 날아오르는 것은 불가능하다고, 증가하는 엔트로피의 비가역성을 인지하고 있다. 3부의 끝에서 인선이 누운 쪽의 불빛이 꺼지고 어두워지는 것 역시 인선의 죽음을 암시하는 것과 다름없다. 그러므로 2부와 3부는 한강이 제시한 인간학의 첫번째 공리, 죽음의 끝에서 삶이 피어난다는 것의 양자적 설명 과정이 된다.

인선이 검은 나무들을 실제 사람의 크기보다 훨씬 크게 만들었던 이유는 바로 그림자를 형상화하기 위함이었던 것이다("등신대의 두 배에 가까운 인선의 그림자가 천장의 흰 벽지 위로 일렁이며 다가온다", 245쪽). 죽은 이들의 몸, 시신을 그대로 담아내는 것이 아니라 거기에 회복의 빛을 비추어 검은 나무들을 **그림자—회복의 양자적 상태**로 만들기 위해서였다. 이 양자적 상태는 두 가지 다른 상태의 동시적 공존 가능성, 다시 말해 재현의 빈 공간을 생성한다. 인선이 정심의 이야기를 영화로 만들지 않겠노라 말한 것은 예술의 재현이 역사적 비극과 그 대상을 반영적이고 축자적으로 모방할 위험, 재현에 사용되는 매체가 그 시공간과 사람들의 생기를 자칫 표백해버릴 위험

때문이었다("피에 젖은 옷과 살이 함께 썩어가는 냄새, 수십 년 동안 삭은 뼈들의 인광이 지워질 거다. 악몽들이 손가락 사이로 새어나갈 거다. 한계를 초과하는 폭력이 제거될 거다", 287쪽). 그러나 그림자의 몸이 갖는 빈 공간에는 살아 있는 재현 불가능한 것들의 삶zoe이 부재의 형식으로 투명하게 들어설 수 있다. 그 빈 공간에 기입되는 것은 다름 아닌 그 과거-역사를 마주한 현재의 사람들의 시선이다. 역사적 비극은 이때 비로소 "보편으로 회수되지 않으면서 개별적 신체를 관통"[12]한다. 「노랑무늬영원」에서 우리는 보았지 않은가. 회복은 과거와 현재의 우둘투둘한 봉합선을 만들어나가는 데에서 시작한다는 것을 말이다. 그래서 '작별하지 않는다'는 말은 단지 애도의 불가능성을 통해 실현되는 정동적·인지적 차원의 애도를 가리키는 것이 아니다. 그것은 역사가 스스로 아픔illness으로부터 나아가고자 하는 내재적인 회복 의지를 현상적으로 감지하면서도 '아직' 그 회복이 무엇인지 그리고 그것에 어떻게 도달해야 하는지 알지 못하고 있다는 엄정한 현실을 천명하는 것이다. 그래서 독자가 따라가는 초점 화자 경하는 '아직' 모르는 사람이다. 『작별하지 않는다』에서 애도는 애도의 불가능성을 통해 가능한 것이 아니라 문자 그대로 '아직' 정말로 불가능하다.

소설이라는 예술이 전통적으로 세계 안에 선 자아의 위기와 극복에 대해 말해왔다면, 『작별하지 않는다』는 그 위기와 극복의 양자적인 세계와 그 미시적인 변화율을 포착한다. 그 변화율은 회복에 대한 지향이다. 서사

<hr />

12   김미정, 「아리아드네의 실— 독서할 수 있는/없는 시대의 회로 속에서」, 『문학과사회 하이픈』 2019년 여름호, 19쪽. 김미정은 재현 불가능성은 바로 그 재현될 수 없는 지점, 즉 공백을 작품이 마련해둘 때 구제된다고 말한다. 그 빈 장소에서 일어나는 정동의 연쇄 작용은 작가로부터 작품을 거쳐 독자에게로 전이된다. 『작별하지 않는다』는 그 정동적 흐름이 발생하기 이전 단계의 인물의 내면과 세계상을 담는다. 인선의 작업이 제작중인 단계인 것 또한 정동의 작용이 작품을 경유하여 발생하는 것임을 메타적으로 지시한다.

가 진행되면서 경하는 자기도 모르게 악몽의 밀물, 바다 아래의 공간에서 벗어나 바다 위의 공간으로 올라가 있음을 발견한다("바다가 빠져나가고 있었다", 175쪽). 뼈들이 잠길 수 없는 바다 위의 공간은 회복의 세계다. 쓸려가지 못한 "수만 마리 물고기들이 비늘을 빛내며 뒤척였다"(같은 쪽)는 진술은 끝내 쓸려가지 않은 뼈들의 연상으로, 비늘들의 빛을 통해 '잔멸치떼'의 기억으로 이어진다("마치 물 위에 떠 있는 것 같다. (……) 바다 가운데로 나오자, 눈부신 잔멸치떼가 일제히 배 밑을 헤엄쳐간다. 빠른 빛이다", 「노랑무늬영원」, 282쪽). 윤슬처럼 산란하는 하얀 빛은 내리는 눈과 더불어 회복의 담지자다.[13]

*

양자역학이 집요한 탐구 끝에 도달한 결론이 '우리는 모른다'는 모호하지만 확실한 사실이라면, 그 모든 서사적 여정을 마친 경하가 '아직' 모르는 채로, 단지 손에 초 하나를 든 채로 소설의 마침표가 찍히는 것에는 어떤 의미가 있을까. 『작별하지 않는다』는 손전등을 들고 있던 이가 누군가에게서 촛불을 건네받고 종국엔 자신의 초 한 자루를 발견하게 되는 이야기다. 초는 '나'의 손으로 직접 밝혀야 하고, 그래서 우리가 들 수 있는 초는 냉정하게도 오직 한 자루다. 관측은 관찰자 자신의 빛으로 할 수밖에 없다. 그러므로 촛불이 발산하는 '노랗고 둥근 빛점'은 관찰자—'나'의 빛이며 이것은 앞에 놓인 대상의 차원을 질적으로 변화시킨다. 죄의식(「회복하는 인간」)과 자

<hr />

13 '잔멸치떼'도 "꿈도 아니고 생시도 아닌" 상황에서 보는 그러나 확실한 것으로, 현영이 더운 여름에 마주친 '빛점'들이다. 잔멸치들을 보면서 그녀는 "너무 아름다운 것도 고통이 된다는 것을 처음 알았"다고, "그것이 못이나 씨앗처럼 몸안에 박히기도 한다는 것을 알았"(같은 쪽)다고 고백한다. 앞서 말한 것처럼 그것은 곧 회복의 '씨앗'이다.

책의 조건문(if)—"내가 건천으로 미끄러지지 않았다면 (……) 내처 걸어왔다면 (……) 산을 가로지르는 버스를 탔다면"(155쪽)—은 회복의 불가피성(if else)을 향해 나아간다. "하지만 네 손이 잡히지 않는다면, 넌 지금 너의 병상에서 눈을 뜬 거야."(325쪽) PTSD와 치매의 증상으로서만 누설되던 비극의 증언, 살아가는 내내 인선의 부모를 옥죄던 "속솜허라"[14]의 금기 또한 인선이 경하에게 촛불을 넘겨주면서 변화한다("숨 속에 들어온 것 같아", 319쪽). 회복하는 인간에게로 전승된 두려움은 타인의 기억을 머금는 연민과 사랑으로 변화한다. 물론, 듣는 이는 '아직' 그것이 무엇인지 완전히 잘 모르는 채 받아 적고 있다. 그림자에서 건네받은 자신 안의 열기를 어렴풋이 짐작하면서.

소설이 제시하는 '아직'의 화용은 두 가지다. 하나는 삶을 붙드는 강한 의지—'아직' 끝이 아니라는 것, 그리고 다른 하나는, 그 절박함의 원천과 의미가 '아직' 당도하지 않은 채로 마치 "껍데기에서 몸을 꺼내 칼날 위를 전진하는 달팽이"(12쪽)처럼 접근해오고 있다는 것이다. 그러므로 '아직'은 지극한 말이다.[15] '이곳'에서 '저곳'으로, '저곳'에서 '이곳'으로 가고 있는 중至極이라는 뜻이다. 인선은 경하에게 왔다. 그녀는 경하에게 인간학의 두번째 공리를 알려준다. 인간은 오직 한 자루의 초만을 켤 수 있음을, 마치 한 인간의 몸속에는 오직 하나의 **심장**만이 들어 있는 것처럼. 『작별하지 않는다』는 이 모든 것을 알게 되기 직전의 순간이다. 그래서 이제 '나'는 '너'에게로 가려 한다.

---

14 "숨을 죽이라는 뜻이에요. 움직이지 말라는 겁니다. 아무 소리도 내지 말라는 거예요."(159쪽)

15 "이것이 지극한 사랑에 대한 소설이기를 빈다."(작가의 말, 『작별하지 않는다』, 329쪽)

숨을 들이마시고 나는 성냥을 그었다. 불붙지 않았다. 한번 더 내리
치자 성냥개비가 꺾였다. 부러진 데를 더듬어 쥐고 다시 긋자 불꽃이 솟
았다. 심장처럼. 고동치는 꽃봉오리처럼. 세상에서 가장 작은 새가 날개
를 퍼덕인 것처럼.(325쪽)

제24회 '젊은평론가상' 심사경위 및 심사평

한국문학평론가협회는 2000년에 '젊은평론가상'을 제정한 이후 우리 비평의 현장성을 보여주는 동시에 남다른 시각과 개성적인 목소리를 유지하고 있는 평론들에 주목해왔다. 올해로 24회를 맞은 이 상은 그간 우리 문단에 젊은 활력을 불어넣은 평론가들의 활동에 작지만 강렬한 응답을 보냄으로써 문학장 전체에 새로운 동력을 불어넣는 중요한 통로이다.

제24회 '젊은평론가상'을 선정하기 위해 한국문학평론가협회는 2022년 한 해 동안 각 문예지에 발표되었던 평론 작품들을 면밀하게 살펴보았다. 한 편 한 편, 모두 높은 완성도와 뜨거운 열정을 보여준 글들이었다. 그 가운데 동시대의 문학작품들과 가까운 자리에서 호흡하고 개성적인 시각으로 비평장에 생명력을 불어넣어준 평문들을 선별하고자 했다. 그 구체적인 심사과정은 다음과 같다.

먼저 2022년 12월 19일에 본 협회는 임원들에게 수상 후보 작품 추천을 공지한 후, 2023년 2월 17일 회의를 열고 각자의 의견에 따라 다수의 추천 작품을 교환하였다. 논의 끝에 다음 10편의 수상 후보 작품들로 의견을 정리하였다.

1. 김정현, 「미래의 입장에서 지금의 '지성'을 기억하기」, 『현대시』, 2022년 9월호

2. 김준현, 「지구의 신음이 인간의 언어로 번역되는 긴 과정-김혜순론」, 『포지션』 2022년 겨울호.

3. 김지윤, 「지구라는 크라잉룸-기후위기와 녹색계급의 시」, 『현대비평』 2022년 겨울호.

4. 선우은실, 「'해석'과 비평에 관한 파편적인 단상 모음: 질문을 바꾸는 것은 어떻게 가능한가?」, 『자음과모음』 2022년 겨울호.

5. 안지영, 「'포스트-'로 말해질 수 없는 것들-2010년대 시에 대한 문학사적 읽기 연습」, 『현대비평』 2022년 가을호.

6. 인아영, 「이야기에는 끝이 있지만」, 『창작과비평』, 2022년 겨울호.

7. 임지훈, 「선물가게를 지나도 출구가 보이지 않는다면」, 『문학과사회 하이픈』, 2022년 겨울호

8. 장은영, 「돌봄의 상상력과 평등의 꼬뮌」, 『창작과비평』, 2022년 가을호.

9. 전승민, 「통증과 회복의 인간학-양자역학으로 읽는 한강」, 『문학동네』, 2022년 가을호.

10. 최진석, 「탈인간을 위한 시-차들-거대한 연결의 시적 조건」, 『문학동네』 2022년 봄호.

2023년 2월 17일, 1차 회의에서는 수상 후보 작품들에 대한 의견을 교환

한 후, 평문을 숙독했다. 2023년 4월 29일, 수상작을 결정하기 위해 2차 의견 교환의 기회를 가졌다. 매년 그랬듯 평문들이 보여주는 다양한 문제의식과 그에 따른 성과들로 인해 치열한 의견이 오고가면서 하나의 수상작품을 결정하는 것이 쉽지 않았다.

오랜 논의 끝에 최진석 평론가를 이번 제24회 젊은평론가상 수상자로 결정하였다. 최진석 평론가는 2015년 『문학동네』 평론 부문에 당선하면서 문학평론가로서 활동을 시작했다. 문화연구자이기도 한 그는 문학의 경계를 넘어 활발한 활동과 글쓰기를 보여주는 가운데 수유너머104 연구원과 『청색종이』, 『문화/과학』의 편집위원 및 『뉴래디컬리뷰』의 편집인으로서 문학의 현장성을 놓치지 않는 한편 새로운 시대적 가치를 탐구하는 데에 최선을 다하고 있다. 특히 이번 수상작으로 결정된 평문 「탈인간을 위한 시-차들-거대한 연결의 시적 조건」에서 그는 팬데믹이라는 미증유의 사건에 주목하고 있는데, 재앙으로서의 문제적 인식이 아니라 '대연결'이라는 새로운 차원의 가치에 대해 사유할 수 있는 조건으로 파악하고 있다. 그의 수상 평문은 이같은 상상력을 중심으로 이장욱과 원성은, 류성훈, 성윤석 그리고 김유태와 이원복 등에 이르기까지 최근 발표된 여러 시작품들을 검토하면서 인간을 넘어 '비인간'과 연결된 '사물들의 우주'에 대한 가능성을 점검해보고 있다. 문학적 상상력에 기반하면서도 사회적 문제틀의 새로움을 추구하는 그만의 비평적 심미안을 잘 보여주는 평문이라고 판단된다.

이 같은 그의 행보와 평문에서 확인할 수 있는 그의 비평적 활동이 우리 평단을 더욱 풍요롭게 만드는 한편 우리 문학의 가치를 보다 확산시켜나갈 수 있을 것이라는 믿음으로 그의 작품을 수상작으로 선정하였다. 좋은 작품을 선정하게 되어 기쁜 마음으로 최진석 평론가에게 축하를 드린다. 그가 보여준 비평 작업이 이번 수상을 계기로 더욱 아름다운 결실을 맺기 바란다.

심사위원

오형엽, 곽효환, 김동식, 심진경, 이재복, 최현식, 홍용희, 허혜정

작품 출전

최진석, 「탈인간을 위한 시-차들-거대한 연결의 시적 조건」
__ 문학동네, 2022년 봄호.

김정현, 「미래의 입장에서 지금의 '지성'을 기억하기」
__ 현대시, 2022년 9월호.

김준현, 「지구의 신음이 인간의 언어로 번역되는 긴 과정-김혜순론」
__ 포지션, 2022년 겨울호.

김지윤, 「지구라는 크라잉룸-기후위기와 녹색계급의 시」
__ 현대비평, 2022년 겨울호.

선우은실, 「'해석'과 비평에 관한 파편적인 단상 모음:
질문을 바꾸는 것은 어떻게 가능한가?」
__ 자음과모음, 2022년 겨울호.

안지영, 「'포스트-'로 말해질 수 없는 것들
-2010년대 시에 대한 문학사적 읽기 연습」
__ 현대비평, 2022년 가을호.

인아영, 「이야기에는 끝이 있지만」
__ 창작과비평, 2022년 겨울호.

임지훈, 「선물가게를 지나도 출구가 보이지 않는다면」
__ 문학과사회 하이픈, 2022년 겨울호.

장은영, 「돌봄의 상상력과 평등의 꼬뮌」
__ 창작과비평, 2022년 가을호.

전승민, 「통증과 회복의 인간학-양자역학으로 읽는 한강」
__ 문학동네, 2022년 가을호.

2023년 제24회 젊은평론가상 수상작품집

초판1쇄 인쇄 2023년 7월 4일
초판1쇄 발행 2023년 7월 17일

지은이   최진석·김정현·김준현·김지윤·선우은실·안지영·인아영·임지훈·장은영·전승민
기획   한국문학평론가협회(회장 오형엽)
펴낸이   이대현
책임편집   이태곤
책임디자인 최선주
편집   권분옥 임애정 강윤경
디자인   안혜진 이경진
마케팅   박태훈

펴낸곳   도서출판 역락
출판등록   1999년 4월 19일 제303-2002-000014호
주소   서울시 서초구 동광로 46길 6-6 문창빌딩 2층 (우06589)
전화   02-3409-2079(편집부), 2058(영업부)
팩스   02-3409-2059
홈페이지   www.youkrackbooks.com
이메일   youkrack@hanmail.net

ISBN 979-11-6742-571-3 03810